*Inbali Iserles* wurde in Israel geboren. Als sie drei Jahre alt war, zog ihre Familie nach Cambridge, Großbritannien. Ihre Mitschüler träumten von Karrieren als Fußballer oder Sängerinnen, doch sie fühlte sich zu der Welt der Geschichten hingezogen. Da man ihr sagte, man könne als Autorin kein Geld verdienen, studierte sie Jura und wurde Anwältin in London. Doch 2007 konnte sie sich ihren Traum der Schriftstellerei erfüllen. Inzwischen gehört Inbali Iserles zu dem erfolgreichen Erin-Hunter-Team und veröffentlicht auch eigene Bücher. 2015 erschien der erste Teil der »Foxcraft«-Trilogie in Deutschland.

Alle Bände der Trilogie:
Foxcraft – Die Magie der Füchse (Band 1)
Foxcraft – Das Geheimnis der Ältesten (Band 2)
Foxcraft – Der König der Schneewölfe (Band 3)

Weitere Informationen zum Kinder- und Jugendbuchprogramm der S. Fischer Verlage finden sich auf *www.fischerverlage.de*

*Inbali Iserles*

# FOX CRAFT

## Die Magie der Füchse

*Band 1*

Aus dem Englischen
von Katharina Orgaß

Mit Vignetten von
Inbali Iserles

FISCHER Taschenbuch

›Foxcraft – Die Magie der Füchse‹ ist auch als Hörbuch
bei Sauerländer Audio veröffentlicht und im Handel erhältlich.

*Für Amitai Fraser Iserles,*
*unseren kleinen Fuchs*

MIX
Papier aus verantwortungsvollen Quellen
FSC® C083411
FSC
www.fsc.org

Erschienen bei FISCHER Kinder- und Jugendtaschenbuch
Frankfurt am Main, Mai 2018

Die englische Originalausgabe erschien 2015
unter dem Titel ›Foxcraft – The Taken‹
bei Scholastic Press, einem Imprint von Scholastic Inc., UK, 2015


Druck und Bindung: CPI books GmbH, Leck
Printed in Germany
ISBN 978-3-7335-0097-9

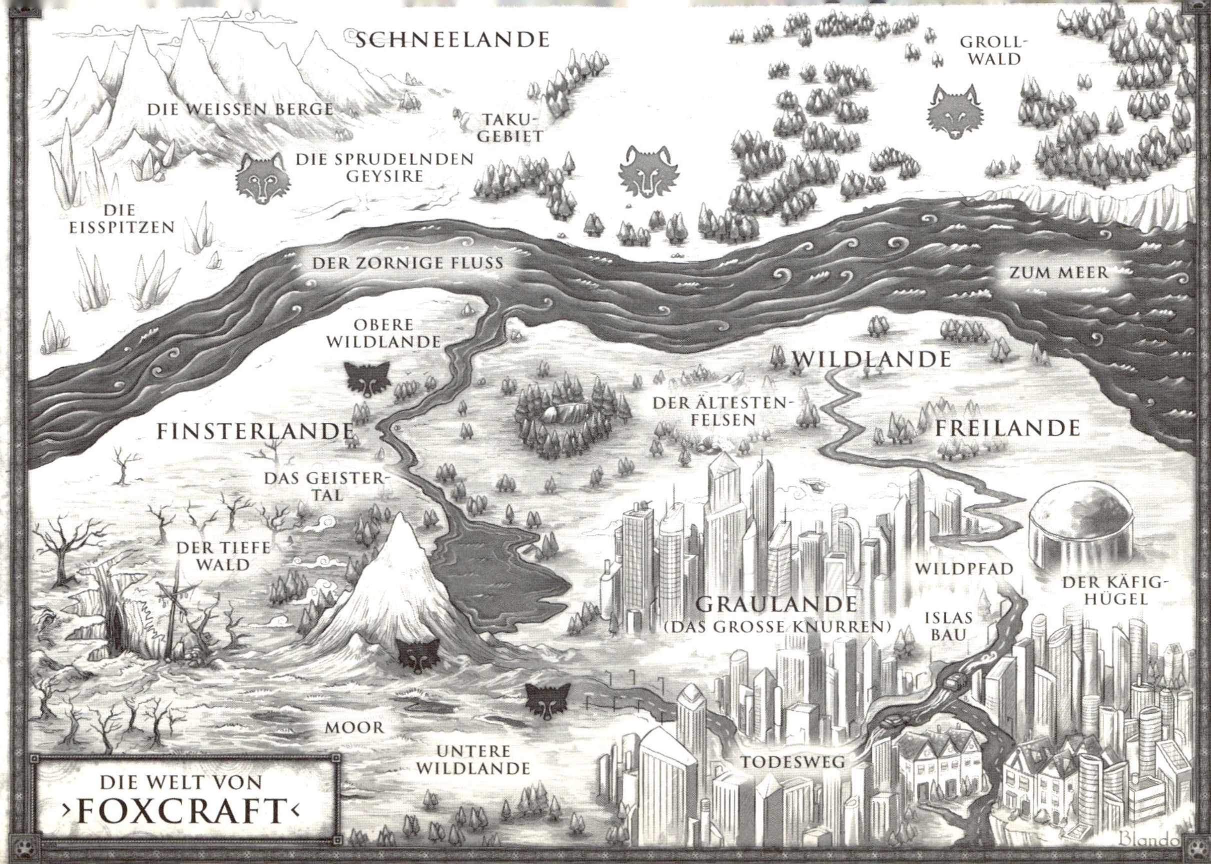
SCHNEELANDE
GROLL-
WALD
DIE WEISSEN BERGE
TAKU-
GEBIET
DIE SPRUDELNDEN
GEYSIRE
DIE
EISSPITZEN
DER ZORNIGE FLUSS
ZUM MEER
OBERE
WILDLANDE
WILDLANDE
DER ÄLTESTEN-
FELSEN
FINSTERLANDE
FREILANDE
DAS GEISTER-
TAL
DER TIEFE
WALD
WILDPFAD
DER KÄFIG-
HÜGEL
GRAULANDE
(DAS GROSSE KNURREN)
ISLAS
BAU
MOOR
UNTERE
WILDLANDE
TODESWEG
DIE WELT VON
›FOXCRAFT‹
Blando

# 1. Kapitel

Meine Pfoten schlitterten über trockene Erde und wirbelten kleine Staubwolken auf, als ich auf den Zaun zusauste. Dicht davor schlug ich einen Haken und schlüpfte unter das morsche Totholz. Mein Verfolger kam immer näher. Ich spähte zu dem grünen Gestrüpp hinter dem Zaun hinüber, dem Wildpfad, und nahm den würzigen Duft von Haselnusssträuchern und Kiefernharz wahr, die friedliche Stille der Welt hinter dem hohen Gras.

Sein schrilles Gekläff zerriss die Stille.

Panik erfasste mich, und ich zwängte mich durch die Lücke unter dem Zaun. Erdklumpen hefteten sich an meinen Bauch, zogen mich zurück. Mein Herzschlag donnerte in meinen Ohren. Einen Augenblick lang hielt mich das Totholz gepackt und drückte mich zu Boden. Das Gras verspottete mich, kitzelte die Schnurrhaare an meiner Schnauze.

Ich nahm alle Kraft zusammen und riss mich los, tauchte im Gewirr des Wildpfads unter.

Schneeglöckchen wippten auf ihren gebogenen Stängeln, Tupfen aus weißem Licht.

Ich hielt den Atem an.

Eine spitze Schnauze lugte unter dem Zaun hindurch. Die bernsteinfarbenen Fuchsaugen fingen meinen Blick auf, die schwarzen Pupillenschlitze verengten sich. Furcht raunte in meinem Nackenfell. Doch ich beruhigte mich gleich wieder. Mir konnte nichts passieren. Er war zu groß, um unter dem Zaun hindurchzupassen. Knurrend warf er sich dagegen, streckte den schlanken schwarzen Vorderlauf durch die Lücke, wühlte mit den Krallen die Erde dicht vor meiner Pfote auf.

Ich tappte rückwärts, ließ ihn aber nicht aus den Augen. Er konnte nicht weiter. Das war ihm jetzt auch klargeworden. Der Vorderlauf wurde zurückgezogen, ich hörte, wie er auf und ab trabte. Jedes Mal, wenn er an dem Durchschlupf vorbeikam, sah ich sein Fell aufblitzen. Schließlich entschwand er meinen Blicken, und alles wurde wieder still. Auch ich war ganz still, sog nur die Luft ein.

Ich spürte ihn noch. Den Umriss seines Körpers. Seinen buschigen, silbrig-golden schimmernden Schwanz. Ich sah die Farbe vor meinem geistigen Auge, und mir war, als kitzelten mich seine gesträubten Schwanzhaare. Ganz kurz konnte ich hinter den Zaun blicken und schmeckte die Enttäuschung, die seine Zunge kribbeln ließ, in meinem eigenen Maul.

Ich kannte diesen Fuchs so gut wie meinen eigenen Schatten.

Mein Ohr drehte sich herum. Auf einem Baum in der Nähe krächzte ein Vogel. Er war groß und hatte schwarzglänzendes Gefieder. Als er mich entdeckte, verstummte er, ruckte mit dem Kopf und trippelte unruhig von einem Fuß auf den anderen. Dann breitete er die schimmernden Flügel weit aus, als wollte er ein Gewitter heraufbeschwören, und schwang sich mit einem letzten zornigen Krächzen in die Lüfte.

Holz ächzte, und ich fuhr herum. Mein Herz hämmerte wild. Er warf sich wieder gegen den Zaun. Es regnete Holzsplitter, dann hatte er es geschafft und stand auf meiner Seite. Mein Magen zog sich zusammen, und ich ergriff die Flucht, hetzte durchs hohe

Gras. Als ich mich im Laufen umdrehte, erhaschte ich einen Blick auf ihn. Er kauerte geduckt auf dem Boden.

Dann verschwand er plötzlich – vor meinen Augen.

Der Luftzug, den er hinterließ, schimmerte hauchzart wie schwirrende Bienenflügel, auf denen sich das Licht bricht. Der grasbewachsene Waldboden verschwamm zu flirrendem Grün und Braun.

Aber ich kannte seine Tricks. Als ich die Augen zusammenkniff, sah ich sein Fell aufblitzen. Ich flitzte um einen Baumstumpf herum. Als ich mich wieder umdrehte, sah ich meinen Verfolger in voller Lebensgröße. Er setzte mit einem Sprung über den Baumstumpf hinweg, und sein Atem streifte meine Schwanzspitze.

Aber auch ich hatte meine Tricks.

Ich riss das Maul weit auf und krächzte wie der Vogel mit dem glänzenden Gefieder. Das Krächzen wurde von den buschigen Schwänzen der Grashalme zurückgeworfen, vom Zaun, vom Waldboden und von den Wolken, die sich am Horizont zusammenballten. Ich tat mein Bestes, die Vogelstimme glaubhaft nachzuahmen.

Dann sauste ich hakenschlagend weiter durch das hohe Gras, das sich lockend um meine Läufe schlang, an mir zog und mich am Rennen hindern wollte. Ich machte mir nicht mehr die Mühe zu krächzen. Ich konnte sowieso niemanden täuschen.

Abermals warf ich einen Blick über die Schulter. Inzwischen war er gefährlich nah. Seine Schnauze berührte fast schon meine Hinterläufe.

»Pirie!«, jaulte ich auf, als er mich ansprang und seine Krallen durch mein Schwanzfell fuhren. Ich hätte mir denken können, dass ihn der Vogelruf nicht aufhalten würde. Ich drehte mich zu ihm um und bleckte die Zähne. »Hör auf!«, fauchte ich.

Das Licht brach sich in seinen Augen. »Erst wenn du um Gnade winselst!«

Ich wollte weiterrennen, aber er sprang mich noch einmal an und drückte mich mit den Vorderpfoten zu Boden. Ich bäumte mich auf, aber er war stärker. »Gnade!«, knurrte er. »Los, sag es!«

»Niemals!«

Er drückte mir die Schnauze aufs Ohr. »Sag es, oder …«

»Oder was?«

»Oder *das*!« Er ließ sich mit seinem ganzen Gewicht auf mich fallen und schleckte mir mit der langen Zunge quer übers Gesicht, über die Ohren, die Schnauze, die Schnurrhaare.

Knurrend streckte ich meinerseits die Zunge heraus und kitzelte meinen Bruder damit so lange am Bauch, bis er sich aufjaulend von mir herunterwälzte. Er rollte sich hin und her, als ich seinen Hals abschleckte. »Von wegen ›oder das‹! Du bist vielleicht größer als ich, aber ich bin schlauer. Und ich gewinne *immer*!«

Er ließ es zu, dass ich ihm sanfte Bisse versetzte. »Ich habe dich absichtlich gewinnen lassen«, erwiderte er keuchend. »Weil ich weiß, was du für eine schlechte Verliererin bist.«

»Von wegen.« Ich kam auf die Pfoten und schüttelte mich.

Pirie schaute mit schief gelegtem Kopf zu mir hoch. »Wie du meinst, kleiner Fuchs«, keckerte er boshaft mit hohen, abgehackten Schnalzlauten. »Fuchs in Not beim Morgenrot, und am Abend ist er tot!« Das war ein Spruch, den wir oft zusammen hersagten, auch wenn sich Großma beschwerte, dass er ihr das Fell zu Berge stehen ließ.

»Ich bin gar nicht so viel kleiner als du!«, sagte ich schmollend.

Er sprang auf, machte einen Luftsprung und drehte sich mit vergnügtem *Wau-wau-wau* um sich selbst.

»Kleiner Fuchs, kleiner Fuchs, du bist und bleibst der kleine Fuchs!«

Ich wollte mich auf ihn stürzen, aber er duckte sich weg.

»Und du bist und bleibst mein alberner Bruder«, gab ich beleidigt zurück.

Er sprang mich wieder an und drückte mir die weiße Schnauzenunterseite auf den Hals. Das Spiel war zu Ende. Ich wehrte mich nicht mehr, sondern schloss die Augen und ließ mich von seiner Körperwärme durchströmen. Ich spürte seinen Pulsschlag an meinem Unterkiefer, und mein eigener Puls passte sich daran an. *Kawumm, Kawumm* schlugen unsere vereinten Herzen, und dann langsamer: *Kaawumm … Kaawumm …*

Pa tauchte aus dem hohen Gras auf. »Na, spielt ihr schön, meine Welpen? Und seid ihr auch lieb zueinander?«

Ma erschien neben ihm. »Lieb?« Ihre Augen funkelten belustigt.

Wir rannten ihnen entgegen und ließen uns von ihnen die Ohren abschlecken, wobei wir hechelten und fiepende Laute ausstießen.

»Wir sind *immer* lieb zueinander«, behauptete Pirie und warf mir einen warnenden Seitenblick zu. Ma schien widersprechen zu wollen, doch da kam Großma angetrabt. Ihr dichtes Fell hatte wie das von Pirie einen silbrig-goldenen Schimmer. Ihre Augen blickten wachsam, und als wir auf sie zuliefen, begrüßte sie uns nur zerstreut.

»Die Pelzlosen?« Pa beobachtete gespannt ihr Gesicht.

Wir hoben die Köpfe und spähten über das hohe Gras. Der Wildpfad war nur ein schmaler grüner Streifen mit ein paar jungen Bäumen drauf. Er wand sich zwischen den grauen Revieren der Pelzlosen hindurch.

Die zweibeinigen Pelzlosen ließen sich hier nur selten blicken. Trotzdem waren sie nie sehr weit weg, bellten, trabten auf und ab, lebten ihr atemloses, lärmendes Leben. Ihre Welt, das Große Knurren, war für uns Welpen verbotenes Terrain: ein abweisendes Land voller hochaufragender Gebäude und Zerquetscher mit starr leuchtenden Augen. Ein Land, durch das tagsüber die gefürchteten Fänger streiften, Pelzlose mit langen Stöcken in den Pfoten. Die Füchse, die sie zusammentrieben und wegbrachten, tauchten nie mehr auf.

Großma ließ den Kopf wieder sinken. »Nein, es war nichts.« Sie stupste die Schnauze gegen unsere Nasen. »Ihr spielt immer so wild, ihr beiden. Du bist größer als Isla, Pirie. Ich glaube, das vergisst du manchmal.«

»Isla ist so zäh wie gedörrte Rattenhaut«, gab Pirie zurück und verpasste mir einen freundschaftlichen Knuff.

Großma runzelte die Schnauze. »Trotzdem …«

»Keine Sorge, ich kann mich schon wehren!«, rief ich dazwischen. »Fuchs in Not beim Morgenrot …«

»Aufhören!«, grollte Großma finster. »Das Große Knurren ist gefährlich. Darüber macht man keine Witze.«

Pirie mischte sich rasch ein und rettete die Stimmung. »Ich wäre vorhin beinahe auf Islas Vogelruf hereingefallen«, sagte er.

Großma legte den Kopf schief und beäugte mich. »Hast du eine Krähe nachgemacht?«

Mein Schwanz klopfte auf den Boden. Was Pirie gerade gesagt hatte, fand ich viel spannender. »Bist du wirklich drauf reingefallen?«

Er hechelte fröhlich. »Ich habe deine Stimme überhaupt nicht erkannt. Das Krächzen kam von überall und nirgends. Es war …« Sein flauschiges schwarzes Ohr drehte sich nach hinten. »Es war, als hätte der Wind gerufen und die Erde und das Gras. Ich wusste plötzlich nicht mehr, wo ich bin! Erst als der Vogel verstummt ist, habe ich begriffen, dass du die Rufe ausgestoßen hast.«

Ich schaute ihn skeptisch an. Wollte er mich veralbern? »Aber du hast dich davon nicht …«

»Du hättest nicht aufhören sollen. Du kannst das inzwischen richtig gut, Kleine. Ich weiß nicht, ob mir das gefällt!« Er stupste mich gegen die Schulter, und ich zwickte ihn ein bisschen.

»Ihr habt beide sehr feine Instinkte«, sagte Großma nicht ohne Stolz. Dann reckte sie witternd die Schnauze. Ihre Augen blinzelten nicht mehr, die bebenden Schnurrhaare waren das Einzige, was sich in ihrem Gesicht noch regte. »Wind kommt auf«, sagte sie halb laut. »Er bringt den Geruch von Fluss und Eis mit sich. Beim ersten Tageslicht wird der Regen hier sein.«

»Aber die Luft ist doch ganz warm!«, rutschte es mir heraus.

Ma kam näher. Sie hatte die Ohren so gedreht, dass sie zu beiden Seiten ihres Kopfes abstanden. »Wie lautet die oberste Regel, die einem Fuchs das Leben retten kann?«

»Schaue! Lausche! Warte!«, erwiderten Pirie und ich wie aus einem Maul.

Großmas Miene entspannte sich, sie sah uns liebevoll an. »So ist's recht, Kinder. Schaue, lausche, warte … Die Antwort liegt im Lied des Himmels und im Herzschlag der Erde.« Sie witterte abermals mit erhobener Schnauze.

Ich ahmte sie nach und sog den Duft von Gras und Erde tief ein. Ich konnte keinerlei Feuchtigkeit wahrnehmen, roch nur die milde, von der Sonne erhitzte Luft. Die Wolken, die den Himmel säumten, waren weiß. Ich musterte sie mit zusammengekniffenen Augen. Großma hatte mich doch gelehrt, dass nur dunkle Wolken Regen brachten! Offenbar spürte sie meine Verwirrung, denn sie schleckte mir beruhigend über die Nase.

Pa kam zu uns herübergetrabt. »Wir müssen die Beute holen. Sie ist nicht tief genug vergraben. Der Regen könnte sie verderben.«

Er und Ma liefen in Richtung Zaun. Großma blickte noch einmal sorgenvoll zum Himmel empor und folgte ihnen dann. Die drei Erwachsenen waren zu groß, um unter dem Zaun hindurchzupassen, auch wenn Pirie den Durchschlupf vorhin erweitert hatte. Deshalb trabten sie am Rand des Wildpfads entlang bis zu einem Baum, dessen halbabgebrochener langer Ast auf unsere Wiese hinunterreichte. Mein Bruder und ich kannten den Baum gut und waren schon oft über den schwankenden Ast balanciert. Aber Pirie hätte niemals diesen Weg genommen, um mich bei unserer Verfolgungsjagd einzuholen. Auch beim Spielen gab es Regeln – das war uns beiden bewusst.

»Kommt, Kinder!«, rief Ma.

Ich wollte aber nicht mitkommen. Ein süßer Geruch wehte mir um die Nase. Verbargen sich reife Beeren im Gras? Mir lief das Wasser im Maul zusammen.

Pirie war mit einem Stock beschäftigt. Er rollte ihn durchs Gras und nagte darauf herum wie auf einem Knochen.

Ich setzte mich auf die Hinterläufe und legte die Ohren an. »Wir sind doch gerade erst hergekommen!«

»Wir kommen nachher noch mal zurück«, rief Pa über die Schulter. »Pirie, Isla … wo bleibt ihr denn?«

Pirie ließ den Stock liegen und setzte sich in Trab.

Ich witterte noch einmal – ja, das konnten nur Beeren sein! Wenn ich sie sammelte und in unseren Bau brachte, würden die anderen sich freuen. Und wenn ich mich beeilte, war ich noch vor ihnen wieder zurück, denn Ma, Pa und Großma mussten die Beute ja erst woanders vergraben.

Immer der Nase nach, schlich ich geduckt durch das hohe Gras. Ich zitterte vor Vorfreude, nahm den strengen Duft von Erde und Rinde in mich auf, den säuerlichen Geruch von Blättern und von Insekten in ihren bitter schmeckenden Panzern. Ich blieb kurz stehen und biss ein paar Schneeglöckchen ab, aber wie jedes Mal schmeckten sie längst nicht so gut, wie sie aussahen. Ein großer grüner Käfer krabbelte vorbei. Als ich aufgeregt mit der Pfote danach schlug, riss ich mit den Krallen ein paar Grasbüschel aus. Doch der Käfer war flinker, als ich ihm zugetraut hatte. Er flüchtete sich in ein Gewirr aus knorrigen Baumwurzeln, wo ich nicht richtig an ihn herankam. Ich bohrte jaulend die Schnauze zwischen die Wurzeln und schnappte nach ihm, hatte aber bloß lauter Erde im Maul. *Blödes Krabbelvieh!* Die Beeren fielen mir wieder ein. Witternd lief ich auf und ab, aber der Geruch hatte sich verflüchtigt. Die Luft war kühl geworden, und ich musste an Großmas Warnung denken, dass es regnen würde.

Dass der Wind den Geruch von Fluss und Eis mitbrachte …

Ich blickte zum Himmel empor. Dunkelheit kroch über zerklüftete graue Gebäude. Die Sonne sank immer tiefer, zog einen roten Lichtstreifen hinter sich her. Das schlechte Gewissen zwickte mich, und ich machte kehrt. Ma und Pa würden sich Sorgen machen. Ich durfte nicht allein über den Wildpfad streifen. Ohne Pirie durfte ich noch nicht mal unsere Wiese verlassen.

Ich folgte meiner eigenen Spur zurück zum Zaun und schlüpfte darunter hindurch.

Wir teilten unser Revier mit einer Pelzlosenfamilie. Allerdings ließen wir uns möglichst nicht blicken, wenn sie draußen umherstreiften. Genau wie wir waren es zwei Erwachsene und zwei Welpen. Pa hatte uns eingeschärft, ihnen nicht zu nahe zu kommen. Sie seien uns nicht wohlgesinnt, hatte er gemeint.

Wir blieben auf Abstand.

Unser Bau lag ein ganzes Stück von ihrem entfernt, hinter einer Baumgruppe unweit des Zauns. Ich setzte mich in Trab, der Gedanke ans Fressen trieb mich an. Bestimmt hatten Ma, Pa und Großma die saftigen Ratten ausgegraben, die sie letzte Nacht erbeutet hatten. Mein Magen knurrte vernehmlich, und ich lief schneller.

Ein bitterer Geruch stieg mir in die Nase. Im dunklen Eingang zu unserem Bau sah ich rötliches Licht flackern. Rauch trieb in trägen Wolken durch die Luft, trübte das letzte spärliche Sonnenlicht.

Furcht sträubte mein Nackenfell.

*Wo war meine Familie?*

Ich sah und hörte sie nicht. Spürte sie nicht.

Ich wagte mich näher heran. Drinnen im Bau bewegte sich etwas. Der Druck auf meiner Brust ließ nach, meine Bestürzung verflog. Ich stürmte freudig los, aber auf einmal wollten meine Pfoten nicht weiter, und alles Blut wich aus meinem Körper.

Das, was sich da drinnen bewegte – das war nicht meine Familie. Das spürte ich auf einmal ganz deutlich.

Ich schob mich langsam rückwärts und duckte mich unter ein Büschel Efeuranken, die ganz in der Nähe des Durchschlupfs über den Zaun hingen. Unser Bau lag am Fuß eines Baumes, und der Eingang wurde von abgefallenen Ästen halb verdeckt, so dass man nur schwer erkennen konnte, was drinnen vor sich ging. Doch ich erkannte die Umrisse fremder Füchse, es mochten fünf oder sechs sein, die in der qualmenden Erde scharrten und einander etwas zuwinselten. Was trieben sie da? Versengte ihnen die Hitze nicht die Pfoten? Ich duckte mich tiefer unter den Efeu und hielt den Atem an, denn jetzt kamen sie einer nach dem anderen nach draußen geklettert.

Mit gesenkten Schnauzen und gespitzten Ohren traten sie auf die Wiese hinaus. Dann kam eine stämmige Fuchsfähe dazu, den buschigen Schwanz um die

Flanke gelegt. Durch die Efeublätter hindurch konnte ich ihre kurzen, runden Ohren und ihre gedrungene Gestalt sehen. An den Schultern schlug ihr Fell Wellen, als hätte sie zu viel davon. Sie klopfte mit dem Vorderlauf auf den Boden und drehte die Ohren herum. Die anderen Füchse schauten sie an.

Ein dumpfes Knurren drang aus ihrer Kehle. Mit ihrem einen grauen Auge blickte sie über unsere Wiese. Wo das andere Auge hingehört hätte, war nur eine dunkle, vernarbte Höhle.

Ich konnte nicht verhindern, dass meine Beine zitterten. Beißende Säure stieg mir in die Kehle und nahm mir den Atem.

»Tod!«, knurrte die Fähe, und die anderen Füchse richteten sich hoch auf. »Der Meister hat gesprochen … die Verräter müssen alle sterben!«

Die anderen Füchse spannten sprungbereit die Hinterläufe an, bereit zum Kampf. Doch wo war ihr Gegner?

Wo war meine kühne, mutige Ma? Wo war mein Pa, der mich mit seinen scharfen Zähnen beschützte? Wo waren mein Bruder und die weise alte Großma? *Wo sind sie alle hin?*

Die Fähe zog knurrend die Lefzen zurück und entblößte ihre spitzen Reißzähne.

Vor Schreck keuchte ich auf. Das Geräusch war nicht lauter als der Flügelschlag eines Nachtfalters.

Aber die Fähe hatte es gehört.

Ihr Kopf schnellte herum.

Ihr graues Auge funkelte drohend. Ihr Blick glitt über die Efeuranken und verweilte auf mir.

# 2. Kapitel

Als die fremde Fähe auf mich zukam, sah ich, dass sie hinkte. Ein Bein war verkürzt, vielleicht war es einmal gebrochen gewesen. Ich machte mich so klein, wie ich konnte – ein Schmutzfleck auf den Zaunlatten. Warum hatte ich mir nicht Piries Verschwindetricks abgeguckt? Hatte die Einäugige mich gesehen? Würde sie mich wittern?

Nur ein paar Schwanzlängen von mir entfernt blieb sie stehen. Furcht schwappte in Übelkeit erregenden Wellen durch meinen Körper. Die Einäugige holte mit der Pfote aus und schnappte nach einem Käfer. Hatte ihr durchdringender grauer Blick mich etwa doch nicht entdeckt?

Ihre Schnurrhaare bebten. »Sie waren nur zu viert, habt ihr gesagt?«, fragte sie über die Schulter.

Eine magere gelbbraune Fähe lief zu ihr. Die anderen Füchse verharrten immer noch sprungbereit. Die Magere hatte einen staksigen Gang, ihr schütterer Schwanz schleifte im Staub. Mir fiel am Ansatz ihres Vorderlaufs eine ungewöhnliche Narbe auf. Sie sah wie eine geknickte Rose aus, schön und abstoßend zugleich. »Die Eltern und ein männlicher Welpe. Eine Großma war auch dabei.« Sie klang nervös.

Ich winselte stumm in mich hinein. *Wo ist meine Familie?*

Die Schnurrhaare der Einäugigen zitterten angespannt. »Sind das auch wirklich alle? Hat die Ma aus diesem Bau denn nur einen einzigen Welpen geworfen?«

Die Magere stellte die Ohren auf. »Ja, es war nur ein einziger Welpe, Karka, und insgesamt waren es nur vier. Glaubst du etwa, dass …«

Die Einäugige fuhr herum und schnappte nach ihr. »Wie oft muss ich dir noch sagen, dass du keine Fragen stellen sollst!«

Die Magere duckte sich unterwürfig. »Tut mir leid.«

Das graue Auge spähte suchend in die anbrechende

Dämmerung und musterte das wuchtige hohe Gebäude, in dem die Pelzlosen ihren Bau hatten. In einem der großen Gucklöcher flackerte Licht. »Man weiß nie, wer alles zuhört ... Die Ältesten haben ihre verborgenen Augen überall!«

Mein Herz hämmerte zum Zerspringen. Am liebsten wäre ich einfach davongerannt und hätte mich auf den Wildpfad geflüchtet. Doch sie hätten mich bestimmt gehört – und eingefangen.

Als die Einäugige sich schüttelte, stieg mir der Geruch von Glut und Asche in die Nase. »Unsere Feinde werden nicht weit kommen. Tarr hat sich schon auf die Suche nach ihnen gemacht. Es sind Verräter – allesamt!« Sie ließ die Vorderpfote auf den Boden niedersausen.

Die anderen Füchse warfen die Köpfe zurück und brachen in misstönendes Gekecker aus. »Verräter!«, gellten sie. »Verräter allesamt!«

Als sich die Einäugige nun abwandte, drückte ich mich flach auf die Erde. Sie führte ihre Gefährten von unserem Bau weg. Einer nach dem anderen balancierte über den abgebrochenen Ast und sprang auf den Wildpfad hinunter.

Ich traute mich wieder zu atmen. Rasch lief ich zu unserem Bau hinüber. Die Glut war heruntergebrannt, Ascheflöckchen trieben wie Nebelfetzen durch die Luft. Ich wagte einen Blick nach drinnen. Auch das Lager aus Zweigen war voller Asche. Ich entdeckte ein silbrig-goldenes Fellbüschel und ein rotes Rinnsal aus bittersüß riechendem Blut.

Ich unterdrückte einen Aufschrei.

Meine Familie war fort.

Ihre Witterung haftete noch an der Rinde unseres Baumes, an der kalten Erde, an den abgefallenen Zweigen auf dem Boden. Ich suchte mit dem Blick die Wiese ab. Es war schon fast dunkel, die Dämmerung war wie ein schwarzes Fell, das die Welt in Finsternis hüllte.

»Ma …? Pirie …?«

Lauschend ließ ich die Ohren spielen. In dem Bau gegenüber bellte ein Pelzloser gedämpft. Doch wo blieb das beruhigende Gejaul meiner Eltern? Auch Piries neckendes Gewinsel ließ sich nicht vernehmen.

Stattdessen hörte ich Laub rascheln. An dem Ast zum Wildpfad rührte sich etwas. Jähe Hoffnung ließ mein Herz höher schlagen. Der Umriss eines Fuchses – war das Pa?

Ich erspähtc klcinc, runde Ohren und eine gedrungene Gestalt. Ein einzelnes Auge leuchtete im Halbdunkel grünlich auf.

Mir stockte das Blut in den Adern.

»Noch ein Welpe! Ich hab's doch gewusst!« Plötzlich tauchten hinter ihr noch mehr Füchse auf und balancierten über den Ast. Dann stürmten sie mit gefletschten Zähnen heulend und kläffend über die Wiese.

Ich wirbelte herum und zwängte mich unter dem Zaun hindurch. Dann rannte ich durchs hohe Gras, an dem Baum vorbei, zwischen dessen Wurzeln sich vorhin der Käfer geflüchtet hatte. Mit fliegenden Pfoten duckte ich mich unter einer Hecke durch und kam schlitternd auf der anderen Seite heraus. Jetzt hatte ich den Wildpfad hinter mir gelassen und rannte über die harten Steinwege der Pelzlosen, flitzte zwischen ihren Beinen hindurch, so dass sie vor Überraschung stolperten. Sie zeigten mit den Vorderpfoten auf mich und stießen dumpfe Rufe aus. Ich versuchte, ihnen auszuweichen, hetzte Treppen hoch und schlüpfte zwischen Büschen hindurch, lief über die halbdunklen Wiesen hinter ihren Riesenbauen.

Ich spürte, dass ich die fremden Füchse noch nicht abgeschüttelt hatte. Sie huschten gerade außerhalb meines Blickfeldes an den Mauern der Pelzlosenbaue entlang.

Ich dachte an Pirie und an unsere Spiele, an seine

tröstliche Schnauze an meinem Hals. Ich lief schneller.

Meine Gedanken überschlugen sich. Wo kamen die fremden Füchse her? Was wollten sie?

Von der Welt, die an meinen Schnurrhaaren vorbeiglitt, bekam ich kaum etwas mit. Die Gebäude waren verschwommene Flächen. Ich hatte nur einen Gedanken: dass meine Eltern und mein Bruder verschwunden waren.

Ich musste sie wiederfinden.

Der Boden erbebte, und ein Zerquetscher heulte auf.

Ohne einen Blick auf ihn zu riskieren, sauste ich quer über den Todesweg. Im nächsten Augenblick stand ich keuchend auf der anderen Seite. Ich drückte mich an eine Mauer, als noch mehr Zerquetscher vorbeirasten und mich mit ihren weißen Augen anglotzten.

Zerquetscher gehörten zu den größten Gefahren im Revier der Pelzlosen – eckige, gedrungene Geschöpfe mit buckligen Rücken und sich drehenden Pfoten. Ihre gleißend hellen, niemals blinzelnden Augen blickten stets geradeaus, und sie streiften unermüdlich über das Geflecht aus Steinpfaden, das wir *Todesweg* nannten. Ihre Rümpfe waren hohl, und die

Pelzlosen setzten sich hinein und ließen sich von ihnen tragen. Auch wenn der Todesweg oft ruhig und leer aussah – er gehörte zu den verhängnisvollsten Fallen der Pelzlosen. Die Zerquetscher waren tödlich schnell.

Großmas Warnungen kamen mir in den Sinn. Sie pflegte vom Todesfluss zu sprechen, statt vom Todesweg. »Der Todesfluss fordert unter uns Füchsen mehr Opfer als alle anderen Feinde.«

Doch der Todesweg war überall, man konnte ihm nicht entgehen. Seine zahllosen Krallen zogen ihre Spuren durch das Große Knurren, und die glänzenden Zerquetscher waren Tag und Nacht auf der Jagd.

Trotzdem musste auch der Todesweg irgendwo zu Ende sein. Doch so weit ich auch lief, er war immer da … Wenn er nun unendlich lang war? Meine Beine zitterten vor Erschöpfung, ich rang nach Atem. Wenn ich blinzelte, tanzte der Widerschein der Feuer des Großen Knurrens vor meinen Augen, die schwebenden Leuchtkugeln, die lodernden Augen der Zerquetscher. Dies war ein Land aus grauen Mauern und steinernen Bauen, aus aufgewühlter Erde und hämmernden Schlägen. Mir drehte sich alles, und ich wartete mit fest zugekniffenen Augen darauf, dass sich die Welt um mich herum wieder beruhigte.

Immerhin war ich meinen Verfolgern inzwischen entkommen. Die Abendluft trug nicht den leisesten Hauch ihrer Witterung heran. Doch während der Flucht hatte ich die Orientierung verloren. Ich duckte mich, als der nächste Zerquetscher über den Todesweg heulte. Ich gehörte hier nicht hin. Abermals vernahm ich in Gedanken Großmas Stimme, die Mühe hatte, das Getöse des Großen Knurrens zu übertönen: »Der Todesfluss ist die grausamste List der Pelzlosen. Meidet ihn! So friedlich er auch manchmal scheinen mag, ihr dürft ihm niemals trauen.« Großma wäre außer sich, wenn sie erfahren würde, wie oft ich den Todesweg heute Nacht schon überquert hatte. Ich ließ beschämt den Schwanz hängen. Andererseits war Großma auch nicht, wo sie hingehörte, nämlich in unserem Bau.

Der beißende Aschegeruch fiel mir wieder ein, die rötliche Glut, die qualmte, ohne zu wärmen ... das Blutrinnsal. Mein Instinkt sagte mir, dass die Einäugige zusammen mit ihren abscheulichen Begleitern zu unserem Bau zurückkehren würde. Ich hielt mich besser davon fern, und meine Familie auch. Wenn wir doch nur schon wieder zusammen wären ...

Im Land der Pelzlosen wurde es niemals richtig Nacht. Die Sonne war jetzt zwar vom Himmel verschwunden, aber sobald es dunkel wurde, flammten überall Leuchtkugeln an ihren gerade gewachsenen Stämmen auf und erhellten die Wege der Pelzlosen. Ich hörte ihr raunendes Zischeln und spürte die schwachen Schwingungen ihres Surrens. Dicke schwarze Wolken jagten über ihnen dahin und verhießen baldigen Regen.

Die Baue der Pelzlosen drängten sich in Gruppen zusammen und versperrten den Blick auf den Horizont. In ihren dunklen Umrissen strahlten glänzende Gucklöcher, in denen sich etwas bewegte. Ich erkannte einen Pelzlosen, der auf und ab lief, bunte Flächen verströmten flackerndes Licht. Als ich mich mit nach oben gerichtetem Blick langsam um mich selbst drehte, fiel mir auf, dass die Baue nach einer Richtung hin immer höher zu werden schienen, als ginge es dort bergauf. Vielleicht konnte ich mir von weiter oben ja einen besseren Überblick verschaffen.

Vielleicht entdeckte ich von dort aus ja meine Familie.

Ich lief los, immer am Rand des Todesweges entlang, und hielt auf die hohen Gebäude zu. Das Große Knurren war ein einziges schmutziges Gewirr aus Zäunen und versperrten Durchgängen, aus Draht mit spitzen Zähnen und vor allem aus Wänden und Mauern. Die Pelzlosen hatten eine Vorliebe für Mauern.

Mauern, um sich selbst darin einzusperren.

Mauern, um andere auszusperren.

Das Große Knurren war voller Mauern.

Meine Pfoten schmerzten auf dem harten Graustein, aber ich durfte mich jetzt nicht ausruhen. Es ging höher und höher, und als ich mich zwischendurch umdrehte, sah ich, dass der Weg hinter mir tatsächlich bergab führte. Ich konnte zwar nicht sehr weit blicken, weil ein Gebäude im Weg stand, aber ich fasste neuen Mut. Wenn ich den höchsten Punkt des Großen Knurrens erreicht hätte, würde alles klarer werden. Dann würde ich wissen, was ich zu tun hatte.

Irgendwann stieg der Grausteinweg nicht mehr weiter an und ging in eine Art Wildpfad über. Ich war froh, wieder Erde zu riechen, und winselte vor Erleichterung, als meine schmerzenden Pfoten in weiches Gras einsanken. Dieser Wildpfad war viel breiter als jener bei unserem Bau. Das Gras war seltsam kurz, als hätte es jemand abgenagt. Es bedeckte einen Hügel. Darauf standen hohe Bäume, um die herum bunte Blumen wuchsen. In der Mitte erhob sich ein von Zäunen umgebenes Gebäude.

Ich drehte mich um und ließ aufseufzend den Blick

über das Große Knurren wandern. Von hier oben glich es einem funkelnden Sternbild aus Leuchtkugeln. In ihrem dunstigen Schein waren die hässlichen grauen Baue der Pelzlosen kaum noch zu erkennen. Nur in der Ferne ragte eine Gruppe besonders hoher Gebäude auf. Sie hatten eigenartige Umrisse und glitzerten wie Raureif. Eines hatte die Form eines Fuchsohres, ein anderes war rund, aber die meisten waren eckig wie die übrigen Gebäude der Pelzlosen. Sie verströmten so viel Licht, dass sie die Sonne hätten überstrahlen können. Von weitem sahen sie beinahe schön aus.

Doch wozu dienten die vielen dünnen grauen Linien, die sich unter den Leuchtkugeln über die zahlreichen Verzweigungen des Todesweges zogen? Mit zusammengekniffenen Augen versuchte ich, Einzelheiten zu erkennen.

Dort unten streifte eine Schar Füchse mit nach Asche riechendem Fell über den Graustein.

Ob auch meine Familie dort unten nach mir suchte?

Ich legte den Kopf in den Nacken und hielt wieder nach Wolken Ausschau. Schließlich entdeckte ich den Mond, eine gelbe Kugel am düsteren Himmel. Ich schlang den Schwanz um mich. Die dunklen Wolken zogen am Mond vorbei und hüllten ihn in ein dunstiges Fell. Gegen den grellen Schein der Leuchtkugeln wirkte er blass.

Dann wandte ich mich dem Gebäude mitten auf dem Hügel zu und betrachtete es mit schief gelegtem Kopf. Es war ganz anders als alle Gebäude, die ich bisher gesehen hatte. Es hatte keine richtigen Mauern, sondern bestand aus mehreren ineinanderliegenden Zaunkreisen. Die Zäune waren aber nicht aus Holz, so wie jener an unserer Wiese, sondern aus schwarzen, glatten Stäben, die aussahen, als seien sie hart wie Stein. Der äußerste Zaun war so hoch, dass er fast bis zum Himmel reichte.

Neugier ließ meinen Schwanz hin und her zucken, und ich setzte mich wieder in Trab. Ein Weg zog sich durch das abgenagte Gras. Er führte auf einen Bogen zu, der von zwei riesigen geschlossenen Toren ausgefüllt wurde. Ich lief daran vorbei und mehrere Schwanzlängen um den äußersten Zaun herum, dann schlüpfte ich mühelos zwischen den Stäben hindurch.

Mir war, als wäre ich plötzlich in unsichtbaren Nebel geraten. Die Luft um mich herum knisterte von den Witterungen unbekannter Lebewesen: holzig, lieblich, stechend, beißend …

Mit erhobener Vorderpfote hielt ich verunsichert

inne. Ich witterte eine große Zahl fremder Geschöpfe in meiner Nähe, aber es handelte sich weder um Füchse noch um Pelzlose. Ich konnte die Gerüche von Fell, Federn und ledriger Haut unterscheiden. Vor mir ragte dunkel der nächste Zaun auf. Unschlüssig blieb ich stehen, mühte mich ab, das Durcheinander aus Gerüchen zu entwirren, bis mir ganz schwindlig wurde.

Dieser Ort gefiel mir überhaupt nicht. Ich beschloss kehrtzumachen.

Da vernahm ich ein Krächzen, und mein Magen knurrte freudig. Hier gab es etwas Fressbares! Meine Ohren stellten sich auf, und ich schlich lautlos weiter. Die fremdartigen Witterungen wurden stärker. Aus den kräftigen, fleischigen Ausdünstungen schloss ich, dass einige der Geschöpfe, die hier lebten, sehr groß waren, noch größer als die Pelzlosen. Da ich keine Bewegungen wahrnahm, vermutete ich, dass sie schliefen. Ich musste achtgeben, sie nicht zu wecken.

Hinter dem nächsten Zaun erblickte ich lauter Käfige. Sie waren von einem dritten, niedrigen Zaun umgeben, der nur halb so hoch wie ein Pelzloser war und dessen Stäbe breite Zwischenräume hatten. Ich schlüpfte hindurch.

Warum sperrten die Pelzlosen andere Lebewesen in Käfige? Wozu diente dieser Ort?

Ich näherte mich dem nächstbesten Käfig und erspähte darin den Umriss eines großen Geschöpfes, das auf der Seite lag. Seine Haut war dick wie Baumrinde, der wuchtige Kopf besaß ein spitzes Horn. Als ich vorbeihuschte, rührte es sich nicht. Anscheinend hatte es mich gar nicht bemerkt.

Mein Magen schmerzte inzwischen vor Hunger, trotzdem mahnte mich mein Instinkt zur Vorsicht. Die Käfige waren mir nicht geheuer, sie hatten etwas Unnatürliches. Abermals überlegte ich, zu welchem Zweck die Pelzlosen solche Fallen errichten mochten. Wollten sie die darin gefangenen Lebewesen töten und ihr Fleisch fressen? Wozu trieben sie so viele von ihnen auf einem Fleck zusammen?

Ich lief an dem niedrigen Zaun entlang zum nächsten Käfig. Er verströmte den Geruch von trockenem Gras und Lehm, und ich konnte nicht erkennen, was für ein Geschöpf hier lebte. Drinnen sah ich einen hölzernen Bau, in dem der Bewohner vermutlich schlief. Ich spürte aber, dass er harmlos war, ein Grasfresser, kein Fleischfresser.

Vor dem dritten Käfig machte ich halt und atmete erst einmal tief durch. Vom Ansturm der vielen Gerüche brummte mir der Schädel. Ich schloss die Augen und versuchte noch einmal, die einzelnen Witterungen zuzuordnen. Die Geschöpfe in meiner nächsten Nähe besaßen Fell oder eine dicke Haut, doch aus den weiter entfernten Käfigen zog der Geruch von Federn zu mir herüber. Vögel – dort musste ich hin!

Zu dem Vogel, der gekrächzt hatte, der sich bemerkbar gemacht und mich zum Kommen aufgefordert hatte.

Sein Käfig lag in der entgegengesetzten Richtung. Als ich die Augen wieder öffnete und mich umdrehen wollte, schlug mir plötzlich eine stechende Witterung entgegen. Sie kam aus dem Käfig direkt vor mir. Drinnen regte sich nichts. Ich schlich näher.

Der Käfig war leer, musste aber kürzlich noch bewohnt gewesen sein. Mein Instinkt pfiff mir in den Ohren wie ein eisiger Wind, aber meine Neugier war stärker ... ich lugte durch das Gitter. Ich konnte ein Stück grasbewachsener Erde erkennen, ein paar Büsche und einen kleinen Tümpel. Angestrengt kniff ich die Augen zusammen. Nah am Gitter war ein Baum umgehackt worden, so dass nur noch der Stumpf übrig war. Durch die Rinde zogen sich lange Furchen.

Die Spuren riesiger Krallen.

Es überlief mich kalt. So tiefe Furchen konnten unmöglich von einem Fuchs stammen. Das Geschöpf, das hier gewohnt hatte, musste gewaltige Kräfte besitzen.

Dann wehte mir auf einmal ein köstlicher Duft um die Schnauze. Dicht hinter dem Gitter lag ein Knochen. Ein Knochen mit einem großen Stück Fleisch dran, das mit weißen Knorpelklumpen durchsetzt war. Mein Magen grollte gierig. Ich langte mit der Pfote durch die Gitterstäbe, reichte aber nicht heran. Ein enttäuschtes Winseln entschlüpfte mir, und ich versuchte es noch einmal. Diesmal gelang es mir, den Knochen mit den ausgestreckten Krallen anzustupsen, so dass er sich eine Schnurrhaarlänge in meine Richtung bewegte. Mir fiel ein, wie ich Ma einmal dabei zugeschaut hatte, wie sie Beeren von einem hohen Ast pflückte. Sie war sehr überlegt und geschickt vorgegangen. Mit der einen Vorderpfote hatte sie den Ast zu sich heruntergebogen, mit der anderen hatte sie ihn festgehalten. Wenn ich nicht zu ungeduldig war, konnte es mir gelingen, mir den Knochen zu holen. Ich stellte mir vor, wie das fette Fleisch mein Maul füllte, wie mir der Saft die Kehle hinunterrann.

Noch ein behutsamer Stupser, und ich bekam ihn schon beinahe zu fassen. Das Fleisch war rosig, sein Duft ließ mir das Wasser im Maul zusammenlaufen.

Der Knochen war lang und gelblich weiß. Er war mit tiefen Kerben übersät, die von riesigen Zähnen stammen mussten.

Ich zwängte die Pfote durch die Stäbe. Der Schmerz fuhr mir den Vorderlauf hoch, aber die fordernde Stimme meines Magens übertönte ihn.

*Ich habe Hunger*, verkündete sie. *Ich habe ewig nichts Fressbares mehr gekriegt.*

Mit zusammengebissenen Zähnen stieß ich die Pfote noch weiter durchs Gitter und rollte den Knochen in meine Richtung. Erwartungsvoll senkte ich die Schnauze und öffnete das Maul, um ihn zu packen. Dicht über dem Boden war der Geruch des ehemaligen Käfigbewohners überwältigend stark. Er tränkte das Fell an meiner Schnauzenunterseite. Ich hielt inne. Hier stimmte etwas nicht. Der Geruch war zu kräftig, zu frisch …

Im hinteren, dunklen Teil des Käfigs brach ein donnerndes Gebrüll los. Ein riesiges Ungeheuer sprang mit einem Satz auf mich zu. Ich wollte die Pfote zurückziehen, aber das tat so weh, dass ich vor Schmerz aufjaulte. Mein Vorderlauf steckte fest! Ich duckte mich in Todesangst, als sich das Ungeheuer zornig heulend gegen das Gitter warf und den gewaltigen Rachen aufriss. In den benachbarten Käfigen regten sich die Bewohner. Das Vogelgekrächz setzte wieder ein, und ich verfluchte das Federvieh, das mich an diesen entsetzlichen Ort gelockt hatte. Abermals versuchte ich, meine eingeklemmte Pfote zu befreien, doch alles Zerren war vergebens.

Das Ungeheuer ließ sich auf alle viere fallen. Seine Augen waren so gelb wie der Mond, mit einem Saum aus schwärzestem Schwarz. Es hatte die Gestalt eines riesigen Hundes, sah aber mit seinen breiten Schultern und wildblickenden Augen sehr viel bedrohlicher aus. Von seinem mächtigen Kopf standen zwei spitze Ohren ab. Das zottelige Fell war grauweiß gefleckt und hing lose an ihm herab wie eine Mähne.

»Fuchs-Ka!«, knurrte es mit einer Stimme, so tief und dunkel wie die Erde selbst. »Du hinterlistiger Schuft!«

Ich staunte, dass ich die Worte verstand. Das Ungeheuer musste wie ich ein Geschöpf Canidas sein, also sozusagen mein Artgenosse, auch wenn ich mir kaum vorstellen konnte, dass wir beide verwandt waren. Was war das für ein Riesenhund, aus dessen Augen Feuer loderte?

Er senkte den zottigen Kopf und zog die speichelglänzenden Lefzen zurück. »Du wagst es, *mir* mein Futter zu stehlen?«, knurrte er. Seine Schnauze war faltig. Das Zahnfleisch unter den schwarzen Lefzen leuchtete rosa, und seine Reißzähne waren so lang wie eine Fuchspfote.

Ich wollte etwas erwidern, aber meine Zunge war wie ausgedörrt, und ich brachte nur ein klägliches Fiepen zustande. Ich sah die rasende Wut in seinen gelben Augen und musste den Blick abwenden. Vor Angst war ich wie gelähmt. Ach, wie unbeschwert mein altes Leben doch gewesen war! Meine Eltern hatten mich nie vor Ungeheuern wie diesem gewarnt. Wenn sie doch nur hier wären! Sie hätten mir bestimmt raten können, wie ich mich verhalten sollte.

Der unheimliche Riesenhund presste die Schnauze dicht neben meiner ans Gitter. »Los, sprich!«

Ich traute mich immer noch nicht, ihn anzusehen, spürte aber seinen durchbohrenden Blick. Ich duckte mich noch tiefer und brachte kein Wort heraus.

Mein Schweigen schien ihn noch mehr aufzubringen. »Du hast mir den Respekt versagt, Fuchs-Ka, du verdammter Abfallfresser. Das sollst du mir büßen, ehrloser Dieb!« Als ich nach oben schielte, erblickte ich die weichen rosa Falten seiner Zunge. Erstaunlich, dass sich in einem so schreckenerregenden Geschöpf etwas so Verletzliches verbarg.

Wieder zerrte ich an meinem Vorderlauf, aber es half nichts.

Im Grunde war mir noch nicht mal richtig klar, weshalb der Riesenhund derart aufgebracht war. Wegen eines Knochens? Er duckte sich zum Sprung. »Ich fresse Ratten!«, brachte ich in höchster Not heraus.

Sein Gesicht verzog sich angeekelt. »Ratten?«, wiederholte er mit zuckenden Ohren. »Ein Geschöpf, das Ratten frisst, hat kein Recht zu leben!«

Ich erhaschte einen Blick in sein aufgerissenes Maul. Hinter der rosafarbenen Zunge gähnte es schwarz.

# 3. Kapitel

Ich bäumte mich verzweifelt auf. Das aufgerissene Maul des Riesenhundes klaffte über mir, sein feuchter Atem strich über mich hinweg. Mein Blick glitt unwillkürlich zum Himmel empor, über den graue Wolkenbänke zogen. Doch einer Gruppe Sterne gelang es, die Wolken zu durchdringen. Ihr gleißendes Licht, in dem kleine Flammen zu züngeln schienen, strahlte noch heller als der gelbliche Widerschein des Großen Knurrens. Die Lichter Canidas! Mein Vater hatte mir von ihnen erzählt – von den Sternen, die er als Welpe gesehen hatte.

Tröstliche Wärme durchflutete mich.

Meine Panik ließ nach.

Ich heftete den Blick fest auf die Sterne. Die Welt um sie herum verblasste, auch das Ungeheuer, das mich zu packen drohte.

Ich war Fleisch ohne Knochen.

Ich war schlank und geschmeidig.

Das Sternenlicht drang kribbelnd bis auf den Hintergrund meiner Augen. Ich ruckte ein letztes Mal mit aller Kraft an meinem Vorderlauf – und kam frei. Taumelnd wich ich von dem Gitter zurück. Die Zähne des Riesenhundes schnappten ins Leere. Einen Augenblick länger, und ich hätte meine Pfote verloren. Mein Blick glitt rasch an den Gitterstäben hoch. Nein, selbst ein so großes Geschöpf konnte sie nicht überwinden.

Seine schwarze Schnauze prallte gegen die Stäbe, dass es nur so schepperte. »Fuchs-Ka!«, heulte er. »Rattenfressender Feigling!« Er rammte die schwarze Nase durch das Gitter und donnerte die Pfote dagegen, die zum Glück viel zu breit war, als dass sie durch die Zwischenräume gepasst hätte.

Ich sprang erschrocken zurück, plumpste aber sogleich aufjaulend zu Boden. Vom unbarmherzigen Biss der Gitterstäbe pochte mein Vorderlauf unerträglich, wenn ich ihn belastete. Ich untersuchte ihn näher, konnte aber kein Blut entdecken. Schwankend stellte ich mich auf meine drei gesunden Beine und zog das verletzte an die Brust.

Gelbe Augen funkelten durchs Gitter. »Na, wem willst du als Nächstes das Futter stehlen? Oder bist du nur hergekommen, um die Gefangenen anzugaffen, so wie es die Pelzlosen machen?«

Mein Instinkt riet mir zur Flucht, doch ich kämpfte ihn nieder. Diesmal würde ich dem Blick des Ungeheuers standhalten. Mochte es noch so drohend knurren, seinem Käfig konnte es nicht entkommen.

Unsere Blicke begegneten sich.

Meine Angst hatte nachgelassen, doch meine Augen konnten sich nicht von den beiden gelben Kugeln lösen. Ein kompliziertes Muster durchzog sie wie goldene Schnurrhaare. In ihrer schwarzen Umrandung leuchteten sie mit eindringlicher Macht.

Ich schluckte schwer. »Ich bin kein Dieb.«

Ich dachte wieder an den Knochen mit dem Fleischbrocken dran. Er lag immer noch hinter dem Gitter, ganz nah … »Ich wusste nicht, dass der Knochen dir gehört«, fuhr ich fort. »Ich dachte, keiner will ihn haben.« Ich konnte mich gerade noch beherrschen, nicht *Entschuldige bitte!* zu sagen.

Er krauste verächtlich die Schnauze. »Dann bist du also ein *Aasfresser*.«

Mir fiel ein, was Großma oft zu sagen pflegte. »Wenn man überleben will, sind alle Mittel recht«, entgegnete ich.

Seine Ohren drehten sich herum. »Und was ist mit Würde und Ehre? Schämst du dich denn gar nicht, Fuchs-Ka?«

Ich begriff nicht ganz, was er damit meinte. Was sollte ich denn sonst fressen?

Er wartete auf meine Antwort. Als diese ausblieb, ließ er sich am Gitter herabgleiten, bis unsere Augen auf gleicher Höhe waren. »Willst du nicht ein Stückchen näherkommen, Fuchs-Ka? Ein bisschen mit dem alten Wolf spielen?«

Ein jäher Schreck durchfuhr mich.

*Wolf!*

Ich kannte das Wort. Pa hatte Pirie und mir von jenen vornehmen Geschöpfen erzählt, den edelsten Söhnen und Töchtern von Canida. Doch angesichts des Ungeheuers hinter dem Gitter konnte ich mir nur schwer vorstellen, dass Wölfe nicht einfach nur brutale Mörder waren.

Ich humpelte zu dem niedrigen Zaun hinüber, hinter dem die Lichter des Großen Knurrens funkelten. Den Wolf beobachtete ich dabei weiter aus den Augenwinkeln. Er konnte seinen Käfig zwar nicht verlassen, trotzdem mochte ich ihm nicht den Rücken zuwenden.

»Wo willst du denn hin, Fuchs-Ka?«, fragte er heiser.

Ich blieb mit hin und her schwingendem Schwanz stehen und drehte mich um. Erst jetzt fiel mir auf, wie struppig sein Fell war. Um die Schnauze herum war es stellenweise so abgewetzt, dass man die schwarze Haut sah. Er musste die Schnauze unzählige Male zwischen die Gitterstäbe geschoben haben, immer und immer wieder. Seine Krallen waren abgesplittert und schmutzig, sein schütterer Schwanz hing kraftlos herab. Ich spähte in den hinteren Teil des Käfigs. Von Pa wusste ich, dass sich die Wölfe in den fernen Schneelanden jenseits des Zornigen Flusses zu Rudeln zusammenschlossen, zu todbringenden Heeren mit eigenen Königreichen.

Doch dieser Wolf hier war allein.

Als ich jetzt zum Himmel emporblickte, waren die Lichter Canidas wieder hinter den brodelnden Wolken verschwunden. »Ich bin auf der Suche nach meiner Familie.« Es laut auszusprechen bohrte sich wie eine spitze Kralle in meine Brust, und ich hätte beinahe aufgejault.

Der Wolf wartete schweigend ab, bis ich mich abermals abwandte.

Als er dann wieder das Maul aufmachte, klang seine Stimme dumpf grollend. »Fuchs-Ka ist ein Einzelgänger. Was verstehst du schon davon, etwas Größerem als dir selbst zu dienen? Dir bedeutet Familie doch nichts.« Es war eine Feststellung, keine Frage.

Ärger ließ mein Fell knistern. Er konnte sich gern über die Wahl meines Fressens lustig machen – aber nicht über meine Familie! »Da irrst du dich gewaltig!«, rief ich erbost, drehte mich um und sah ihn fest an. »Du hast ja keine Ahnung, *Wolf*! Meine Ma, mein Pa und meine Großma wurden vertrieben. Mein Bruder Pirie auch. Sie sind irgendwo dort unten im Großen Knurren verschollen, und ich bin entschlossen, sie wiederzufinden!«

Der Wolf legte verblüfft die Ohren an. Diese Antwort hatte er nicht erwartet. Mit gefletschten Zähnen starrte er mich an. Mordlust loderte in seinem Blick. Doch das hohe Gitter war mein Schutz.

Jetzt konnte mich nichts mehr aufhalten. Als ich den äußersten Zaun erreicht hatte, der an den Wildpfad grenzte, warf ich einen letzten Blick auf die Käfige – auf den Wolf. Er hatte sich hingelegt, sein mächtiger Kopf ruhte auf den Vorderpfoten. Ich war schon zu weit weg, um seine Augen zu erkennen, spürte aber deutlich, dass er mich beobachtete. Wo er wohl einst hergekommen war? Und was mochte ihn hierher verschlagen haben, so weit weg von seinesgleichen?

In Gedanken hörte ich ihn wieder sagen: *Oder bist du nur hergekommen, um die Gefangenen anzugaffen, so wie es die Pelzlosen machen?*

Hatten die Pelzlosen diesen Ort etwa zu ihrem Vergnügen erbaut?

Mein Ärger und meine Angst waren endgültig verflogen. Der Wolf tat mir nur noch leid. Ja, er fraß keine Ratten und auch nicht die Reste, die die Pelzlosen übrig ließen. Ja, seine Zähne und Krallen waren länger als meine. Ja, er war größer und stärker als jeder Fuchs oder Hund. Aber trotz alledem war er ein Gefangener, und ich war frei.

Wenn ich das Bein nicht belastete, tat es nicht allzu weh, trotzdem behinderte es mich beim Laufen. Ich humpelte am Rand des gewundenen Todesweges entlang, der das Große Knurren jetzt in einer anderen Richtung durchschnitt. Zwischendurch musste ich immer wieder anhalten und mich ausruhen.

Als ich witternd die Luft einsog, roch ich den beißenden Gestank der Zerquetscher. Sie donnerten an mir vorüber: schlanke Zerquetscher, dicke Zerquetscher, rote und schwarze Zerquetscher, allesamt mit grellen Feueraugen. *Der Todesfluss*, wie Großma immer sagte. Richtige Flüsse waren mit Wasser gefüllt, wie Seen ohne Anfang und Ende. Das hatte mir Pa erzählt, der in den Wildlanden schon Flüsse gesehen hatte. Über das Große Knurren hatte ich allerdings inzwischen einiges herausgefunden, ohne dass mir erst jemand davon erzählt hatte. Zum Beispiel, dass die Zerquetscher immer innerhalb der Begrenzungen des Todesweges blieben, als wären sie Fische, die nicht klug genug waren, um das Wasser zu verlassen. Die Pelzlosen wussten das offenbar, denn sie spazierten sorglos über den leicht erhöhten Randstreifen. Manche kletterten auch in die Zerquetscher hinein oder saßen drinnen und blickten heraus, ebenfalls ohne erkennbare Beunruhigung. Ich fuhr mir mit den Krallen durch die verhedderten Schnurrhaare. Warum blieben die Zerquetscher, trotz ihres drohenden Brummens, immer auf Abstand? Anscheinend war nur ihr Äußeres schreckenerregend, in Wirklichkeit aber waren sie furchtbar dumm.

*Schaue! Lausche! Warte!*

Indem ich mich immer am Rand des Todesweges hielt, überlistete ich die Zerquetscher. Großma würde stolz auf mich sein. Ich konnte es kaum erwarten, ihr von meiner Entdeckung zu berichten.

Wie gern hätte ich jetzt den Kopf an ihre Schulter geschmiegt …

Ein Pelzlosenpaar kam angeschlendert, die Vorderläufe ineinander verflochten. Ich drückte mich an die Mauer und machte mich ganz klein. Sie schnurrten und zwitscherten, ohne auf mich zu achten. Sogar ein vorbeibrummender Zerquetscher vermochte sie nicht aus ihrer Verschlingung aufzuschrecken. Ich sah ihnen nach, wie sie den Todesweg überquerten, dann entschwanden sie meinem Blick. Eigentlich hatte ich erwartet, dass ich in diesem Grausteinland sofort auffallen würde, doch die meisten Pelzlosen bemerkten mich nicht einmal. Ma hatte mir von ihrem verkümmerten Geruchssinn erzählt, aber das reichte als Erklärung nicht aus. Es war, als wäre ich unsichtbar.

Immer noch an die Mauer gedrückt, humpelte ich ein paar Stufen hinunter. Ein Zerquetscher schlief am Rand des Todesweges. Ich riss das Maul weit auf und gähnte. Mein Kopf fühlte sich schwer an, das mit Erde verklebte Fell zog ihn nach unten. Insgeheim beneidete ich den schlafenden Zerquetscher. Als ich mich zögerlich ein Stück näher an ihn heranwagte, stand er unverändert still und stumm da wie ein Baum. Auf einmal fürchtete ich mich nicht mehr vor ihm. Er war ein lebloses Ding. Seine starren Augen waren immer noch aufgerissen, doch ihr grelles Leuchten war erloschen. Ich huschte unter seinen Bauch und vergrub den Kopf in den Pfoten.

Der Schlaf wollte nicht kommen.

Mit einem matten Seufzer kroch ich wieder unter dem Zerquetscher hervor und witterte.

Als ich einen jungen Fuchs roch, wirbelte ich herum und wollte Piries Namen rufen. Doch schon war der Geruch wieder verweht.

Ich war so müde, dass ich mich nicht mehr auf meine Sinne verlassen konnte. Die Nacht spielte mir Streiche. Mein Magen knurrte, aber ich überhörte ihn. Ich entdeckte einen Wildpfad mit kurzem, weichem Gras. Wenn ich hier irgendwo einen Unterschlupf fand, in dem ich mich ein Weilchen ausruhen konnte, würde es mir bessergehen. Anschließend würde ich meine Suche mit neuer Kraft fortsetzen, denn wenn es Tag wurde und der Todesweg wieder von umtriebigen Pelzlosen wimmelte, würde ich mich irgendwo verkriechen müssen. Dann konnte ich nur noch schauen, lauschen und warten.

Mit gesenktem Kopf trottete ich durchs Gras und labte mich am Geruch der Erde.

Dann stellten sich meine Ohren plötzlich auf. Als ich ganz klein gewesen war, mit eben erst geöffneten Augen und noch umknickenden Ohren, hatte ich einmal bei Tagesanbruch ein wunderschönes Lied vernommen. Die Töne hatten sich in jubelnden Schleifen emporgeschwungen, funkelnd wie Raureif in der kühlen Morgenluft. Wer eine derart kraftvolle Stimme besaß, musste mindestens so groß wie ein Fuchs sein, wenn nicht größer. Ich hatte unsere ganze Wiese nach dem geheimnisvollen Sangeskünstler abgesucht, hatte in das hohe Gras und die Baumkronen gespäht, ihn aber nirgends entdeckt.

Jetzt trug der Wind die gleiche liebliche Melodie zu mir heran. Im Dunkeln, inmitten des gedämpften Gebrumms der nahen Zerquetscher, klang sie noch bewegender als damals. Ich schaute mich suchend um, doch auch diesmal sah ich niemanden.

Ein Nachtfalter kam schwerfällig angeschwirrt und ließ sich vor meiner Nase auf einem abgefallenen Blatt nieder. Ich sprang zu und erwischte ihn mit einem treffsicheren Pfotenhieb. Zufrieden zerknackte ich die harten Flügel. Als ich den letzten Bissen heruntergeschluckt hatte, prüfte ich abermals die Witterung. Ein Fuchs! Diesmal war ich ganz sicher, auch wenn es ein anderer Fuchs war als vorhin. Mir war auch sofort klar, dass es sich nicht um Großma, Ma oder Pa handelte. Auch nicht um einen Jungfuchs, sondern um eine ältere Füchsin, die möglicherweise krank war, denn ihre Witterung hatte etwas leicht Fauliges. Trotzdem schlug mein Herz höher. Nach all den Zerquetschern, den Pelzlosen und dem Wolf sehnte ich mich nach einem Artgenossen.

Als die Füchsin hinter einem Baum hervorkam, verklang das wunderschöne Lied. Sie war ungefähr so alt wie Großma, und ich atmete auf. Bestimmt war sie auch genauso weise wie Großma. Sie würde Verständnis für meine Lage haben und mir helfen, meine Familie wiederzufinden. Sie war abgemagert, ihr Schulterfell wies kahle Stellen auf. Ich sprang ihr mit hohem Fiepen entgegen und wollte meine Nase gegen ihre stupsen, aber sie wich mit gesträubtem Nackenfell zurück und knurrte dumpf. Den Kopf hatte sie schief gelegt, die Lefzen hochgezogen, und sie streckte den Schwanz steif ab.

Ich blieb wie angewurzelt stehen.

»Was willst du hier?« Sie kam jetzt näher. Ihr Gang war unsicher, irgendetwas stimmte mit ihr nicht. Sie war ganz steif um die Hüften. Ihre Augen waren verklebt, und das eine ließ sich nur noch halb öffnen.

»Bist du krank?«, erkundigte ich mich.

»Was geht's dich an?«, erwiderte sie schroff.

Hinter uns kreischte ein Zerquetscher, und ein Pelzloser jaulte ein misstönendes Lied.

»Ich wollte nur …« Die Worte verdorrten mir auf der Zunge. Ich konnte meine Enttäuschung kaum verbergen. Ich hatte gedacht, sie würde mich freundlich begrüßen.

Stattdessen starrte sie mich feindselig an, die großen Ohren vom Kopf abgespreizt. »Also … was willst du hier?«

Ich machte einen halben Schritt auf sie zu, hielt dann aber wieder inne. »Ich heiße Isla und suche meine Familie. Meine Eltern und meinen Bruder Pirie.«

Diese Antwort schien sie zu verärgern. »Pirie?«, knurrte sie. »Ich kenne keinen Pirie, das habe ich dir doch schon gesagt. Und jetzt verschwinde!«

Ich rührte mich nicht von der Stelle, doch mein Körper spannte sich fluchtbereit an. Der gefangene Wolf hatte seine Wut offen gezeigt, aber der Blick der Fähe beunruhigte mich mehr. Hinter den Verwüstungen des Alters ahnte ich Boshaftigkeit.

Was hatte Ma mich gelehrt? »Jag niemals einer Katze nach – sie wird auf dich losgehen.«

»Aber Katzen sind doch viel kleiner und schwächer als wir Füchse«, hatte ich eingewendet.

Sie hatte in strengem Ton erwidert: »Körpergröße, Kraft und Alter eines Gegners sind nicht entscheidend. Wenn seine Augen kampflustig funkeln, dann geh ihm aus dem Weg. Wir Füchse jagen keine Beute, die sich wehrt oder die uns angreift. Zornige Krallen führen immer zu Blutvergießen!«

Als ich mir diesen Wortwechsel in Erinnerung rief, wurde mir unbehaglich zumute. Die Alte war gefährlich. Wahrscheinlich konnte ich schneller laufen als sie – auch mit meinem verletzten Bein –, aber wenn sie mich trotzdem zu fassen bekam, würde sie erbittert kämpfen.

*Zornige Krallen führen immer zu Blutvergießen.*

Ich versuchte, mir meine Furcht nicht anmerken zu lassen, als ich erwiderte: »Wir haben vorher noch nie miteinander gesprochen. Und ich denke nicht dran zu verschwinden. Du kannst selber verschwinden!«

Sie sah mich überrascht an und öffnete und schloss ein paarmal das Maul. Mir stieg ein strenger Geruch in die Nase, der mir irgendwie bekannt vorkam. Einmal hatte ich auf dem Hof vor dem Bau der Pelzlosenfamilie eine Schüssel mit weißem Wasser entdeckt. Als ich davon kosten wollte, hatte Ma mich davon abgehalten.

»Das ist Milch«, hatte sie mir erklärt, »aber sie ist nicht mehr gut.« In der weißen Flüssigkeit schwammen kleine Brocken, die wie Fettstückchen aussahen. Ich hatte prüfend geschnuppert und festgestellt, dass Ma recht hatte. Von dem Geruch hatten sich meine Schnurrhaare gekräuselt, und ein Klumpen des Abscheus war mir in die Kehle gestiegen.

Die alte Füchsin roch ganz genauso – nach Milch, die sauer geworden war. »Verzieh dich, Welpe.«

Mein Rückenfell juckte, und mein einer Hinterlauf zitterte, so dass ich die Pfote fest auf den Boden drücken musste. »Erst, wenn ich meine Familie wiedergefunden habe.«

»Deine Familie ist nicht hier. Das hier ist *mein* Revier. Alles, was du hier siehst, gehört *mir.* Aber andauernd versuchen irgendwelche Diebe, mir mein Futter zu stehlen. Wie oft soll ich es dir denn noch sagen? Du sollst verschwinden!«

Meine Ohren klappten nach hinten. Das war schon das zweite Mal in dieser Nacht, dass ich beschuldigt wurde, ein Dieb zu sein. »Ich will dein Futter nicht! Ich will meine Familie wiederhaben. Mein Bruder Pirie hat ungewöhnliches Fell. Es schimmert silbriggolden.«

Die Alte sah mich finster an. Ihr steif abgespreizter Schwanz sackte herab. Geistesabwesend streckte sie die Zunge heraus, um sich das verklebte Auge zu lecken, kam aber nicht heran. Dann brummelte sie heiser: »Du kommst. Du fragst nach Pirie. Du gehst. Du kommst. Wann lässt du mich endlich in Frieden?«

Mir kam der Verdacht, dass die Klauen des Alters und der Krankheit tiefe Furchen in ihren Verstand gegraben hatten. Ich prüfte noch einmal die Ausdünstungen der Nacht: Gras, Erde, der beißende Gestank des Todesweges, der üble Atem der Zerquetscher. Doch keine Witterung von Pirie, nichts, das darauf hinwies, dass Ma, Pa oder Großma in der Nähe waren.

Ich zog mich im Rückwärtsgang zurück. Die Alte knurrte, vielleicht, weil sie sich als Siegerin fühlte. Sie sträubte das Fell und machte einen Buckel.

Ich stand wieder am Rand des Todesweges. Die Alte kam mir nicht nach. In triumphierendem Ton rief sie mir zu: »Wenn du eine Spur Vernunft hast, dann vergisst du deine Familie. Wir Füchse haben auch schon so eine schwere Last zu tragen – wozu sich da noch mehr aufbürden?«

Meine Ohren zuckten, drehten sich.

Es war mir egal, was sie von mir dachte.

An einer ruhigen Stelle des Todesweges bog ich ab und verkroch mich unter einem Busch. Ich fühlte mich so einsam, dass es weh tat. Als ich unter den Zweigen hervorlugte, konnte ich das Zaungebilde über dem Großen Knurren nur noch verschwommen in der Ferne erkennen. Ich konnte nicht in die Käfige blicken. Aber ich konnte mich nur allzu deutlich an die Gerüche der gefangenen Lebewesen erinnern und an den furchteinflößenden Wolf mit dem Mond in den Augen.

Etwas fiel mir auf die Nase, aufs Ohr, ich spürte kaltes Wasser.

Erschrocken blinzelnd schlug ich die Augen auf und streckte den Kopf unter dem Busch hervor. Ich war noch ganz verschlafen. Großma hatte recht behalten: Das erste Morgengrauen hatte Regen gebracht.

Die Luft war schwer und feucht – ein kräftiger Guss stand bevor. Ich zwängte mich ganz unter dem Busch hervor und machte mich auf die Suche nach einem geeigneteren Unterschlupf, einem Versteck, in dem ich den Tag verschlafen konnte. *Klick-klick-klick* machte es hinter mir, und ich fuhr herum. Mit zu Stacheln aufgestelltem Nackenfell drehte ich die

Ohren in alle Richtungen, entdeckte aber niemanden.

An einer Mauer stand ein kleiner hölzerner Bau, in dem die Überreste eines zerhackten Baumes lagen. Durch ein Loch in der Wand schlüpfte ich hinein und tappte über die schwankenden Baumstücke. Ich leckte meinen verletzten Vorderlauf. Er tat kaum noch weh, doch so oft ich mich auch drehte und wendete, ich fand keine bequeme Lage. Die tröstliche Nähe meines Bruders fehlte mir. Ich schlang den Schwanz um mich und versuchte, mir einzubilden, es sei Pirie. Dann machte ich die Augen zu und stellte mir die wohlige Wärme in unserem Bau vor. Doch auch mit geschlossenen Augen sah ich die ganze Zeit vor mir, wie unser Bau zuletzt ausgesehen hatte – von beißendem Qualm erfüllt.

Ein anderes Bild erschien vor meinem geistigen Auge: ein riesenhafter Pelzloser mit Flügeln wie ein Vogel. Wo kam dieses Bild auf einmal her? Was hatte es zu bedeuten?

Vor Müdigkeit tat mir alles weh.

Ich gab mir Mühe, nicht an die verrückte alte Füchsin zu denken, aber ihre Worte wollten mir nicht aus dem Kopf. *Du kommst. Du fragst nach Pirie. Du gehst. Du kommst.*

Die Sonne ging auf. Schnurrhaare aus Licht lugten durch die Ritzen in der Holzwand.

Das Getöse des Großen Knurrens war bereits losgebrochen und begleitete mich in den Schlaf.

Und das sonderbare *Klick-klick-klick.* Wie von langen, schartigen Krallen auf hartem Stein.

*Klick-klick-klick.*

# 4. Kapitel

Eine Maus! Sie huschte an einer Reihe Pelzlosenbaue entlang und setzte sich dann auf dem Randstreifen des Todesweges hin, um ihren langen Schwanz zu begutachten. Ich beobachtete sie aus dem Schatten eines schlafenden Zerquetschers heraus. Der Tag war verstrichen, das trübe Sonnenlicht ging schon in die Abenddämmerung über. In meinem Magen grollte der Hunger. Seit meine Familie verschwunden war, hatte ich nur einen Nachtfalter gefressen, und das war am vergangenen Abend gewesen. Mäuse zu fangen war nicht leicht, wie ich wusste: Sie waren sehr flink und gewitzter als Nachtfalter. Aber auch schmackhafter, weil an ihnen mehr Fleisch dran war.

Pirie war von uns beiden der bessere Jäger gewesen. An einem kalten Morgen, als die Pelzlosen noch schliefen, hatte er mir Unterricht erteilt.

»Du musst die Luft anhalten und den ganzen Körper anspannen. Auf keinen Fall darfst du den Schwanz bewegen.«

Den Atem in der Kehle behalten zu müssen, war ein unerträgliches Gefühl gewesen. Panik war in mir aufgestiegen, hatte das Heben und Senken meiner Brust ersetzt.

»Bleib ganz ruhig. Dir kann nichts passieren. Und jetzt duck dich ganz tief auf den ... Isla! Du hast geatmet!«

Ich konnte nicht anders. »Nicht zu atmen ist unnatürlich.«

Er hatte mit dem Schwanz aufs Gras geklopft. Wir standen auf unserer Wiese, nicht weit von unserem Bau entfernt. Unsere Eltern und Großma waren auf dem Wildpfad unterwegs. »Du bist zu ungeduldig. Alle Füchse machen das so. Das gehört zum Jagen dazu.«

»Du kannst deine Tricks behalten. Ich komme auch ohne so was aus.« Was nicht stimmte. Ich war zwar zierlicher als Pirie und geschickter darin, mich durch enge Lücken zu zwängen, aber das Jagen war nicht meine Stärke. »Du bist eben größer als ich und kannst schneller laufen«, setzte ich hinzu.

Pirie hatte den Kopf schief gelegt. »Beim Jagen ist Geduld wichtiger als Schnelligkeit. Geduld. Lautlosigkeit. Konzentration. Wie eine Katze.«

»Katzen sind widerwärtig.«

»Aber gute Jäger.«

Ich rümpfte die Nase. »Sie beherrschen das Jagen nicht so wie wir Füchse. Sie können sich nicht unsichtbar machen und auch keine Vogelrufe nachahmen.«

»Dafür sind sie unglaublich leichtfüßig. Sie brauchen niemanden zu täuschen.«

Ich hatte an den überfütterten rotbraunen Kater gedacht, der in unserer Nachbarschaft wohnte. Wenn er uns erblickte, warf er uns finstere Blicke zu und peitschte mit dem Schwanz. »Sie sind durchtrieben. Und schrecklich eitel. Sie lecken und putzen sich den ganzen Tag lang. Wozu? Warum ist es ihnen so wichtig, wie ihr Fell riecht? Es riecht doch sowieso kaum. Kein Wunder, dass sie sich unbemerkt an Ratten heranschleichen können. Ein Fell, das nicht riecht – wenn das nicht unnatürlich ist, was dann?«

»Du bist unmöglich, Isla! Jetzt lenk nicht ab und konzentrier dich endlich.« Doch statt zu gehorchen, hatte ich Pirie angesprungen und ihn mit spielerischem Knurren ins Ohr gezwickt. Wir hatten uns im Gras gewälzt und uns von den Tautropfen besprühen lassen.

Ich verscheuchte die Erinnerung. Die Maus saß immer noch auf dem Randstreifen. Ein paar Zerquetscher lagen schlafend neben dem Todesweg, aber keiner kam mit grellweiß lodernden Augen angebraust.

Sollte ich mich anschleichen?

Eigentlich war die Maus zu weit weg.

Wenn sie mich sah oder roch, würde sie davonflitzen.

Ich holte tief Luft und spannte alle Muskeln an. Ich versuchte, mich an die Haltung zu erinnern, die Pirie mir vorgemacht hatte. Musste man den Schwanz abstrecken? War es hilfreich, die Ohren aufzustellen? Warum hatte ich bloß nicht besser aufgepasst, als Pirie es mir erklärt hatte …

Ich unterdrückte ein Blinzeln und heftete den Blick starr auf die Maus. Sie hatte mich noch nicht entdeckt. Ihre Schnurrhaare bebten hektisch, der Blick ihrer kleinen glänzenden Augen huschte über den Graustein.

Unendlich langsam hob ich die Vorderpfote. Ich ließ sie mehrere Herzschläge lang in der Luft hängen und wartete darauf, dass die Maus zu mir herüberschaute. Doch sie drehte den Kopf zur anderen Seite, zur Mauer hin. Ich konnte mein Glück kaum fassen. Ich machte einen zaghaften Schritt in ihre Richtung. Dann noch einen. Der Atem pochte in meiner Kehle, aber ich schluckte ihn herunter. Die Maus machte immer noch keine Anstalten wegzulaufen. Ich zitterte vor Aufregung. Sah sie mich denn nicht? War ich unsichtbar geworden?

Der Atem kratzte heiß in meiner Kehle, ich hielt es plötzlich nicht mehr aus. Mit aller Macht versuchte ich, ihn zurückzuhalten, öffnete und schloss das Maul – ich war noch zu weit weg!

Der Atem barst in einem geräuschvollen Schwall aus mir heraus. Ich saugte ihn sofort wieder ein, aber es war schon passiert – die Maus starrte mich mit entsetzt aufgerissenen Augen an und machte einen Luftsprung wie ein Floh. Ich stürzte mich auf sie, aber sie war schon an der Mauer hochgeflitzt und außerhalb meiner Reichweite.

Ich ließ beschämt den Schwanz hängen.

Pirie hätte sie bestimmt erwischt.

Das letzte Tageslicht war hinter dem Horizont verschwunden. Die Maus war weg, und ich hatte Bauchschmerzen vor Hunger. Mir blieb nichts anderes übrig, als den grasbewachsenen Randstreifen des Todesweges nach Würmern abzusuchen. Ich scharrte mit den Vorderpfoten in der Erde, steckte die Nase zwischen die Steine und zog alles heraus, was ich finden konnte. Ich schlang genug Würmer herunter, um den ärgsten Hunger zu besänftigen, und zerknackte außerdem etliche Käfer. Den bitteren Nachgeschmack spülte ich mit Pfützenwasser hinunter.

Dann hielt ich auf eine ruhige Stelle auf dem Randstreifen zu, wo ein einzelner Pelzloser in eine Tonne spähte. Diese wasserlosen Höhlen waren überall über das Land der Pelzlosen verteilt, und manchmal fand sich darin etwas Fressbares. Als Pa einmal eine solche Tonne durchwühlt hatte, hatte er darin einen ganzen Vogel entdeckt. Der Vogel hatte keine Federn mehr gehabt und wie eine sehr große, kopflose Taube ausgesehen. Wir hatten ihn in unserem Vorratslager vergraben, und er hatte uns mehrere Tage lang ernährt.

Ich hörte Pfoten über harten Untergrund tappen und drehte mich um. Mein Fell sträubte sich instinktiv. Am Rand des Todesweges stand ein kleiner hässlicher Hund. Sein struppiges braunes Fell war kraus, ein Strick hing ihm lose um den Hals. Er sah mich an, und ich machte einen Buckel. Er war noch ein ganzes

Stück weit weg. Er würde mich sowieso nicht fangen können – sollte er doch ruhig näher kommen.

Doch der hässliche Köter wedelte nur mit dem Schwanz und gähnte. Dann tappte er wieder davon.

Plötzlich ertönte hinter mir ein Keckern, und ich wandte abermals den Kopf. Eine Gruppe von vier Pelzlosen kam auf mich zu. Ein Weibchen zeigte mit der Pfote auf mich, fiepte überrascht und stupste seinen Freund an. Ich wollte erst wegrennen, aber die Pelzlosen lockten mich zu sich heran. Sie waren noch jung, das erkannte ich an ihrer glatten Haut und den geschmeidigen Bewegungen. Der eine wickelte etwas Braunes, Fressbares aus. Trotz der Entfernung nahm ich einen süßlichen Geruch wahr, dazu den Duft einer verborgenen Leckerei – den Duft von Fleisch. Der Pelzlose streckte die Hand mit dem Futter aus. Der Geruch wurde stärker, ich leckte mir gierig die Schnauze. Was er in der Hand hielt, duftete wesentlich besser als Würmer und Käfer. Mein Magen brannte vor Hunger.

Ich schlich ein Stückchen näher.

Der Pelzlose stieß freundliche Winsellaute aus.

Dann schlich er seinerseits auf mich zu, die Hand mit dem Futter ausgestreckt. Seine Gefährten beobachten ihn und bellten dumpf.

Was würden Ma und Pa wohl sagen, wenn sie mitbekämen, dass ich von einem Pelzlosen Futter annahm? Ich wusste es genau.

*Lauf weg! Den Pelzlosen darf man nicht trauen.*

Aber Ma und Pa waren nicht hier.

Ich war jetzt schon so nah dran, dass ich den Leckerbissen beinahe packen konnte.

Da riss der Pelzlose jäh die Pfote hoch, und seine Gefährten brachen in schrilles Gekecker aus. Einer bückte sich nach einem Stein und warf ihn nach mir. Der Stein schlug neben meinem Hinterlauf auf, und ich machte erschrocken einen Satz rückwärts. Das Herz schlug mir bis zum Hals. Als ich die Flucht ergriff, kreischten die jungen Pelzlosen laut. Erst an der nächsten Biegung des Todesweges wagte ich einen Blick über die Schulter. Die Pelzlosen lehnten sich aneinander und wedelten mit den Vorderpfoten.

Für sie war es ein Spiel …

Beinahe wäre ich in ein altes Pelzlosenmännchen hineingerannt, das am Rand des Todesweges entlangstolperte. Es verströmte einen scharfen Geruch. Ich überquerte den Todesweg, verkroch mich unter einen schlafenden Zerquetscher und beobachtete den Alten. Er bewegte sich schwerfällig. Sein Gewand war ihm zu weit, sein Körper roch nach Vernachlässigung.

Er hatte etwas Verzweifeltes an sich.

Jetzt lehnte er sich an eine Mauer. Ich wartete darauf, dass ein anderer Pelzloser vorbeikommen und ihm Futter bringen würde. Hinter der Biegung hörte ich die jungen Pelzlosen immer noch keckern, aber ihre Stimmen verklangen, als sie weiterzogen.

Niemand kam.

Der Alte setzte sich wieder in Bewegung und hielt auf den Eingang eines großen Baus zu. Von einer dunklen Treppe aus wurde er von einem braunen Augenpaar beobachtet. Mein Nackenfell sträubte sich, aber der Alte merkte nichts. Er hob kaum den Blick, als er auf den Eingang zutaumelte. Ein Zerquetscher kam um die Biegung geheult.

Ich glaubte, eine gedrungene Gestalt zu erkennen – war es ein Fuchs? –, die die Stufen vor dem Gebäude heruntersprang. Ihr Fell war grau und flauschig, vielleicht war es doch eher eine Katze. Ihre Augen leuchteten grün auf, und unsere Blicke begegneten sich einen Herzschlag lang, dann versperrte mir der heranfegende Zerquetscher die Sicht. Als er vorbeigebraust war, war die Gestalt verschwunden.

Der Alte ließ sich auf die Stufen vor dem Bau fallen. Er lehnte sich gegen die Wand, wiegte sich hin und her und stieß dumpfe Laute aus. Dann schlief er ein.

Ich beobachtete ihn noch eine Weile mit zuckenden Schnurrhaaren. Das Große Knurren war für mich eine unverständliche Welt. Manche Pelzlosen wohnten gemeinsam mit ihren Familien in Bauen, andere rollten sich einsam und allein vor den Eingängen zusammen.

Es war immer besser, bei seiner Familie zu sein.

Ich dachte wieder an Ma und Pa. Wo mochten sie sich in diesem steinernen Land verstecken? Sie kannten sich hier ja hervorragend aus. Pa sprach oft von der Wanderzeit seiner Jugend. Anders als Ma und Großma stammte er ursprünglich aus den fernen Wildlanden. Dort war alles anders, hatte er Pirie und mir erzählt. Dort waren die Tage länger und die Nächte dunkler. Die Lichter Canidas funkelten am Himmel und strahlten so hell, wie man sie in den *Graulanden* – so nannten die Wildlandfüchse das Große Knurren – niemals zu sehen bekam. Die Lichter Canidas vermisste Pa am meisten.

Er hatte die Wildlande damals verlassen, weil er unbedingt eine eigene Familie gründen wollte und es in seiner Gegend keine jungen Weibchen gab. Er hatte gehört, dass im Großen Knurren Überfluss herrschte, dass dort jeder Fuchs eine Gefährtin fand und dass die Ratten, die so groß wie Katzen waren, einem praktisch ins offene Maul sprangen. Eines Nachts hatte er von einer wunderschönen Füchsin mit rötlichem Fell geträumt. Es war eine Stadtfüchsin, und er wusste im Traum, dass sie die künftige Mutter seiner Welpen war. Daraufhin hatte er seinen Eltern und Schwestern Lebewohl gesagt und sich ins Ungewisse aufgemacht.

»Du hast deine Familie verlassen, weil du einen *Traum* hattest?«, hatte ich ungläubig gefragt.

Er hatte den Kopf schief gelegt. »Du kennst doch die alte Redensart: *Am Anfang steht immer ein Traum.*«

Er war so lange gelaufen, bis das Grün um ihn herum spärlicher geworden war und die eckigen Umrisse des Großen Knurrens sich vor dem Himmel abgezeichnet hatten.

Und tatsächlich war er Ma begegnet, der Fähe mit dem rötlichen Fell, die genauso aussah wie die Füchsin aus seinem Traum. Sie waren ein Paar geworden, und Großma war zu ihnen gezogen, um ihnen mit ihren Welpen zu helfen. Und die kündigten sich schon bald an – nämlich Pirie und ich. Schon damals waren wir ungeduldig gewesen. Wir konnten es kaum erwarten, auf die Welt zu kommen. Eigentlich wurden Welpen geboren, wenn es wärmer war und Tag und Nacht fast gleich lang waren, hatte Großma uns erzählt.

»Wie ist das noch mal mit dem Himmel?«, hatte Pirie Pa gefragt. »Ist der in deiner Heimat wirklich anders?«

Pa hatte zu dem wogenden grauen Fell über uns emporgeblickt. »Ganz anders. Hier sieht man ja nie die Lichter Canidas.«

»Fehlt dir das denn nicht?«

Mit versonnenem Blick hatte er geantwortet: »Die Lichter Canidas sind wunderschön. Wie gern würde ich sie noch einmal sehen ...« Doch dann hatte er sich energisch geschüttelt und wieder mich angesehen. »Aber für das, was ich hier im Großen Knurren gefunden habe, würde ich sofort alle Lichter des Himmels hergeben ... ich meine das Zusammenleben mit deiner Ma, eurer Großma und mit euch beiden.«

»Würdest du dafür auch die leckeren Kaninchen hergeben, die in deiner Heimat leben?«, Pirie hatte die Zunge heraushängen lassen.

»Die Kaninchen?« Pa hatte getrillert wie ein Welpe. »Für eine unserer köstlichen Ratten können mir sämtliche Wildlandkaninchen gestohlen bleiben.«

Das alte Pelzlosenmännchen lag immer noch schnarchend auf den Stufen vor dem Bau. Doch nun kam etwas Plumpes, Längliches angetrippelt und schnupperte dreist an seiner Hinterpfote, wo das Gewand hochgeschoben und die rosafarbene Haut entblößt war.

Eine Ratte.

*Eine unserer köstlichen Ratten!*

Es war wie eine Botschaft von Pa. Sofort machte ich mich daran, mich an die Ratte anzuschleichen, setzte lautlos eine Pfote vor die andere. Noch hatte sie mich nicht bemerkt. Sie leckte prüfend mit der langen spitzen Zunge an der Hinterpfote des Pelzlosen. Dann verlor sie das Interesse und trippelte weiter. Anders als vorhin die Maus gab sie sich keine Mühe, im Schutz der Mauern zu bleiben. Sie bewegte sich ein bisschen tollpatschig, aber völlig furchtlos, beinahe herausfordernd.

Ich würde mich unsichtbar machen. Ich würde die Luft anhalten – und vor allem würde ich geduldig sein.

Ich hatte leider wieder kein Glück. Die Ratte drehte sich zwar nicht nach mir um, aber irgendein tückischer Instinkt hatte ihr anscheinend verraten, dass ich hinter ihr herschlich. Urplötzlich flitzte sie los. So unbeholfen, wie sie sich davor bewegt hatte, hätte ich ihr diese Schnelligkeit niemals zugetraut.

Auch ich rannte jetzt. Mein Maul füllte sich mit Speichel, mein Magen knurrte laut. Ich würde diese Ratte fangen, und wenn es das Letzte war, was ich tat!

Die Ratte sauste quer über den Todesweg und dann um eine Biegung, aber ich war ihr dicht auf den Pfoten, den Blick fest auf ihren kahlen Schwanz geheftet. Ich wusste, dass Ratten genau wie Mäuse Mauern hochlaufen konnten. Auch diese Ratte hier konnte jeden Augenblick an einem Pelzlosenbau hochhuschen. Mir fiel wieder ein, wie ich versucht hatte, Pirie hereinzulegen. Ich warf den Kopf zurück und riss das Maul weit auf.

*»Krah! Krah!«*

Der Vogelruf hallte über die Baue der Pelzlosen. Die Ratte machte vor Schreck einen Satz rückwärts, hielt kurz inne und änderte dann die Richtung. Es hatte geklappt! Die Jagd ging weiter.

Doch die Ratte gab nicht auf, sondern sprang abermals quer über den Todesweg und hielt auf einen Holzzaun zu, der von zwei hohen Rotsteinmauern eingefasst war. Ich ahnte, was sie vorhatte. Sie wollte unter dem Zaun hindurchschlüpfen, und ich sollte draußen bleiben. Meine Brust wölbte sich entschlossen. Unterschätze niemals einen Fuchs!

Statt ebenfalls auf den Zaun zuzulaufen, hielt ich

auf eine Tonne vor einer der Rotsteinmauern zu. Doch da kam ein Zerquetscher angedonnert. Ich konnte gerade noch zurückspringen, dann brauste er auch schon so dicht an mir vorbei, dass mich sein glänzender harter Panzer beinahe streifte. Keuchend erreichte ich den gegenüberliegenden Randstreifen. Der Hunger hatte mich leichtsinnig gemacht. Vor der Tonne vollführte ich einen so hohen Luftsprung, dass ich beinahe darüber hinweggeflogen wäre. Doch ich landete schwankend auf dem Rand und spähte zu der Ratte hinunter. Wie ich mir schon gedacht hatte, zwängte sie sich unter dem Holzzaun hindurch.

Die Jagd war immer noch nicht zu Ende.

Vom Rand der Tonne sprang ich auf die Rotsteinmauer. Dahinter gab es nicht viel zu sehen – nur einen großen, leeren Hof mit Grausteinboden. Und die Ratte. Sie glaubte sich in Sicherheit, das sah man. Sie hockte dicht hinter dem Holzzaun und spähte über ihre Schulter. Sie wusste ganz genau, dass ein Fuchs nicht durch den Zaun passte. Sie wusste aber nicht, dass ich sprungbereit über ihr lauerte.

Da rutschte mein Vorderlauf von der Mauer ab – es war der verletzte, den ich mir im Gitter des Wolfskäfigs eingeklemmt hatte. Ich suchte schwankend nach Halt, und der Kopf der Ratte fuhr in die Höhe. Sie erblickte mich, quiekte schrill und sauste davon.

*Isla, du Dummkopf!*, dachte ich ärgerlich, sprang von der Mauer und landete mit dumpfem Aufprall im Hof. Die Ratte war natürlich längst außer Reichweite. Hätte ich doch nur einen Augenblick länger stillgesessen! Warum hatte ich bloß nicht so viel Geduld wie Pirie?

Ich holte tief Luft. Jetzt war die Jagd vorüber – trotz aller Mühe, die ich mir gegeben hatte. Wie machten Ma und Pa das bloß? Ich schüttelte mich und versuchte, ruhiger zu atmen. Seufzend ließ ich mich auf den Boden fallen, spürte den kühlen Graustein am Bauch. Die Ratte hatte sich nach mir umgedreht, ihre Augen funkelten spöttisch. Weil ich zu ihr hinschaute, sah ich die dunkle Gestalt nicht gleich, die aus dem hinteren Teil des Hofes angeschlichen kam. Es war eine riesige Hündin mit schwarzglänzendem Fell, unter dem sich dicke Muskeln wölbten. Sie ließ die gewaltige Pfote auf den Rücken der Ratte niedersausen, packte sie dann mit dem breiten Maul und brach ihr mit einem einzigen Kopfschütteln das Genick. Dann ließ sie ihr Opfer fallen und funkelte mich böse an.

»Fuchs!«, knurrte sie. »Unverschämter Fuchs! Wie

kannst du es wagen, in mein Revier einzudringen?« Sie stapfte mit gesenktem Kopf auf mich zu. Ich sprang auf und blickte panisch an der Mauer hoch. Auf der Hofseite gab es keine Tonne, und ohne etwas, auf das ich draufklettern konnte, konnte ich die Mauer nicht überwinden.

Mir war schwindlig vor Angst. »Ich … ich wusste nicht, dass jemand hier ist.«

Die schwarze Hündin trug eine Kette um den Hals, die klirrte, als sie näher kam. »Ich bewache diesen Hof für die Pelzlosen«, knurrte sie. »Ich soll Eindringlinge fernhalten. Ich nehme meine Aufgabe ernst.« Nur ein paar Schwanzlängen von mir entfernt blieb sie stehen. Sie zog die Lefzen hoch und zeigte die scharfen weißen Zähne. »Und *du* bist ein Eindringling.«

Ich sah mich verzweifelt um. Gab es denn keinen anderen Ausgang aus diesem Hof? In der hinteren Mauer entdeckte ich eine Lücke, wo der Rotstein herausgebrochen war. Vor die Lücke waren Bretter gestellt, aber unten war ein Durchschlupf freigeblieben. War er für mich groß genug? Konnte ich an der Hündin vorbeiflitzen? Ich sah, wie sie die Muskeln anspannte. Der Ratte hatte sie ohne Zögern den Garaus gemacht. Mein Maul wurde vor Angst ganz trocken.

Ich spähte noch einmal zu der hinteren Mauer

hinüber und erschrak, als sich die Bretter auf einmal bewegten. Zwei von krausem Fell umrahmte Augen blickten mich an. Sie gehörten dem Hund, dem ich vorhin auf dem Todesweg begegnet war – dem hässlichen kleinen Köter mit dem Strick um den Hals. Knurrend zwängte er sich durch die Lücke und warf dabei die Bretter um. Sie polterten zu Boden, doch er achtete nicht darauf, sondern richtete den Blick auf mich, sträubte das Fell und leckte sich die Schnauze. Er hatte spitze Krallen und scharfe Zähne, aber das Bedrohlichste an ihm war sein Blick. Etwas Wissendes lag darin, etwas Hinterlistiges.

Mit schlitternden Pfoten wirbelte ich herum. Die schwarze Hündin war noch näher gekommen. Ihr Unterkiefer bebte vor Zorn, Geifer tropfte von ihren Lefzen. Todesangst krampfte mir die Brust zusammen. Diesmal gab es kein Entkommen – ich wusste, was Hunde mit unsereinem anstellten. Sie würden mich in Stücke reißen, einfach nur, um mir eine Lehre zu erteilen. Die Nacht würde all meine Spuren verschlucken, alle Erinnerungen an meine Familie.

Fuchs in Not …
beim Morgenrot …
und am Abend ist er …
tot.

# 5. Kapitel

Mein Blick huschte zwischen dem struppigen Köter und der Hündin mit dem schwarzglänzenden Fell hin und her. Es überlief mich eiskalt. Meine Beine waren wie am Boden festgefroren. Ich konnte keine Pfote rühren – und wo sollte ich auch hin? Ich stand zwischen den beiden Hunden. Es gab keinen Fluchtweg.

Die Schwarze wurde immer wütender. »Wie kannst du es wagen, in mein Revier einzudringen?«, wiederholte sie. Ihre dunklen Augen traten hervor, so dass man das Weiße sah. Die Muskeln ihrer breiten Schultern wölbten sich sprungbereit.

»Huhu – guck mal!« Das war der Braune. Er

trabte an der Mauer entlang. Seine Haltung hatte etwas Überlegenes, das gar nicht zu seinem schmächtigen Körper passen wollte. Ein süß-würziger Geruch wehte über den Hof, und meine Schnurrhaare bebten – so roch kein schmutziger Hund. War noch jemand anders in der Nähe? Ich sah mich nach allen Seiten um, konnte aber niemanden entdecken. Nur die beiden Hunde waren hier – und ich in der Mitte.

»Ich reiß dich in Stücke!«, bellte die Schwarze so laut, dass es in meinen Ohren stach. Doch als ich sie anblickte, stellte ich fest, dass ich gar nicht gemeint war. Ihr zorniger Blick war auf den Braunen gerichtet, der sich immer weiter vorwagte. Erst verstand ich gar nichts mehr, aber dann dämmerte es mir: Die beiden gehörten nicht etwa dem gleichen Rudel an, sondern waren verfeindet.

Der Braune gähnte, als langweilte ihn das Ganze. Was hatte ihn hergeführt? War er nicht bei Verstand?

Die Schwarze tobte jetzt vor Wut. Weißer Schaum tropfte ihr aus dem Maul, und sie fletschte die Zähne. »Kein Eindringling kommt hier lebendig wieder raus!«, bellte sie drohend und warf sich in die Brust. »Letzte Nacht musste eine Katze dran glauben.«

»Eine Katze? Echt?« Der Braune klang völlig gelassen und knabberte gleichgültig an seiner Vorderpfote. Er sah sie nicht einmal an.

Die Schwarze verlor endgültig die Beherrschung. Sie richtete sich auf den Hinterbeinen auf und wollte sich auf ihn stürzen – aber der Braune war schneller. Er flitzte an der Rotsteinmauer entlang. Die Schwarze war so außer sich, dass sie nicht mehr rechtzeitig anhalten konnte. Sie krachte gegen die Mauer und heulte vor Schmerzen auf. Als sie zurücktaumelte, sah ich, dass ihre Nase blutete. Sie schüttelte den wuchtigen Kopf, Blut und Geifer spritzten auf den Graustein. Dann drehte sie sich schwankend um und hielt nach dem Braunen Ausschau. Mich schien sie gar nicht mehr wahrzunehmen – als wäre ich unsichtbar geworden.

Der Braune stand jetzt wieder vor der hinteren Mauer und sah aus, als wartete er nur darauf, dass sich die Schwarze abermals auf ihn stürzte. Er wirkte immer noch eigenartig ruhig, ja geradezu unbekümmert. Man hätte denken können, er würde gleich mit dem Schwanz wedeln.

Wie zu erwarten war, unternahm die Schwarze einen zweiten Versuch, ihn zu packen. Mit gesenktem Kopf stürmte sie los. Doch der Braune wich ihr mit einem Satz aus, flitzte dann quer über den Hof und forderte sie heraus, ihm zu folgen. Die Schwarze knurrte und bebte vor Wut, doch der Braune schaute nicht sie an, sondern mich. Diese wissenden Augen … mit Flecken in der Farbe des Abendlichts. Bebende Wärme durchströmte mich, vertrieb die eisige Erstarrung und ließ das Blut in meine Pfoten zurückkehren.

Schnaufend, knurrend und geifernd setzte die Schwarze dem Braunen nach. Ich ergriff die Gelegenheit und flitzte zu der Maueröffnung hinüber. Hinter mir brach rasendes Gebell los. Die Schwarze war besinnungslos vor Wut, ihre Stimme überschlug sich. Anscheinend hatte sie den Braunen auch diesmal verfehlt. Dass ich nicht mehr da war, schien ihr gar nicht aufgefallen zu sein, vielleicht war es ihr inzwischen auch egal. Ihr Gegner war jetzt der Braune.

Ich konnte mein Glück nicht fassen. Ich hatte nicht erwartet, mit dem Leben davonzukommen.

Was ging bloß in dem Braunen vor? War ihm nicht klar, dass ihm die Schwarze das Genick brechen würde? Entweder hatte er wirklich den Verstand verloren, oder er war unglaublich dumm. Doch diese wissenden Augen … Nein, dumm sah er nicht aus.

Ich rannte davon – wobei ich diesmal nicht vergaß, auf die Zerquetscher zu achten –, bis ich eine beträchtliche Entfernung zwischen mich und den Hof der schwarzen Hündin gelegt hatte. Als ich einen Durchgang zu den Wiesen hinter den Bauen der Pelzlosen entdeckte, schlüpfte ich durch einen Zaun und ging wieder auf Würmerjagd. Die beiden Hunde waren weit weg, mein Atem beruhigte sich.

*Schluss mit dem Leichtsinn, Isla!*

*Schaue! Lausche! Warte!*

Ich musste so viel fressen, dass ich die Kraft hatte weiterzulaufen, aber Würmer waren schwer zu finden. Als mein Blick auf einen Käfer fiel, seufzte ich. Ich fing ihn zwar, aber als ich an den bitteren Nachgeschmack dachte, brachte ich es nicht über mich, ihn zu verschlingen. Vielleicht war mein Hunger ja doch nicht so groß.

Mir fiel etwas ein, das Großma einmal gesagt hatte: »Seit Anbeginn der Zeiten wurde unsereiner gejagt – gequält, gefangen und in Pelze verwandelt, die die kahlen Hälse der Pelzlosen wärmen. Sie amüsieren sich damit, uns zu hetzen und totzuschießen, dabei fressen sie uns nicht einmal. Wir sterben durch den Todesfluss oder durch ihre gleichgültige Grausamkeit, durch Feuer, Hunde oder schlicht vor Hunger. Das Land der Pelzlosen ist voller Toter, und ein jeder raunt den Namen eines Fuchses.«

Ihre feierlichen Worte hatten mich geängstigt. »Aber wir sind doch immer noch da«, hatte ich eingewandt.

»Es gibt viele Arten, wie wir Füchse zu Tode kommen können … aber nur eine Art, wie wir leben können.«

»Wie denn?«, hatte ich mit aufgerissenen Augen und gespannt gespitzten Ohren gefragt.

»Wir müssen uns dafür entscheiden, am Leben zu bleiben, wie wir es seit jeher getan haben. Wir entscheiden uns für das Leben, und wir geben niemals auf.«

Ihre Antwort hatte mich nicht befriedigt. Ich hatte etwas anderes erwartet. Wir Füchse blieben am Leben, einfach nur, weil wir es wollten? Das leuchtete mir nicht ein. Doch als ich jetzt den Käfer unter meiner Pfote betrachtete, glaubte ich zu begreifen, was Großma gemeint hatte.

*Ich entscheide mich für das Leben. Ich gebe niemals auf.*

Mit diesem Gedanken im Hinterkopf fiel es mir leichter, den Käfer herunterzuwürgen – samt seinem bitteren Panzer.

Ich fraß sicherlich mein eigenes Körpergewicht in Käfern. Anschließend rollte ich mich unter einem Baum zusammen. Immerhin war mein Hunger jetzt gestillt, auch wenn ich für einen einzigen Bissen Rattenfleisch alles gegeben hätte. Wo immer meine Familie jetzt sein mochte – hoffentlich hatte wenigstens sie genug zu fressen. Ich versuchte, mir den Geruch von Mas Fell ins Gedächtnis zu rufen und das Kitzeln von Pas Schnurrhaaren, wenn er mir über die Nase schleckte, doch ich spürte, dass diese Erinnerungen allmählich verblassten, und das machte mir Angst. Wenn ich jedoch an Pirie dachte, war sein Bild klar und deutlich. Ich sah jede Einzelheit vor mir: seine bernsteinfarbenen Augen, die schwarzen Spitzen seiner Ohren und sein silbrig-golden schimmerndes Fell.

Getröstet schob ich den Kopf unter die Vorderpfoten und erlaubte meinen Gedanken, auf Wanderschaft zu gehen. Ich stellte mir unseren Bau vor, wie er gewesen war, bevor die fremden, nach Asche riechenden Füchse aufgetaucht waren. So behaglich und geschützt …

Pirie und ich spielten auf der Wiese. Großma stand vor dem Eingang und behielt uns im Auge, während Ma und Pa auf der Jagd waren.

»Erwischt!«, keckerte ich schrill und packte mit beiden Pfoten Piries Schwanz.

Er machte einen Satz und riss sich los, sprang durchs Gras und warf sich dann mit hängender Zunge auf den Boden. Ich ließ mich neben ihn fallen. Er stupste mich mit der Schnauze an. »Kleiner Fuchs.«

Das Bild verblasste, die Welt wurde dunkler.

*Ich spürte, wie ich weggezerrt wurde, eine scharfe Stimme schnappte nach meinem Ohr. Ich wurde erst einen Grausteinweg entlang und dann über den Todesweg geschubst. Feindliche Füchse umringten mich. Ich konnte nicht richtig laufen, meine Flanke pochte schmerzhaft. Vor mir erblickte ich eine Reihe Pelzlosenbaue. Davor erstreckte sich ein großer Steinhof, in dessen Mitte ein einzelnes Pelzlosenweibchen stand. Ihre Haut war bläulich grau, ihre Augen starrten ins Leere, und auf dem Rücken hatte sie riesige Flügel. Ich betrachtete sie voller Staunen und Furcht.*

Ein Zweig knackte.

Mein Kopf fuhr in die Höhe.

Ich war sofort hellwach. Im Dunkeln konnte ich nur bis zu den Hecken vor dem Zaun sehen. Vielleicht war es eine Maus oder ein Vogel gewesen, nichts Besorgniserregendes. Ich wartete ab. Nichts rührte sich, nur das Laub zitterte leicht im Wind. Ich beruhigte mich wieder. Ein letztes Mal sah ich mich um. Da erspähte ich etwas Glänzendes – zwei dunkle Augen. Mein Herz setzte einen Schlag aus, und meine Schnurrhaare sträubten sich.

Eine Gestalt kauerte unter der Hecke und beobachtete mich. Das Geschöpf schien überrascht, dass ich es gesehen hatte. Es schien fliehen zu wollen.

Ich stieß ein kurzes Knurren aus. »Wer ist da?«

Die Gestalt verließ ihre Deckung und lief zu den Pelzlosenbauen hinüber. Es war der kleine braune Hund.

Ich schnappte überrascht nach Luft. »Du bist mir gefolgt!«

Er antwortete nicht. Mit einem eindrucksvollen Satz sprang er über den Zaun auf die angrenzende Wiese.

Dass er sich zurückzog, machte mir Mut. Bevor ich wusste, was ich tat, lief auch ich in Richtung Zaun. Mir fiel es nicht so leicht, ihn zu überwinden. Mit strampelnden Pfoten sprang ich ungeschickt daran hoch, zog einen Hinterlauf nach und ließ mich auf der anderen Seite einfach ins Gras plumpsen. Der Braune trabte zu einem Gittertor mit weitauseinanderliegenden Stäben und streckte den Kopf hindurch. Erst hatte er Mühe, den Körper hinterherzuzwängen, aber dann schaffte er es und verschwand auf dem Todesweg.

Ich beeilte mich, ihm zu folgen.

Er lief schneller als ich, dafür konnte ich mühelos zwischen den Gitterstäben hindurchschlüpfen. Als ich den Todesweg erreichte, erblickte ich ihn auf der gegenüberliegenden Seite. Er drehte sich nach mir um und sah mich eindringlich an.

»Was willst von mir?«, rief ich ihm zu.

Doch er wandte sich nur ab und rannte plötzlich los. Ich legte die Ohren an – was sollte das? Weshalb hatte er mich beobachtet? Ein rascher Blick nach beiden Seiten – es waren keine Zerquetscher in Sicht. Ich stürmte drauflos, immer hinter dem Braunen her. An einer Stelle, wo sich der Todesweg teilte, hielt er unter einer Leuchtkugel an und warf einen Blick über die Schulter. Er schien erstaunt, mich zu sehen. Vor uns überragten mehrere sonderbar geformte Gebäude die Baue der Pelzlosen. Ich erkannte ihre Umrisse wieder: spitz, rund, eckig … Es waren die gleichen Gebäude, die ich von dem Hügel über dem Großen Knurren erblickt hatte, vor meiner Begegnung mit dem Wolf. Aus der Nähe funkelten sie wie Licht auf Wasser.

»Komm mir nicht zu nahe!«, knurrte der Braune zähnebleckend.

Angst bohrte ihre Klauen in meinen Magen. Irgendetwas an seinem Aussehen war merkwürdig. Aber was nur? Stirnrunzelnd musterte ich sein krauses Fell. Dann begriff ich, was mit ihm nicht stimmte. Obwohl er direkt unter einer Leuchtkugel stand, warf er keinen Schatten.

Mein Gesichtsausdruck schien ihm nicht zu gefallen. Er rannte wieder los, und ich folgte ihm, so schnell ich konnte. Der Todesweg machte jetzt einen Bogen und verbreiterte sich, auf beiden Seiten standen hohe Gebäude. In ihren unzähligen Gucklöchern summte Licht. Ihre Panzer schimmerten silbrig, und ihre Kanten waren scharf wie Krallen.

Ein Zerquetscher kam herangedonnert. Sein Spiegelbild glitt über die Oberfläche des nächstgelegenen Gebäudes, dann war er verschwunden. Doch als nun der Braune an dem Gebäude vorbeilief, spiegelte sich in der glänzenden Oberfläche etwas Rötliches.

Das war nicht das Spiegelbild eines Hundes.

Ich stolperte über meine eigenen Pfoten.

Ich hatte einen Fuchs gesehen!

Als ich mit offenem Maul ungläubig stehen blieb, hielt auch der Braune schlitternd vor einer hohen Mauer an.

Ich gab mir einen Ruck, lief weiter und blieb ein

paar Schwanzlängen hinter ihm stehen. Er war zwar nicht besonders groß, wirkte aber mit seinen stämmigen Beinen und gelben Zähnen viel stärker als ich. Von Großma wusste ich, dass kleine Hunde oft gefährlicher waren als große. Manchen brachten die Pelzlosen sogar bei, wie man Füchse aus ihrem Bau ausgrub und neugeborene Welpen im Schlaf tötete.

Ich biss die Zähne zusammen und rührte mich nicht vom Fleck. »Wer bist du?«, hechelte ich. Meine Beine begannen zu zittern. »*Was* bist du?«

Der Hund drehte sich um und spähte über meine Schulter zu dem glänzenden Gebäude hinüber. Er schien zu verstehen, was mich an ihm beunruhigte. Ein Windstoß fuhr über den stillen Todesweg und kitzelte meine Schnurrhaare. Er führte einen vertrauten, süß-würzigen Geruch mit sich. So hatte es auch im Hof der schwarzen Hündin gerochen.

Der Braune fuhr sich mit der Zunge über die Schnauze und ließ sich mit der Antwort Zeit. Schließlich sagte er mit gedämpfter Stimme: »Ich heiße Siffrin. Ich bin nicht das, wonach ich aussehe. Mich schickt eine Füchsin. Sie heißt Jana und gehört den Ältesten in den Wildlanden an. Ich bin ihr Bote.«

Ich blinzelte verdutzt. »Du … du bist der Bote einer *Füchsin*? Aber du bist doch ein Hund!«

»Wie gesagt – ich bin nicht das, wonach ich aussehe. Ich erscheine dir in Wa'akkir. Ich habe mich getarnt. Weil das sicherer ist.«

»Sicherer für wen?« Furcht kroch meinen Rücken hoch. Was konnte er damit meinen?

Der Braune schaute sich rasch um, doch der Todesweg war leer. »Sprich leiser«, zischelte er. »Sicherer für mich … für die Ältesten … für dich.« Er musterte mich prüfend. »Hast du denn noch nie von den Ältesten gehört?«

*Die Ältesten.*

Ich legte die Ohren an.

Tatsächlich kam mir der Ausdruck irgendwie bekannt vor, aber woher nur? »Wie lange folgst du mir schon?«

»Seit du zu eurem Bau zurückgekehrt bist und die fremden Füchse dort aufgekreuzt sind.« Er schaute zu Boden. »Aber ich bin dir nicht aufgefallen, oder? Ich sehe nicht immer so aus.«

»Ich sehe dich heute Abend zum ersten Mal«, knurrte ich argwöhnisch.

Der Braune peitschte mit dem Schwanz. »Ich habe dich dabei beobachtet, wie du dich die ganze Zeit von Würmern und Käfern ernährst, die du aus Misthaufen ausbuddelst. Erstaunlich, dass du überhaupt noch am

Leben bist. Du rennst über den Todesweg, ohne dich umzuschauen, du lässt dich von den Pelzlosen wie ein Schoßhündchen streicheln – jedenfalls beinahe, und heute muss ich dich auch noch vor einer Wachhündin retten. Wie in aller Welt kommt ein schwächlicher Fuchswelpe auf die Idee, in einen bewachten Hinterhof einzudringen? Witterst du denn nicht, bevor du dich irgendwo hineinwagst?«

»Ich war hinter einer Ratte her«, gab ich zurück. Gegen meinen Willen ließ Scham mein Fell knistern. »Heißt das, du hast dich absichtlich mit der Schwarzen angelegt, damit ich entwischen konnte?«

Er zog geringschätzig die Schnauze kraus. »Mir blieb ja wohl nichts anderes übrig.«

Mir fiel etwas ein – das Klicken von Krallen auf Graustein.

»In meiner ersten Nacht hier im Großen Knurren habe ich Krallengeräusche gehört. Das warst du, gib's zu!«

Der Braune schnaubte verächtlich – ein hässlicher Laut. »Du irrst dich. Du kannst mich nicht gehört haben. Wenn ich jemanden verfolge, mache ich kein Geräusch – nicht das kleinste!«

Meine Gedanken überschlugen sich. Das Geschöpf mit dem flauschigen grauen Fell fiel mir wieder ein, das mich aus dem Eingang des Pelzlosenbaus angestarrt hatte. War es vielleicht doch keine Katze gewesen, sondern ein Fuchs? Stand er mit Siffrin in Verbindung? Auf jeden Fall hatte ich in jener Nacht einen jungen Fuchs gewittert … und das unheimliche *Klick-klick-klick* vernommen.

»Aber warum verfolgst du mich?«, fragte ich. »Was willst du von mir?«

Der Braune antwortete so langsam und deutlich, als hätte er es mit einem Schwachsinnigen zu tun. »Das habe ich dir doch schon erklärt. Die Älteste Jana hat mich geschickt. Ich bin auf der Suche nach deinem Bruder. Ich dachte, wenn ich dir folge, führst du mich vielleicht zu ihm.«

»Du suchst Pirie?«, rief ich überrascht aus.

Er sprach einfach weiter, als hätte ich nichts gesagt. »Ich konnte ja nicht ahnen, dass ich zur Erfüllung meines Auftrags eine Ewigkeit durch die Graulande streifen muss. Die Luft hier ist das reinste Gift – ich ruiniere mir das Fell!« Er musterte kritisch seine Vorderpfote.

»Dein Fell … na ja … ich finde, es sieht ziemlich schmutzig aus.«

Er funkelte mich an. »Mein *richtiges* Fell, meine ich natürlich. Ich habe dir doch schon erklärt, dass ich mich getarnt habe. Dass ich eine andere Gestalt angenommen habe. Wann kapierst du das endlich?«

Ich wusste nicht recht, was ich dazu sagen sollte. »So etwas ... so etwas gibt es nicht. Kein Fuchs der Welt kann sich derart verwandeln. Ein Fuchs ist ... ganz *anders* als ein Hund. Schau dich doch an! Niemand würde dich je für einen Fuchs halten.«

»Dummes Zeug. Wer schaut sich schon selber an?« Seine Augen hatten sich zu Schlitzen verengt. Wieder wusste ich nicht, was ich entgegnen sollte. »Ach, egal«, blaffte er. »Vergiss einfach, dass wir uns begegnet sind.« Er wollte um mich herumlaufen, aber ich ließ ihn nicht durch.

»Hiergeblieben!« Ich richtete mich zu voller Größe auf. »Du erzählst mir auf der Stelle, was das alles mit Pirie zu tun hat. Ich habe immer noch nicht verstanden, wer dich geschickt hat. Ist deine Auftraggeberin etwa die Einäugige?«

Ich glaubte zu erkennen, dass ihn ein Zittern überlief. Er wandte den Blick ab und drängte sich an mir vorbei. »Was weißt du denn schon«, sagte er abfällig.

Meine Geduld war am Ende. Ich wirbelte herum und zwickte ihn kräftig in den Schwanz. Er jaulte verblüfft auf.

»Du spinnst wohl!«, schimpfte er, aber statt auf

mich loszugehen, ließ er mich stehen und rannte den Todesweg hinunter, bis er zwischen den glänzenden Gebäuden verschwunden war.

Ich nahm die Verfolgung sofort auf, aber er war zu schnell für mich. Als ich das Ende der Gebäudereihe erreicht hatte, war er nirgends mehr zu sehen.

»Komm zurück!«, heulte ich in die Nacht hinein. »Sag mir, was du von meinem Bruder willst!«

Dann hörte ich leises Pfotenscharren und entdeckte eine verschwommene Gestalt, die in dem Schattenfleck unter einer zerbrochenen Leuchtkugel hockte.

»Siffrin …?«, fragte ich beklommen.

Eine schwarze Pfote reckte sich ins Licht, und ein hübsches Fuchsmädchen kam auf mich zugetappt. Ihr rötliches Fell war weich und flauschig, die Schnauze rundlich, der Schwanz kurz.

»Isla?«, fragte sie leise.

Ich wich zurück, als hätte mich ein Schlag getroffen. Rasender Zorn schnürte mir die Kehle zu, als hätte sich ein riesiges Maul in mich verbissen. Ich bekam keine Luft mehr, und mir wurde schwindlig. Dann wurde mir auf einmal furchtbar übel. Ich würgte und keuchte, meine Beine gaben nach, und ich brach zusammen. Ich wand mich in heftigen Krämpfen und spuckte unzählige Käfer aus.

Als ich den Kopf wieder hob, hatte sich das Fuchsmädchen nicht von der Stelle gerührt. Ihre Schnurrhaare bebten mitfühlend. Ihre großen hellbraunen Augen hatten einen unschuldigen Ausdruck, aber in ihrem Blick lag auch etwas Wissendes …

Etwas Hinterlistiges.

# 6. Kapitel

Ist schon gut, Isla. Das Fuchsmädchen blickte mich voller Mitleid an. »Du brauchst keine Angst zu haben.«

»Ich habe keine Angst!«, antwortete ich erstickt und spuckte hustend und würgend noch mehr Käferbrei aus. Mir war immer noch schwindlig, aber innerlich brodelte ich vor Zorn. Ich wollte mich auf das fremde Fuchsmädchen stürzen, stolperte aber über die eigenen Pfoten. Was geschah da mit mir? Meine Augen tränten so heftig, dass ich kaum etwas sah. Die Wut kratzte in meiner Kehle, und ich musste wieder würgen. »Ich bring dich um!«

Das Fuchsmädchen stimmte einen leisen Singsang

an, doch ich konnte die Worte nicht verstehen. Ich spuckte aus und funkelte sie zornig an. Sie schien zu schwanken – oder war ich es, die schwankte? Anscheinend spielten mir meine Augen einen Streich. Ihre schwarzen Ohren schienen zu wachsen und spitz zu werden, ihr Schwanz wurde länger und buschiger. Auch die Beine wurden schlanker und höher … Ich schüttelte energisch den Kopf, um wieder in die Wirklichkeit zurückzukehren. Ihre kurze, rundliche Schnauze wurde spitz, und das bräunliche Fell färbte sich rötlich. Abermals packte mich die Übelkeit, und ich kippte zur Seite. Ich wand mich in Krämpfen und kniff die Augen zu. Mein Atem ging in kurzen Stößen.

»Isla … Isla …«

Ich tauchte wieder aus der strudelnden Dunkelheit auf. Ihre Stimme hatte sich ebenfalls verändert, war auf einmal viel tiefer. Ich blinzelte ein paarmal und öffnete die Augen.

Das Fuchsmädchen war verschwunden. Vor mir stand ein junger Fuchsrüde mit einem so leuchtend roten Fell, wie ich es noch nie gesehen hatte.

So plötzlich, wie sie gekommen war, verflog die Übelkeit. Die Krämpfe ließen nach, mein dröhnender Schädel beruhigte sich. Ich sah mich unsicher um, traute mich nicht aufzustehen. Neben mir breitete sich eine Pfütze Erbrochenes aus. Ich wandte den Kopf ab, schaute wieder den prächtigen Fuchsrüden an.

»Jetzt hast du's überstanden«, sagte er beruhigend. Sein Schwanz schwang sanft hin und her.

»Aber ...«

»Hol ein paarmal tief Luft, und dann steh auf.«

Ich schluckte mühsam. Ich hatte immer noch einen sauren Geschmack im Maul. Dann rappelte ich mich hoch und stand, ohne umzukippen. Eben hatte ich mich noch gefühlt, als sei ein wütendes Hunderudel über mich hergefallen und hätte mich in die Luft geschleudert, aber jetzt ging es mir wieder gut. Ich begutachtete meine Läufe, denn ich war sicher, dass ich mich bei dem Anfall verletzt hatte.

»Du bist nicht verletzt, Isla«, sagte der junge Fuchs.

Ich wolle etwas erwidern, brachte aber nur ein ersticktes Quieken heraus. Ich versuchte es noch einmal. »Woher kennst du meinen Namen?«

Die Augen waren das Beunruhigendste an ihm. Es waren die gleichen Augen, wie der braune Hund sie gehabt hatte und auch das Fuchsmädchen unter der zerbrochenen Leuchtkugel. Er antwortete in ruhigem

Ton: »Du hast ihn letzte Nacht der alten Füchsin genannt. Ich habe in Wa'akkir zugehört.«

Ein Schauder überlief mich, ich wich instinktiv ein Stück zurück. »Was bedeutet Wa'akkir?«

»Das kann ich dir hier, wo uns jeder belauschen kann, nicht erklären.« Mit einer Kopfbewegung bedeutete er mir, ihm zu folgen. Ich rührte mich nicht von der Stelle und legte die Ohren an.

»Bedeutet es, dass du dich … dass du dich in etwas anderes verwandelst?«

Er antwortete so leise, dass ich ihn kaum verstand: »Wa'akkir ist eine uralte Kunst. Es ist ein Fuchszauber, eine Methode des Gestaltwandelns. Sie erlaubt mir, jede beliebige Gestalt eines Geschöpfes von Canida anzunehmen. Ich ahme nach, was ich mit meinen Instinkten erspüre. Ich verwandle mich aber nicht ganz und gar in jemand anderen. Das sieht nur so aus – jedenfalls für den ungeübten Betrachter.«

»Und der Hund …?«

»Der ist mir mal in den Außenrevieren der Graulande über den Weg gelaufen – dieses jämmerliche kleine Geschöpf mit dem schmutzigen Fell. Welch ein Gegensatz zu meiner wahren Gestalt!« Er reckte prahlerisch die Schnauze und peitschte mit dem leuchtend roten Schwanz.

Angesichts seiner prächtigen Erscheinung senkte ich verlegen den Blick. Er hatte miterlebt, wie ich im Hof der schwarzen Hündin Todesängste ausgestanden hatte, und jetzt hatte er mit angesehen, wie ich halbzerkaute Käfer erbrochen hatte.

»Und das hier ist deine wahre Gestalt? Wenn du nicht in … in …«

»Wenn ich nicht in Wa'akkir erscheine.«

Abermals ließ mich das Wort erschauern.

»Und das Fuchsmädchen? Wer war sie?«

Ich spürte, wie mich sein Blick durchbohrte. Ich sah ihn an.

»Hast du das immer noch nicht erraten?« Er wartete meine Antwort nicht ab, sondern ließ mich stehen und trabte davon. Ich blickte ihm nach. Als er unter einer Leuchtkugel vorbeikam, glitt sein Schatten hinter ihm her.

Ich gab mir einen Ruck und folgte ihm.

Hinter einer Reihe Pelzlosenbaue bog Siffrin ab. Ich blieb auf Abstand, behielt seinen hin und her schwingenden Schwanz aber immer im Blick. Erst als er über zwei Zäune gesprungen und um eine Baumgruppe herumgelaufen war, drehte er sich nach mir um. Und wenn ich ihm nun nicht gefolgt wäre? Ich ärgerte mich, dass er so selbstverständlich davon ausging, war aber immer noch viel zu durcheinander, um Streit anzufangen. Meine Beine schmerzten, meine Kehle fühlte sich an, als hätten sich zwei Ratten darin gebalgt.

Hinter den Bäumen bog Siffrin wieder ab und hielt vor der Seitenwand eines Pelzlosenbaus an. Eine Metallstange ragte aus der Mauer. Aus ihrem Ende lief ein Wasserstrahl, rann über den Graustein und versickerte im angrenzenden Gras. Der junge Fuchsrüde senkte den Kopf und begann, das Wasser aufzulecken. Er ließ sich Zeit. Ich schaute zu, wie gelähmt vor Durst.

Siffrin ließ sich nicht stören.

Dann war er fertig und drehte sich zu mir um. »Trink.«

Das ließ ich mir nicht zweimal sagen. Ich stürzte mich auf den Wasserstrahl, schnappte und schlürfte, streckte die Zunge heraus und genoss das Prickeln. Das Wasser kühlte meinen Rachen und löschte das Feuer, das die ausgewürgten Käfer entzündet hatten. Als ich mich endlich satt getrunken hatte, schaute ich mich um. Siffrin war nicht mehr da. Was für einen Zauber hatte er diesmal angewandt? Was …

Ich hörte einen buschigen Schwanz über den Boden fegen. Siffrin stand ein Stück vor mir, seine Ohren zuckten ungeduldig. Als ich auf ihn zulaufen wollte, wandte er sich ab und trabte weiter, um den Pelzlosenbau herum. Dann zwängte er sich durch eine Zaunlücke zwischen zwei Wiesen und hielt vor einem weiteren Zaun an, hinter dem sich ein Wildpfad erstreckte. Er reckte die Nase in die Luft und ließ die Schnurrhaare spielen. Mit allen Sinnen erschnüffelte er die Geheimnisse der Nacht. Das Ergebnis schien ihn zufriedenzustellen, denn er schlüpfte durch den Zaun auf den Wildpfad hinaus.

Wo führte er mich hin?

In meinen Beinen pochte es unerträglich. Als ich schon glaubte, keinen Schritt mehr weiterzukönnen, verschwand Siffrin unter einem Busch. Seine Stimme wehte zu mir herüber. »Komm rein.«

Mit gesenktem Kopf zwängte ich mich durch die Zweige. Die kleinen Blätter kitzelten mich an der Schnauze. Der Busch war innen ausgehöhlt wie ein Fuchsbau. In der Mitte stand Siffrin und war damit beschäftigt, sein prächtiges Schwanzfell zu säubern.

Ich hockte mich ihm gegenüber und wünschte mir insgeheim, dass zwischen uns mehr Abstand wäre. Es war eine kühle Nacht, doch hier unter dem Busch, auf so engem Raum mit Siffrin, war die Luft auf einmal drückend. Ma und Pa hätten es bestimmt leichtsinnig gefunden, dass ich einem völlig Fremden gefolgt war – aber was hätte ich denn sonst tun sollen? Ich sah Großmas weises Gesicht vor mir. Wenn sie doch nur hier wäre! Ich hätte ihren Rat jetzt gut gebrauchen können.

Siffrin ließ sich zu Boden fallen und rollte sich gähnend auf die Seite.

Ich räusperte mich. »Was willst du von meiner Familie?«

Er hob träge den Blick und befeuchtete mit der Zunge seine Schnauze. »Pirie. Es geht mir nur um Pirie.« Er schüttelte den Kopf. »Aber mir ist inzwischen klar, dass du auch nicht weißt, wo er steckt. Schließlich habe ich jetzt zwei Nächte lang zugesehen, wie du ziellos durch die Graulande streifst.«

Mit angelegten Ohren fragte ich: »Was willst du denn nun von ihm?«

»Jana will ihn sprechen.«

»Diese … diese Älteste aus den Wildlanden?«

»Richtig.«

Eine alte Füchsin aus den Wildlanden wollte also mit meinem Bruder sprechen. Nicht mit Großma, nicht mit meinen Eltern … nein, mit meinem Bruder. Einem Welpen. »Wer sind diese Ältesten?«

Siffrin seufzte übertrieben. »Sag mal, was weißt du überhaupt?«

Ich sträubte das Fell und konterte: »Ich weiß zum Beispiel, wie man dreckige Köter in den Schwanz zwickt!«

Seine Lefzen kräuselten sich, so dass die weißen Zähne aufblitzten. »Pass auf, was du sagst, Kleine. Ich *muss* dir nicht helfen.«

»Helfen? Wann hilfst du mir denn, bitte schön?«, erwiderte ich ärgerlich. »Hast du mir nicht erzählt, dass du im Auftrag dieser Juna handelst?«

*»Jana«*, berichtigte er mich herablassend. »Die Ältesten helfen uns Füchsen, und ich helfe den Ältesten. Das kommt aufs Gleiche raus.« Er ließ den Blick über die Zweige wandern. »Ich bin müde. Es war eine lange Nacht, von deiner Rettung vor der Hündin ganz zu schweigen. Also frag, was du noch zu fragen hast, und dann lass mich schlafen.«

Ich blinzelte verwirrt.

Er sprach wieder so übertrieben langsam und deutlich, als wäre ich schwachsinnig. »Frag mich meinetwegen nach den Ältesten. Dann erzähle ich dir einiges, was ich weiß. Aber frag mich nicht, was sie von deinem Bruder wollen, denn das weiß ich selber nicht. Ich bin nur ein Bote. Ich kann dir etwas über Fuchskunde erzählen, aber bitte erwarte nicht, dass ich dir irgendeinen Fuchszauber beibringe.«

Ich überhörte seinen unverschämten Ton. »Was hat es damit eigentlich auf sich?«

Sein hellbrauner Blick ruhte jetzt wieder auf meinem Gesicht und musterte mich mit kaum verhohlener Geringschätzung. »Das weißt du *auch* nicht?« Er seufzte tief. »Ihr Stadtfüchse tut mir wirklich leid. Ihr fristet euer Dasein im Schmier und Schmutz der Graulande ...« Sein Ton wurde wieder ernst. »Dann will ich dir erzählen, was dir schon längst jemand hätte erklären sollen, und zwar schon am Tag deiner Geburt.

Von allen Geschöpfen Canidas hat der Fuchs am meisten unter der Grausamkeit der Pelzlosen zu leiden. Der Hund sehnte sich danach dazuzugehören, er passte sich an. Er fühlte sich in den Graulanden wohl und fand seine Erfüllung darin, den Pelzlosen zu dienen. Er wurde gefüttert und umsorgt, doch alles hat seinen Preis. Er wurde an einen Strick gebunden und musste als Gefangener leben. Doch schon bald war er von den Abfällen der Pelzlosen so wohlgenährt, dass er sich nicht mehr daran erinnern konnte, einst in Freiheit gelebt zu haben. Er hatte kein Verlangen mehr, seiner Gefangenschaft zu entfliehen. Er erkannte die Pelzlosen als seine Rudelführer an, und sein eigener Wille verdorrte wie eine Pflanze, die kein Wasser bekommt.

Der Wolf war ein ehrwürdiges und edles Geschöpf. Sein Geschlecht ist das älteste und wildeste von allen Geschlechtern Canidas. Er ließ sich nicht knechten. Er zog sich in die Schneelande zurück, jenen eisigen Landstrich außerhalb der Reichweite der Pelzlosen. Dort heulte er zu seinen Ahnen und flehte sie an, ihn zu retten. Doch in seinem unbändigen Freiheitsdrang hatte er sich in ein Land geflüchtet, unter dessen unbarmherzigen Bedingungen er nicht allein bestehen konnte, denn ein einsamer Wolf kann seine Welpen nicht ernähren. Bald brachen zwischen den Wölfen Kämpfe aus, Schlachten um die fetteste Beute, den wärmsten Schlafplatz. Die Stärksten schwangen sich zu Königen auf und versklavten die Schwächeren. Sie errichteten ein Herrschaftssystem, das nicht weniger grausam war als der Umgang der Pelzlosen mit den Hunden. Schließlich blieb dem Wolf nichts anderes übrig, als sich trotz seiner Größe und Stärke dem Gesetz des Rudels zu unterwerfen. Verwirrt und entmutigt verlor er seine Fähigkeit, sich allein durchzuschlagen.«

Ich sah wieder das zottige Ungeheuer im Käfig vor

mir. War auch dieser Wolf ein Sklave, der sich anderen unterwarf?

Siffrin sprach weiter. »Einzig der Fuchs hatte den Mut, ohne Regeln und Gesetze auszukommen, ohne die Herrschaft anderer. Er jagte und lebte in Freiheit und Frieden. Wolf und Hund sind inzwischen so verroht, dass sie bedenkenlos auch ihresgleichen töten. Der Fuchs jedoch meidet jede Auseinandersetzung. Ihn verlangt nicht danach, andere zu unterdrücken. Er will einfach nur irgendwie zurechtkommen. Anders als die Katze, quält er seine Beute auch nicht und weidet sich nicht an ihrer Angst. Darum misstrauen ihm seine Vettern und Cousinen, die anderen Töchter und Söhne Canidas. Die Pelzlosen wiederum ertragen seine Unabhängigkeit nicht. Ihre Fänger durchstreifen die Graulande, treiben Füchse zusammen und verschleppen sie. Sogar in den Wildlanden macht man Jagd auf uns. Die Pelzlosen hetzen ihre Hunde auf uns oder vergiften uns. Sie schießen uns mit ihren Eisenstöcken tot und räuchern unsere Baue aus. Sie lassen uns nicht in Frieden leben.«

Schwermut überkam mich, und ich ließ den Kopf hängen. »Davon habe ich schon gehört. Meine Großma hat mir davon erzählt.« Ich dachte an all die Füchse, die vor ihrer Zeit hatten sterben müssen.

Doch über den Hund und den Wolf hatte Großma nie gesprochen. Mir war gar nicht richtig bewusst gewesen, dass diese primitiven Geschöpfe unsere Verwandten waren. Und doch hatte ich jedes Wort verstanden, als die schwarze Hündin mich angebellt hatte. Als mich der Wolf beschimpft hatte, hatten mich seine bitteren Anschuldigungen tief getroffen. Ja, wir mussten gemeinsame Vorfahren gehabt haben – vor langer, langer Zeit.

*Fuchs-Ka! Du hinterlistiger Schuft!*

»Sie verabscheuen uns, weil wir stehlen und Aas fressen«, sagte ich leise.

»Stehlen?« Siffrin sträubte abwehrend das Fell. »Hin und wieder nehmen wir uns, was wir finden … was andere verschmäht haben. Das ist kein Diebstahl.«

Ich dachte an Ma und Pa. Nacht für Nacht hatten sie sich abgeplagt, Pirie und mich satt zu bekommen. Sie hatten die Hinterhöfe durchstreift und die Futterreste erschnüffelt, die die Pelzlosen übrig ließen. Ich senkte den Kopf noch tiefer. »Ich weiß.«

»Der Fuchs hatte es immer am schwersten, weil er so viele Feinde hat«, fuhr Siffrin fort. »Hat dir deine Großma auch erklärt, wie es kommt, dass wir trotzdem überleben – dass wir uns frei inmitten der Pelzlosen bewegen? Hat sie dir erklärt, wie wir jagen und Beute machen, ohne gesehen zu werden? Wie wir unseren zahlreichen Feinden entkommen, wenn sie uns in die Enge treiben? Durch Fuchszauber natürlich! Sogar du kannst zum Beispiel karakken. Ich habe selbst gehört, wie du einen Vogelruf durch die Lüfte geschickt hast. Das Verflimmern musst du allerdings noch üben. Die Maus hat dich praktisch sofort gesehen.«

Ich leckte mir verärgert die Schnauze. Er hatte mich die ganze Zeit beobachtet, ohne dass ich etwas gemerkt hatte. Ich rief mir ins Gedächtnis, wie ich bei der Jagd auf die Maus die Luft angehalten und gehofft hatte, mich auf diese Weise unsichtbar zu machen. War es das, was Siffrin als *Verflimmern* bezeichnete? Ich hatte gar nicht gewusst, dass es ein eigenes Wort dafür gab – ich hatte es für einen von Piries Tricks gehalten, den ich nie so gut beherrscht hatte wie mein Bruder. Siffrin hatte leider recht – die Maus hatte mich gesehen ... Scham kroch über meinen Rücken und sträubte die weißen Haare an meiner Schwanzspitze. »Da musst du aber ziemlich nah an mir dran gewesen sein, wenn du das beobachtet hast.«

»Tja, ich beherrsche das Verflimmern eben ein bisschen besser als du.« Seine Augen funkelten belustigt.

Insgeheim war ich beeindruckt, aber das hätte ich gegenüber so einem eingebildeten Burschen natürlich niemals zugegeben. »Und wenn du eine andere Gestalt annimmst – ist das auch ein Fuchszauber?«

»Wa'akkir«, sagte er knapp und streckte lässig den schlanken schwarzen Vorderlauf aus.

Ich musste plötzlich an die alte Füchsin von letzter Nacht denken.

*Du kommst. Du fragst nach Pirie. Du gehst. Du kommst. Wann lässt du mich endlich in Frieden?*

Sie hatte geredet, als wären wir uns schon öfter begegnet. Vielleicht stimmte das ja sogar ... »Du ... du hast auch meine Gestalt angenommen, stimmt's? Du hast dich nach Pirie erkundigt und dich als seine Schwester ausgegeben!«

»Ein-, zweimal vielleicht«, antwortete Siffrin ohne jede Spur von Reue. »Ich dachte, so könnte ich deinen Bruder finden.«

Ich sah wieder das Fuchsmädchen vor mir, das unter der zerbrochenen Leuchtkugel gesessen hatte.

»Und dann bin ich meiner Doppelgängerin begegnet.«

Jetzt wandte Siffrin verlegen den Blick ab. »Das war keine Absicht. Aber du hast mir keine Wahl gelassen.«

»Es war …« Ich suchte nach Worten, um das Entsetzen und die Wut zu beschreiben, die ich verspürt hatte, als ich mir selbst begegnet war.

Siffrin schlang den Schwanz um sich, so dass die weiße Spitze seine Schnauze berührte. »Das Vorbild sollte seinem Doppelgänger nach Möglichkeit nicht begegnen. Das ist nämlich sowohl für den Doppelgänger gefährlich, weil er womöglich angegriffen wird, als auch für das Vorbild … denn es ist ausgesprochen beunruhigend, sich selbst gegenüberzustehen. Auch wenn man genau weiß, dass man es nicht sein kann, so ist es trotzdem irritierend.«

Irritierend? Das war noch milde ausgedrückt. Der Schwindel, die Übelkeit, die Wut … ich hielt es kaum aus, auch nur daran zu denken. Ich hätte Siffrin umbringen können.

»Wenn Jana das rauskriegt, wird sie sehr böse auf mich sein«, sagte er ein bisschen kleinlaut. »So etwas verstößt gegen sämtliche Regeln der Kunst. Weil es gefährlich ist, wie gesagt, und weil es dem Vorbild dabei so schlechtgeht. Aber du warst dermaßen schwer von Begriff, dass ich dich irgendwie zur Vernunft bringen musste.« Er fuhr sich mit der Zunge über die Schnauze. »Mir war nicht klar, wie heftig die Wirkung sein würde. Anscheinend gibt es nicht ohne Grund gewisse Regeln. In Zukunft werde ich mich daran halten.«

Das nahm ich ihm nicht ab. Er hatte genau gewusst, dass mir die Begegnung mit meiner Doppelgängerin schaden konnte, hatte es aber drauf ankommen lassen, weil er mir eins auswischen wollte. Ich spürte wieder einen Anflug des rasenden Zorns, der mich gepackt hatte. Am liebsten hätte ich ihn noch einmal in den Schwanz gezwickt.

»Dieses Gestaltwandeln ...«, wechselte ich das Thema. »Kannst du mir zeigen, wie man das macht?« Ich sah ihn erwartungsvoll an.

»Kommt nicht in Frage. Für irgendwelche Zauber bist du noch viel zu jung, und für Wa'akkir erst recht. Wenn ein Fuchs angegriffen und verletzt wird, während er Doppelgängergestalt angenommen hat, kann er womöglich nie mehr in seine eigene Gestalt zurückkehren. Um die Erscheinung eines Anderen anzunehmen, muss man den Betreffenden ganz genau beobachten, bis man seine Bewegungen und sein ganzes Verhalten täuschend nachahmen kann. Dafür braucht man Weisheit und Reife.« Sein Blick verriet nur allzu deutlich, dass er mir diese Eigenschaften nicht zutraute.

Ich ließ es dabei bewenden. »Weißt du denn, was aus meiner Familie geworden ist, wo sich meine Eltern und Großma jetzt aufhalten?«, fragte ich mit angelegten Ohren.

Seelenruhig machte er sich daran, seinen ausgestreckten Vorderlauf mit der Zunge zu säubern. Zwischendurch antwortete er: »Ich habe nicht die leiseste Ahnung. Als ich bei eurem Bau eingetroffen bin, waren die fremden Füchse schon dort.«

»Und meine Familie war nicht mehr da?«

Er hielt inne, ein Ohr abgeknickt. »Nein«, erwiderte er dann schroff. »Wenn du sonst keine Fragen mehr hast, würde ich jetzt gern schlafen.«

Ich ließ enttäuscht den Schwanz hängen. Dann fiel mir wieder ein, welche Art Fragen er mir gestattet hatte. »Wer sind die Ältesten?«, fragte ich noch einmal.

»Die Ältesten sind die Hüter der Fuchstradition, der überlieferten Lehre der Fuchskünste. Sie sind die sieben klügsten Füchse der Wildlande.«

»Und was wollen sie von meinem Bruder?«

Siffrin seufzte gereizt. »Ich habe dir doch schon erklärt …«

»Aber du hast doch bestimmt deine Vermutungen. Kannst du mir nicht einfach …«

»Still jetzt!«, fuhr er mich an.

Meine Kiefermuskeln spannten sich. Das musste ich mir nicht gefallen lassen! Aber Siffrin war aufgesprungen, hielt meinen Blick fest und drehte lauschend die Ohren hin und her. Auch ich sprang auf und reckte den Hals. Ich vernahm ein kaum hörbares Rascheln im Gras. Stammte es von Pfoten? Ich spitzte die Ohren und versuchte, aus dem Durcheinander der nächtlichen Geräusche schlau zu werden. Es war nicht nur ein einzelnes Geschöpf, das sich unserem Versteck näherte. Ich zählte drei, vier …

Ein unheimliches Gekecker – der Ruf eines Fuchses – zerriss die Stille. Erschrocken drückte ich mich flach auf den Boden. Siffrins hübsches Gesicht war zur Grimasse verzerrt, er zog die Lefzen hoch und sträubte das Nackenfell.

Das Gekecker ertönte wieder, nur ein paar Schwanzlängen von unserem Busch entfernt. »Der Meister hat gesprochen!«, hörten wir einen Fuchsrüden rufen. »Sucht den Welpen!«

Ein Chor von hohen, abgehackten Keckerlauten war die Antwort. Ich fing an zu zittern. Sollten wir weglaufen? Ich schaute Siffrin fragend an.

Mit einer kaum merklichen Kopfbewegung bedeutete er mir zu bleiben, wo ich war.

Es raschelte jetzt ganz dicht vor unserem Busch.

Und ein Schrei ertönte, der so nah war, dass er mich förmlich durchzuckte: »Ich wittere ihn – der Welpe ist hier drin!«

# 7. Kapitel

Siffrin machte mir mit einem kleinen Ruck der Schnauze ein Zeichen. »Hier lang!«, flüsterte er fast unhörbar.

Ich schlich zu ihm hinüber.

Abermals zerriss ein schriller Ruf die Nacht. »Sucht den Welpen! Sucht ihn, sucht!«

Das Rascheln draußen war jetzt ganz nah. Siffrin zwängte sich in der entgegengesetzten Richtung durch die Zweige. »Bleib immer in meiner Nähe«, raunte er mir zu. »Wir müssen schneller sein als sie.« Seine roten Flanken verschwanden unter einer Blätterwolke, bis nur noch die weiße Schwanzspitze herauslugte. Dann verschwand auch sie.

Ich machte Anstalten, ihm zu folgen, als ich es hinter mir knurren hörte. Ich fuhr herum und sah, dass ein fremder Fuchs den Kopf zu mir hereinstreckte. Sein Gesicht war mit dunkelgrauem Fell bewachsen. Seine Schnauze war lang und schmal, ein Ohr war zerfetzt. Die dunklen Augen waren rot unterlaufen.

Als er mich erblickte, verzerrte sich sein Gesicht. »Bleib, wo du bist!«, befahl er.

Mein Herzschlag pochte in meinen Ohren, mir entfuhr ein angstvolles Fiepen. Der fremde Fuchs zwängte sich durch den Busch, streckte schon die schwarze Pfote nach mir aus. Seine Krallen waren abgesplittert und blutverschmiert. Das Fell hatte kahle Stellen, und über einem Vorderlauf prangte eine Narbe, die wie eine geknickte Rose aussah. Es war die gleiche Narbe wie bei der Mageren mit dem staksigen Gang, die zusammen mit der Einäugigen an unserem Bau gewesen war. Die vertieften Linien leuchteten dunkelrot.

»Wo bleibst du denn, Isla?« Siffrins Stimme drang auf der anderen Seite des Busches durch die Zweige.

Ich riss mich vom Anblick des Grauen los und ergriff die Flucht. Einen Augenblick lang nahmen mir die Blätter die Sicht, und mir war, als schwämme ich strampelnd durch ein Meer aus Zweigen, dann purzelte ich neben Siffrin ins Gras.

Er rannte sofort los. Ich vergaß meine immer noch schmerzenden Beine und hielt mich dicht neben ihm. Wir sausten quer über den Wildpfad. Hinter uns trommelten Pfoten über die Erde. Ich wagte nicht, mich umzudrehen.

Siffrin war so flink, dass ich kaum hinterherkam. Ich biss die Zähne zusammen und sammelte meine letzten Kräfte.

Die fremden Füchse hetzten hinter uns her. Ihr abgehacktes Gekecker ließ mein Herz panisch pochen.

Wir schlüpften unter dem Zaun hindurch, überquerten den Todesweg und sprangen über weitere Zäune, die fremden Füchse immer auf den Fersen. Dann bahnten wir uns einen Weg über die Wiesen hinter den Pelzlosenbauen. Zwischendurch warf Siffrin erst einen Blick zum Himmel und dann über die Schulter. Anschließend rannte er noch schneller, sprang gelenkig Stufen hinunter, die ich nur unbeholfen hinabschlitterte. Wir sausten an einem Pelzlosen vorbei, der uns mit offenem Maul nachstarrte, dann an einem zweiten, der uns nicht mal zur Kenntnis nahm. Der Todesweg teilte sich. Wir nahmen die Abzweigung, deren Randstreifen mit Bäumen bestanden war. Das ließ mich auf Deckung hoffen, doch leider standen die Bäume zu weit auseinander und boten keinerlei Schutz.

Das Land der Pelzlosen war wüst und kahl. Man konnte sich nirgends verstecken.

Hinter uns hämmerten die Pfoten unserer Verfolger über den Graustein. Abermals erhob sich das schrille Gekecker.

Ich sah Siffrin verzweifelt an. Zu meinem Entsetzen lief er auf einmal langsamer. »Was ist los?«, keuchte ich. »Nicht anhalten, sonst kriegen sie uns!«

Als seine Augen mich anblitzten, kam mir ein schrecklicher Gedanke. Wenn das Ganze nun eine Falle war?

»Es geht nicht anders«, kläffte er. »Du bist nicht schnell genug. Jana hat gesagt …« Ein rascher Blick über die Schulter. »Vertrau mir!«

Aber ich traute niemandem – das hatte mich Großma gelehrt. *Trau niemandem, der nicht zur Familie gehört. Ein Fuchs hat keine Freunde.*

Siffrin lief jetzt nur noch in langsamem Trab. Seine Augenlider flatterten, und er stimmte einen gedämpften Singsang an. Manche Worte verstand ich: *»Was sichtbar ist, verblasse. Was spürbar ist, vergehe …«*

Erst nach einer Weile traute ich mich, wieder zu ihm hinüberzuschielen. Unsere Verfolger waren zu fünft. Gleich hatten sie uns eingeholt, und dann …

*Und dann …*

»Hier lang!«, knurrte Siffrin und ließ sich unvermittelt auf die Seite fallen, so dass er hinter einen Baum rollte. Ich traf eine rasche Entscheidung – ich würde bei ihm bleiben. Ich hielt an, hatte aber zu viel Schwung, so dass ich das Gleichgewicht verlor. Zappelnd landete ich neben Siffrin.

Aber was hatte er vor? Gleich würden die Verfolger uns sehen.

»Siffrin?«

Seine Augenlider flatterten immer noch. Er schien mich kaum wahrzunehmen.

*»Siffrin?«*, winselte ich flehend. »Sie sind gleich hier!«

Endlich schlug er die Augen auf und sah mich an. »Nicht bewegen!«, zischelte er mit blitzenden Zähnen. Dann legte er mir die Vorderpfoten auf den Rücken und drückte mich zu Boden, nur eine Schnurrhaarlänge von dem Baumstamm entfernt.

Vor Angst schlotterte ich am ganzen Leib. Ich wollte mich befreien, aber er warf sich mit seinem ganzen Gewicht auf mich, so dass mir die Luft wegblieb. Warum war ich diesem hinterhältigen Fuchs bloß gefolgt? Die Verfolger würden gleich da sein, und Siffrin präsentierte mich ihnen wie eine gefangene Ratte.

Er nahm den leisen Singsang wieder auf. Ich spürte seinen Herzschlag am Rücken. Sein Herz raste nicht wie meines, sondern schlug im Gegenteil immer träger, als ruhte er sich aus, ja, als schliefe er.

Der Baumstamm versperrte mir die Sicht, ich konnte nur die ledrige Rinde erkennen. Als ich die Vorderläufe ausstrecken wollte, verstärkte Siffrin seinen Druck. Das Pfotengetrommel der Verfolger kam immer näher – aber Siffrins Singsang betäubte meine Sinne.

*Was sichtbar ist, verblasse. Was spürbar ist, vergehe …*

Mein Herz pochte in meinen Ohren, in meinen Schnurrhaaren.

Der Singsang hüllte mich ein. Die Zeit gefror, auch mein eigenes Herz schlug jetzt träge. Meine Vorderläufe wurden dünn wie Spinnweben, zarter als Schmetterlingsflügel, hauchfein wie die Eisschicht auf einer gefrorenen Pfütze.

Dann kam mir ganz allmählich zu Bewusstsein, dass der Singsang verstummt war. Siffrin wälzte sich von mir herunter. Ich fühlte mich wie eine Maus, die der Katze entwischt ist: zu benommen, um sich zu rühren oder gar zu retten. Die fremden Füchse waren fort. Nur Siffrin war noch da. Er lag unter dem Baum auf der Seite. Ich rappelte mich hoch. Erstaunlicherweise war ich nicht verletzt. Der Atem strömte wieder in meine Lungen, meine Brust weitete sich. Ich reckte die Schnauze und sog prüfend die Luft ein, konnte die Verfolger aber nicht wittern.

Ich drehte mich nach Siffrin um, kam aber nicht näher, sondern sah ihn nur an. »Was ist passiert?«

Er antwortete nicht. Ich sah noch einmal hin. Er zitterte krampfhaft und atmete flach. Seine Augen waren ausdruckslos.

Ich ließ den Blick suchend über den Todesweg schweifen. Niemand war zu sehen, auch keine Pelzlosen. Es war eine einmalige Gelegenheit, Siffrin zu entfliehen. In seinem Zustand hätte er mich nicht einholen können. Ich entfernte mich ein paar zögerliche Schritte von ihm. Dann jedoch musste ich daran denken, dass er mir etwas hätte antun können, ich aber nicht mal einen Kratzer davongetragen hatte. Ohne mich hätte er den fremden Füchsen mühelos entkommen können, aber er hatte Rücksicht auf mich genommen.

Unschlüssig runzelte ich die Schnauze und spähte über meine Schulter. Siffrin lag unverändert da.

Ich lief zu ihm. »Geht's dir … geht's dir nicht gut?«

Seine trüben Augen drehten sich mühsam in meine Richtung. Er blinzelte zweimal hintereinander, als müsste er mein Bild erst scharf bekommen. »Es hat geklappt«, brachte er dann heraus. Ein rasselnder Hustenanfall schüttelte ihn. »Sind sie wirklich weg?«

Ich legte den Kopf schief. »Ja. Wieso haben sie uns nicht gesehen?«

Siffrins Augen funkelten verschlagen, auch wenn er immer noch mühsam atmete. »Weil ich mich verflimmert habe. So wie du, als du die Maus fangen wolltest. Sie müssen an uns vorbeigerannt sein. Über dich habe ich ein Fell der Stille geworfen und bin selbst auch druntergekrochen. Ich wusste vorher nicht, ob ich das schaffe, ich hab's einfach …« Hustend versuchte er, sich auf die Pfoten hochzustemmen, plumpste aber wieder auf den Bauch. Mit zusammengebissenen Zähnen unternahm er einen zweiten Versuch.

Ich beobachtete ihn verwirrt. »Haben sie dich angegriffen?«

Er stand jetzt auf allen vieren, hatte aber sichtlich Mühe, sich aufrecht zu halten. Schwankend setzte er eine Pfote vor die andere. »Sie haben mich nicht angerührt. Wenn sie dich oder mich gesehen hätten, wären wir jetzt beide tot.«

Meine Ohren zuckten. »Was ist dann mit dir los?«

Er sah mich an. »Mein Maa hat gelitten … Es war ein langer Tag, und ich war oft in Wa'akkir, das schwächt den stärksten Fuchs. Dann noch das Verflimmern … Ich muss mich nur ein Weilchen ausruhen. Bis die Sonne aufgeht, habe ich mich wieder erholt.«

Ich wusste nicht, was er mit *Maa* meinte, mochte ihn aber jetzt nicht danach fragen. Er wankte den Randstreifen entlang, und ich folgte ihm. Dann bog er in einen Hof ein. Ganz hinten stand ein hölzernes Gebäude. Die Tür stand offen, und wir spähten hinein. Ich erblickte lauter merkwürdige Dinge – glänzende Behälter, Pfotenhüllen, wie ich sie schon an den Pelzlosen gesehen hatte, und die Metallrahmen mit den großen runden Rädern, auf denen sie manchmal durch das Große Knurren glitten. Siffrin schlüpfte hinein, doch ich blieb witternd stehen. In dem Holzgebäude war es still und feucht. Ich hatte nicht den Eindruck, dass ein Pelzloser es in letzter Zeit betreten hatte.

Siffrin ließ sich neben den Metallrahmen mit den Rädern aufseufzend zu Boden fallen. »Sie waren zu fünft. Du hast einen von ihnen aus der Nähe gesehen, nicht wahr?« Seine Stimme klang ein bisschen brüchig, wie die von Großma.

Ich verharrte immer noch unschlüssig in der Nähe der Tür. Siffrin hatte uns beiden das Leben gerettet, trotzdem hatte er etwas an sich, das mir nicht geheuer war. »Ich glaube nicht, dass es die gleichen Füchse waren, die sich am Bau meiner Eltern herumgetrieben haben.« Ich erschauerte unwillkürlich.

»Der Graue ... hast du ihm in die Augen geschaut? Waren sie rot?«, brachte Siffrin erstickt heraus.

Ich rief mir das unheimliche Gesicht, das mich durch den Busch angeblickt hatte, wieder ins Gedächtnis. Die lange, schmale Schnauze ... die kleinen, blutunterlaufenen Augen. »Kann sein. Gerötet auf jeden Fall.«

»Ein Gebrochener«, sagte Siffrin leise. »Anscheinend haben sie sich jetzt Karkas Bande angeschlossen.«

Es überlief mich kalt. Diesen Namen hatte ich doch schon mal gehört! »Heißt so die Einäugige?«

Er ließ den Kopf auf die Pfoten sinken. »Sie ist die Anführerin ... sozusagen.« Er legte die Ohren an. »Wir können von Glück sagen, dass sie heute Nacht nicht dabei war.«

»Warum hat sie es auf mich abgesehen?« Ich hatte keine Lust mehr, mich an seine Vorschriften zu halten: Frag dies, beantworte jenes. Die fremden Füchse hatten mich töten wollen. Ich hatte ein Recht darauf, den Grund zu erfahren.

Als er antwortete, war nichts mehr von seiner früheren Überheblichkeit zu spüren. »Ganz sicher bin ich auch nicht. Ich glaube eigentlich eher, dass Karka es auf Pirie abgesehen hat. Wahrscheinlich hat das Ganze überhaupt nichts mit dir zu tun. Sie heftet sich an deine Fersen, damit du sie zu ihm führst.«

»Natürlich hat es mit mir zu tun!«, rief ich mit gesträubtem Fell. »Pirie ist schließlich mein Bruder.«

Siffrin sah mich matt an. »Entweder will sie ihn auf dem Umweg über dich finden, so wie ich es auch versucht habe, oder …« Er runzelte die Stirn. »Du bist schon so früh geboren, lange vor Malinta. Man begegnet nicht oft einem Welpen, wenn die Bäume noch nicht mal die ersten Knospen tragen. Ehrlich gesagt, habe ich so etwas noch nie gehört.« Er verstummte, aber seine hellbraunen Augen blickten nachdenklich, als er den buschigen roten Schwanz um sich schlang.

»Oder was?«, beharrte ich.

Die Augen fielen ihm zu, und er stieß einen tiefen Seufzer aus. Sein Kopf kippte zur Seite und senkte sich dann auf die Vorderpfoten. Dann war er auch schon eingeschlafen. Seine Brust hob und senkte sich geräuschlos.

Ich brannte darauf zu erfahren, was aus Pirie geworden war und weshalb die fremden Füchse hinter ihm her waren. Sollte ich Siffrin wecken? Aber er machte einen so erschöpften Eindruck, dass ich mich nicht traute. Auch an mir nagte die Müdigkeit. Wie ich ihn so friedlich schlummern sah, sehnte auch ich mich nach Schlaf. Ich schlüpfte hinter die offene Tür und kauerte mich unter die Spinnweben, die von dem Stapel alter Pfotenhüllen herabhingen. Geistesabwesend begann ich auf einer Hülle herumzukauen und betrachtete dabei den schlafenden Siffrin. Aus welchen Beweggründen auch immer – er hatte mir das Leben gerettet und selbst dabei Schaden genommen, auch wenn ich nicht begriff, auf welche Weise. Vielleicht war er doch nicht durch und durch schlecht. Trotzdem zwickte mich eine leise Stimme und mahnte mich zur Vorsicht. Was hatte es mit diesen Ältesten auf sich? Warum wollten auf einmal alle etwas von Pirie?

Und warum hatte der schlafende Fuchs neben den großen runden Rädern so viele Geheimnisse?

Siffrin hatte gemeint, wenn die Sonne aufginge,

hätte er sich wieder erholt. Doch als es über dem Großen Knurren hell wurde, lag er immer noch in tiefem Schlummer zusammengerollt da. Er schlief auch weiter, als das Gebrumm der Zerquetscher einsetzte. Er rührte sich nicht, als die Singvögel ihr Gezwitscher anstimmten und Sirenen über den Todesweg jaulten.

Er wachte noch nicht einmal auf, als das Klappern und Bellen der Pelzlosen aus ihren Bauen zu uns herüberwehte.

# 8. Kapitel

Erst, als es schon wieder dunkel wurde, schlug Siffrin die Augen auf und streckte und reckte sich. Er sah sich um und entdeckte mich hinter der Tür. Dann spähte er ins Freie und schien überrascht.

»Habe ich etwa den ganzen Tag verschlafen?«

Ich drehte die Ohren nach vorn. »So ein Zauber ist offenbar ganz schön anstrengend.«

Er hatte im Schlaf so friedlich ausgesehen, dass ich ihn nicht hatte wecken wollen. Seine gerunzelte Stirn hatte sich geglättet, sein verbissener Gesichtsausdruck entspannt.

Ich beneidete ihn um die Erholung. Als der Lärm des Großen Knurrens losgebrochen war, hatte auch ich versucht zu schlafen, aber jedes Mal, wenn ich die Augen schloss, sah ich wieder das riesige geflügelte Pelzlosenweibchen vor mir, das in einem großen Steinhof stand und das mir schon einmal im Traum erschienen war. Ich spürte, wie ich schwankend auf die Gestalt zutappte und zu ihren ausgebreiteten Flügeln emporschaute. Aus der Nähe erkannte ich, dass sie aus Stein gemeißelt war. Sie blickte mit toten runden Augen auf mich herab.

Die Erinnerung daran jagte mir einen eisigen Schauder über den Rücken, und mein Magen zog sich zusammen.

*Sei nicht albern*, schalt ich mich in Gedanken. *Was ist daran so furchteinflößend? Du hast doch nur von ihr geträumt!* Das unbehagliche Gefühl verließ mich trotzdem nicht. Die steinerne Gestalt hatte etwas an sich, das mich zu ihr hinzog, auch wenn mir mein Instinkt zum Weglaufen riet.

Siffrin schnaufte und kam auf die Pfoten, wobei er nacheinander jedes Bein lang ausstreckte. Als sein leuchtend rotes Fell wieder glatt anlag, untersuchte er seine Läufe und Flanken. »Schon besser.« Er drehte sich wieder zu mir um. »Nicht jeder Zauber nimmt den Ausführenden derart mit, aber jeder birgt seine eigenen Gefahren. Als ich uns letzte Nacht beide verflimmert habe, da wusste ich vorher nicht, ob es klappen würde. Ich habe so etwas zum allerersten Mal gemacht, und es hat mich große Konzentration gekostet.« Er drehte die gelenkige Vorderpfote hin und her und schmatzte hörbar. »Ich bin halb verhungert. Hast du uns inzwischen etwas Fressbares gefangen?«

Damit traf er einen wunden Punkt. Während er geschlafen hatte, war ich tatsächlich draußen im Hof auf Mäusejagd gegangen. Ich hatte eine Maus am Rand der Grasfläche entdeckt, wo die Halme höher wuchsen, und hatte meinen Vogeltrick angewendet. Ich hatte es sogar mit Siffrins unheimlichem Singsang probiert und gehofft, mich dadurch zu verflimmern. Aber auch diese Maus hatte mich offenbar gehört, denn sie war weggerannt. Notgedrungen hatte ich mich wieder einmal auf die Suche nach Insekten und Würmern begeben, nur um Käfer hatte ich einen großen Bogen gemacht.

Doch ich hatte nicht vor, Siffrin das unter die Nase zu reiben. »Ich dachte, du wärst vielleicht krank. Da wollte ich dich nicht allein lassen. Außerdem hatte ich Angst, dass die Verfolger womöglich zurückkehren.«

Er warf mir einen skeptischen Blick zu. »Mir wäre schon nichts passiert«, gab er dann zurück. »*Mich* suchen sie ja nicht.« Er schlüpfte zwischen den großen

Rädern hindurch und lief in Richtung Tür. Ich wich zurück. Ich mochte ihm immer noch nicht zu nahe kommen.

»Macht nichts, dass du nichts gefangen hast«, sagte er über die Schulter. »Ich habe hier ganz in der Nähe etwas vergraben.«

»Hier? Aber du lebst doch gar nicht hier.«

Er trottete durchs Gras, die Nase dicht über dem Boden. »Dieser Bau ist schon mein Versteck, seit ich in die Graulande gekommen bin.«

Ich glaubte ihm nicht. Unsere Flucht war mir eher ziellos vorgekommen. Ich wollte etwas einwenden, aber er fuhr fort: »Es ist nicht der schlechteste Unterschlupf.«

Er lief jetzt um das Holzgebäude herum, und ich folgte ihm in einigem Abstand. Dann machte er sich daran, mit den Vorderpfoten die Erde aufzuscharren. »Natürlich ist es in den Graulanden nirgendwo richtig *schön* – überall ist es dreckig und staubig, und es stinkt nach dem Todesweg. Und schmackhafte Kaninchen gibt es hier auch nicht.« Er schaute kurz zu mir hinüber. »Der Dreck setzt sich überall fest. Sogar die Stadtfüchse stinken danach. Sie merken es nur nicht.«

Beschämt betrachtete ich mein Fell. Stank ich wirklich? Unwillkürlich machte ich einen Schritt rückwärts.

Siffrin grub weiter und stieß ein triumphierendes Kläffen aus, als jetzt unter der aufgeworfenen Erde glattes graues Fell zum Vorschein kam. Ich konnte mich nicht länger beherrschen und schlich näher. Er zog zwei tote Nager aus der Grube und ließ sie ins Gras fallen.

Es waren Wühlmäuse. Bei ihrem Anblick krampfte sich mein Magen schmerzhaft zusammen. So etwas Gutes hatte ich nicht mehr zu sehen bekommen, seit meine Familie verschwunden war.

Siffrin holte noch einen braungefiederten Vogel aus dem Beuteversteck und legte ihn neben die Mäuse. Er stupste den Schnabel des Vogels mit der Pfote an und schnüffelte noch einmal daran, dann zermalmte er krachend einen Flügel. Federn wirbelten durch die Luft, als er den Vogel kräftig durchschüttelte. Einen Augenblick lang war er ganz ins Fressen vertieft. Er hielt die Beute mit den Vorderpfoten fest und riss mit den Backenzähnen Fleischstücke heraus. Dann sah er zu mir hinüber und ließ die Ohren spielen.

»Willst du denn gar nichts abhaben, Graulandwelpe?«

Damit wandte er sich wieder dem Vogel zu, schmatzte und kaute mit zufriedenem Knurren.

Mit angelegten Ohren und tiefgeduckt, wagte ich mich weiter vor, packte die beiden Mäuse mit der Schnauze und zog mich sofort wieder zurück. Dann schleppte ich meine Beute in das Holzgebäude und verkroch mich damit hinter der Tür, wo ich sie im Ganzen herunterschlang.

Als ich wieder nach draußen kam, den Bauch voll köstlichem Fleisch, hatte sich Siffrin im Gras niedergelassen und putzte seine Pfoten. Er blickte nicht auf. »Wir müssen weiter«, sagte er nur.

»Weiter? Wohin denn?« Ich schaute zu, wie er seine Vorderpfote hin und her drehte und mit energischen Zungenschlägen von der daran haftenden Erde befreite. Als ich meine eigenen Pfoten ansah, stellte ich fest, dass graue Fellreste daran klebten.

»Ich habe nachgedacht«, entgegnete er. »Wir sind beide auf der Suche nach Pirie. Die Graulande sind groß. So bald werden wir ihn nicht aufstöbern. Aber es besteht die Gefahr, dass Karka und ihre Bande *uns* aufstöbern. Hier sind wir nicht sicher ... vor allem du nicht.«

Ich sträubte empört das Fell. »Ich lasse meine Familie doch nicht im Stich, bloß weil du aus den

Wildlanden daherkommst und mich dazu überreden willst. Sie müssen irgendwo hier sein, und ich werde sie finden!«

Er musterte mich kurz mit undurchdringlicher Miene und schaute dann weg.

»Ich glaube, ich muss dir etwas erklären, Isla …«

»Ohne meine Familie gehe ich nirgendwohin!«

Wir hatten gleichzeitig gesprochen. Jetzt verstummten wir gleichzeitig.

Die Abenddämmerung ging in die Nacht über. Schwarzes Fell bedeckte den Himmel, schimmerte dunstig im Licht der Leuchtkugeln. Ich räusperte mich. »Ich kann die Graulande nicht verlassen.«

Er sah mich immer noch nicht an, doch als er sprach, war seine Stimme sanfter als sonst. »Hör zu, Isla … du bist hier nicht sicher. Planlos weiter über den Todesweg zu streifen, bringt überhaupt nichts.«

»Das habe ich auch nicht vor. Ich kehre um.« Als er darauf nichts erwiderte, wurde meine Stimme lauter. »Du verstehst, was ich meine, oder? Ich habe alles verloren, was mir etwas bedeutet. Ma, Pa, Großma und Pirie – diese Füchse sind meine ganze Welt. Seit ich mich allein durchschlage, habe ich viel über das Große Knurren gelernt, aber jetzt will ich nur noch in meinen Bau zurück. Ich kann ja auch nirgendwo anders hin.« Meine Stimme hatte einen wimmernden Unterton. Es war mir schrecklich peinlich.

Siffrin schlang den buschigen Schwanz um sich und machte sich mit der Zunge darüber her. Unwillkürlich bewunderte ich seine Technik. Er war reinlicher als jede Katze. »Ich weiß ja, dass dir deine Familie fehlt. Ich kann das gut nachvollziehen … Aber zu eurem Bau zurückzukehren ist zwecklos. Dort sind deine Verwandten nicht.«

»Woher willst du das wissen? Vielleicht sind sie ja inzwischen zurückgekommen.«

»Das glaube ich nicht …« Sein im Dämmerlicht hellbraun schimmernder Blick suchte flüchtig den meinen. Dann widmete er sich wieder der Fellpflege.

Ich war verunsichert. Wusste Siffrin mehr, als er zugab? »Wer ist diese Karka eigentlich, diese Einäugige?«

»Wie ich dir schon erklärt habe, ist auch sie hinter deinem Bruder her. Warum, kann ich dir nicht sagen. Jana erzählt mir nicht alles.« Er wandte den Blick wieder ab und befeuchtete seine Schnauze.

In einem Baum in der Nähe begann ein Vogel zu singen. Ich drehte die Ohren herum und beobachtete, wie er von einem Ast zum nächsten hüpfte. »Letzte Nacht hast du gesagt …« Ich überlegte kurz. »Du hast gesagt, dass Karka die Anführerin der Füchse ist, die uns verfolgt haben. Wie hast du sie doch gleich genannt? Es war ein besonderer Ausdruck.«

»Kann sein«, erwiderte er ausweichend. »Ich war sehr erschöpft. Ich konnte nicht mehr klar denken.« Er reckte den Hals und knabberte an seinem Rückenfell. »Aber wenn ich dich zu Jana bringe, kann sie deine Fragen bestimmt beantworten. Sie ist sehr weise. Sie wird wissen, was zu tun ist.«

Ich stellte gespannt die Ohren auf. »Weiß sie denn auch, wo ich meine Familie finden kann? Wird sie mir dabei helfen?«

Siffrin warf mir einen Seitenblick zu. »Ich glaube nicht, dass es gut ist, wenn du dich allzu sehr darauf versteifst. Du solltest dich lieber … um dich selbst kümmern.« Es klang beinahe mitfühlend.

Ich war entrüstet. »Ich kann meine Familie doch nicht einfach vergessen!«

Siffrin holte tief Luft, sein Ton wurde streng. »Jana ist eine vielbeschäftigte Füchsin. Es geht nicht an, dass du sie mit deinen kleinen Kümmernissen behelligst. Die Ältesten haben ihre eigenen Probleme, die weit größer und komplizierter sind, als sich ein Graulandwelpe vorstellen kann.« Das war wieder der herablassende Tonfall, den ich von ihm gewohnt war. Er drehte die Vorderpfote herum und begutachtete die Ballen auf der Unterseite. »Ich erwarte nicht, dass du das verstehst, aber zwei der Sieben sind beim letzten Halblicht nicht erschienen. Einer von ihnen ist der berühmte Schwarze Fuchs. Wenn er nicht mehr da wäre, hätte das für uns alle verheerende Folgen.«

Ich ärgerte mich über seine Wortwahl. *Kleine Kümmernisse* – von wegen! Ich versuchte, gar nicht mehr hinzuhören. Dieser eingebildete Fuchs hatte meine Aufmerksamkeit nicht verdient! Schade, dass er aufgewacht war. Schlafend hatte er mir viel besser gefallen.

Ich ließ den Blick durch den dunklen Hof wandern. Ein Falter flatterte durch die Nachtluft. Mein Jagdinstinkt erwachte, aber ich beherrschte mich. Siffrin würde sich nur wieder über mich lustig machen, vor allem, wenn mir der Falter entwischte. Obwohl ich ihm nicht hatte zuhören wollen, war eines doch haftengeblieben.

*Der Schwarze Fuchs.*

Das flauschige Fell am Ansatz meiner Ohren kribbelte. Wider Willen war ich neugierig. »Was ist denn an diesem Fuchs, der verschwunden ist, so besonders?«

Ein längliches Insekt mit unzähligen Beinen ringelte sich durchs Gras. Ohne nachzudenken, schlug ich mit der Pfote danach. »Ich dachte, Füchse haben entweder rotes oder bräunliches Fell«, fuhr ich fort. Dann fielen mir Pirie und Großma ein. »Oder goldenes oder silbergraues«, setzte ich hinzu.

Siffrin seufzte gereizt. »Du willst doch wohl nicht behaupten, dass du noch nie vom Schwarzen Fuchs gehört hast? Du bist wirklich unglaublich beschränkt!« Sein Blick war geringschätzig. »Außerdem habe ich gesagt, dass *zwei* der Ältesten nicht auf der Versammlung erschienen sind. Der Schwarze Fuchs und noch ein anderer.«

»Tja, tut mir leid, wenn er verschwunden ist«, sagte ich in einem Ton, der überhaupt nicht danach klang. *Unverschämtheit*, dachte ich. *Wie kann er es wagen, mich beschränkt zu nennen?* Wenn mir noch nie jemand von den Ältesten erzählt hatte, woher sollte ich dann wissen, was sie für Fell hatten? Ob es rot, schwarz oder sonst wie gefärbt war? Ich richtete mich zu meiner vollen Größe auf – auch wenn ich zugegebenermaßen nicht viel größer als eine Katze war. »Ich meine *sie*. Es tut mir leid, dass *sie* verschwunden sind«, sagte ich würdevoll.

»Das sollte es auch!« Siffrins Ton war scharf. »›Schwarzer Fuchs‹ ist ein Ehrentitel, der unabhängig vom Alter des Betreffenden immer an den Weisesten aller Füchse vergeben wird, der die alten Fuchskünste beherrscht wie kein anderer. Ohne ihn kämen wir in den Wildlanden niemals zurecht. Sein Rat und seine Hilfe sind unersetzlich. Sonst kommen immer alle Ältesten zur Versammlung. Jana ist in großer Sorge.«

Ein Windstoß bewegte meinen Schwanz. Instinktiv fuhr ich herum und schnappte danach, fing ihn aber nicht.

Siffrin ließ von seinem eigenen Schwanz ab und knurrte mich an: »Hörst du mir überhaupt zu? Was ich dir erzähle, ist wichtig! Es gehört zur Geschichte des Fuchsgeschlechts – zur Geschichte einer Schlacht, die an dem Tag losbrach, an dem unserer erster Vorfahr das Licht der Welt erblickte, einer Schlacht, die bis zum bitteren Ende weiterwüten wird.«

»Verstehe.« Ich ließ mich ins Gras fallen. »Aber ich kann mich jetzt nicht auch noch mit den Sorgen der Ältesten befassen. Ich habe Wichtigeres zu tun – schließlich ist meine Familie verschwunden.«

Er warf einen vielsagenden Blick auf meinen Schwanz. »Wichtigeres … schon klar.« Sein Ohr zuckte. »Dann kann ich mir wohl die Mühe sparen, dir zu erklären, dass die Sorgen der Ältesten auch dich etwas angehen, oder? Sie gehen uns alle etwas an. Die

Ältesten sind die Hüter der Fuchstradition! Was sie tun und entscheiden, beeinflusst unser aller Schicksal.«

Ich gähnte. Inzwischen war es stockdunkel – beziehungsweise so dunkel, wie es im Großen Knurren überhaupt werden konnte. Wozu sollte ich noch länger bei Siffrin bleiben? Ich musste meine Suche wieder aufnehmen, draußen auf dem Todesweg, wo ich vielleicht Mas Witterung erschnüffeln oder Piries silbriggoldenen Schwanz erspähen konnte. Ich setzte mich in Bewegung.

»Wo willst du hin?«

»Meine Familie suchen.«

»Warte!«

Ich drehte mich um. »Was ist denn noch?«, fragte ich unwirsch.

»Lauf nicht zu eurem Bau zurück. Vielleicht lungern Karkas Füchse noch dort herum.«

Ich ging nicht darauf ein. In Wahrheit hatte ich keine Ahnung, wie ich zu unserem Bau zurückfinden sollte. Ich war so oft kreuz und quer gelaufen, dass ich völlig die Orientierung verloren hatte. »Ich will ja gar nicht dorthin.«

»Willst du so lange den Todesweg absuchen, bis du sie gefunden hast? Du weißt doch gar nicht, wo du anfangen sollst.«

Da war leider etwas dran. »Na ja … irgendwo muss ich ja mal anfangen.«

Wieder der geringschätzige Blick. »Hast du überhaupt eine Vorstellung davon, wie riesengroß und überfüllt die Graulande sind? Man kann hier von Malinta bis zum Halblicht unterwegs sein und begegnet niemals demselben Pelzlosen zweimal.«

Ich wusste nicht, was er mit *Malinta* oder *Halblicht* meinte. Beide Ausdrücke hatte er schon vorher benutzt. Aber wenn ich ihn danach fragte, würde er mich wieder verspotten, und ich verstand auch so, worauf er hinauswollte: dass das Große Knurren unfassbar groß war. Als hätte ich das nicht längst selbst herausgefunden! Trotzdem durfte ich mich davon nicht abschrecken lassen.

Siffrin erhob sich. »Du bist ein hilfloser Welpe, kapierst du das nicht? Du bist für jeden Hund und für jeden grausamen Pelzlosen eine leichte Beute. Sogar unsere eigenen Artgenossen können einem fremden Welpen gefährlich werden, und auf dem Todesweg riskierst du sowieso dein Leben. Vorausgesetzt natürlich, es gelingt dir, genug Käfer zu fangen, um nicht zu verhungern.«

Ich warf ihm einen bitterbösen Blick zu. Immer musste er auf den Käfern herumhacken – mich bei jeder Gelegenheit lächerlich machen. »Ich bin schließlich kein Neugeborenes mehr. Ich bin schon fast erwachsen! Ich habe mindestens einen halben Mond lang keine Milch mehr angerührt.«

Siffrin hörte gar nicht hin. »Selbst wenn du genug zu fressen findest, sind deine Überlebenschancen zweifelhaft. Karka wird dich weiter verfolgen. Ihre Bande umfasst zwölf Füchse, die allesamt wild entschlossen sind, dich und deinen Bruder zu schnappen. Willst du es wirklich auf eine erneute Begegnung ankommen lassen? Ohne meine Hilfe hätten sie dich schon letzte Nacht erwischt – und ich konnte sie nur überlisten, weil sie sich mit Fuchszaubern nicht auskennen. Wäre Karka persönlich unter den Verfolgern gewesen, wären wir jetzt beide tot.«

Beim Gedanken an die Einäugige standen mir sofort wieder die Haare zu Berge. »Wieso interessiert es dich eigentlich, was aus mir wird?«

»Was aus dir wird, ist mir vollkommen egal!«, fauchte er. »Jana hat mir aufgetragen, deinen Bruder zu finden. Und wenn er spurlos verschwunden ist, soll ich *dich* zu ihr bringen.«

»Pirie ist nicht spurlos verschwunden!«, sagte ich trotzig. »Er ist bei unseren Eltern und Großma. Bestimmt suchen sie auch nach mir.« Ich reckte die

Schnauze. »Es ist mir egal, wie lange es dauert oder ob ich dabei umkomme. Ich werde jeden Winkel des Großen Knurrens nach ihnen absuchen – oder jeden Winkel der Graulande, wie du dich auszudrücken pflegst.«

Abermals huschte ein seltsamer Ausdruck über Siffrins Gesicht – er spannte die Schnauze an und senkte die Ohren. Auch seine Stimme klang plötzlich wieder ganz sanft. »Bitte hör mir zu, Isla …«

Aber ich hatte die Nase endgültig voll. Ich würde mich von ihm nicht entmutigen lassen! »Und wenn ich jeden Hinterhof hier umgraben muss und jede Schwanzlänge des Todesweges absuchen … ich werde bei jedem geflügelten Pelzlosenweibchen nach ihnen Ausschau halten, bis ich sie wiedergefunden habe!«

»Wovon redest du da?« Siffrin war mit einem Satz bei mir. Er baute sich vor mir auf und versperrte mir den Weg. Sein Schwanz peitschte erregt hin und her.

Ich wich zurück, aber er kam mir nach. Seine Augen funkelten. Mein Nackenfell sträubte sich. Ich hatte ja schon die Erfahrung gemacht, dass er schneller war als ich. Stärker war er bestimmt auch. Ich bekam es mit der Angst zu tun.

»Lass mich in Ruhe!«, winselte ich.

»Wenn ich dir etwas antun wollte, hätte ich längst

Gelegenheit dazu gehabt.« Die Schnurrhaare an seiner spitzen Schnauze zitterten. »Was hast du da eben gesagt?«

»Ich habe gesagt …«, stammelte ich kleinlaut, »… ich habe gesagt, dass ich meine Familie niemals im Stich lassen werde.«

»Das meine ich nicht!« Er schob die Schnauze so dicht an mich heran, dass ich zurückzuckte. Sein Blick musterte mich forschend. »Ich meine das über das geflügelte Pelzlosenweibchen.«

»Ach so …« War es das, was ihn so aufregte? Ich senkte den Kopf und wich seinem durchbohrenden Blick aus. »Das war nur etwas, das ich im Traum gesehen habe.«

»Ein Pelzlosenweibchen in einem langen Gewand und mit Flügeln auf dem Rücken? Das allein in einem großen Steinhof steht?«

Mir blieb das Maul offen. Konnte er in meine Gedanken blicken? Furcht kroch über meine Schnurrhaare und spannte meine Schnauze an. »Woher … woher weißt du das?«, keuchte ich. Ich konnte mich nicht beherrschen und sah ihn wieder an. »Ich habe doch nur von ihr geträumt!«

Seine Augen leuchteten triumphierend. »Ich habe sie auch gesehen!«, kläffte er. »Sie ist keine Traumgestalt – es gibt sie wirklich! Ich bin auf meinem Streifzug durch die Graulande an ihr vorbeigekommen. Aber bis zu dem Hof, in dem sie steht, ist es eine gute Nachtwanderung nordwärts. In der wachen Welt kannst du sie also nicht gesehen haben.«

Der Vogel, der zuvor noch gesungen hatte, war inzwischen verstummt. Er flatterte von seinem Ast auf und verschwand in der Nacht. Der Hof wirkte plötzlich verlassen. Konnten Pelzlose denn fliegen? Bis jetzt waren mir noch keine begegnet, die Flügel gehabt hätten. Ich dachte wehmütig an den Vogel. Wenn ich doch nur auch wegfliegen könnte …

»Ich habe keine Ahnung, worauf du hinauswillst«, winselte ich und wandte mich ab. »Meine Träume gehen dich nichts an. Lass mich in Frieden.«

»Lauf nicht weg«, sagte er eindringlich. »Du brauchst keine Angst zu haben. Vielleicht ist Pirie …« Er unterbrach sich, und ich drehte mich wieder um. Seine langen Ohren waren seitlich abgeknickt, sein Schwanz schwang immer noch hin und her. »Stammt ihr beide zufällig aus dem gleichen Wurf?«

Ich nickte, spannte aber die Läufe an, damit ich jederzeit davonrennen konnte.

»Ich habe mal von einem seltenen Fuchszauber namens ›Gerra-Bund‹ erfahren. Er gehört zu den vergessenen Künsten. Nur wenige können ihn noch durchführen. Stehst du deinem Bruder sehr nahe?«

Trotz meiner Angst drückte ich stolz die Brust heraus. »So nahe, wie man sich nur sein kann! Bis meine Familie verschwunden ist, haben wir jeden Tag unseres Lebens Seite an Seite geschlafen. Wir haben zusammen gefressen und zusammen gespielt. Wir waren noch nie getrennt.« Es zwickte mich in der Kehle. »Ich hätte ihn nicht allein lassen dürfen.«

»Die Pelzlose mit den Flügeln …«, sagte Siffrin nachdenklich. »Sie könnte ein Anhaltspunkt sein.«

»Trotzdem … wie du schon gesagt hast, ist sie viel zu weit weg, als dass ich sie je mit eigenen Augen gesehen haben könnte.«

»Man sieht nicht alles nur mit den eigenen Augen. Manchmal kann man sich den Weg sparen. Das kommt, wie erwähnt, nur sehr selten vor. Aber wenn sich zwei Füchse so nahe sind wie dein Bruder und du, dann ist es, als ob in ihrer Brust das gleiche Herz schlüge, und manchmal flechten sich ihre Gedanken ineinander wie die Äste zweier Bäume, die Seite an Seite wachsen. Was der eine fühlt, spürt auch der andere.«

Meine Kehle wurde heiß und pochte, und meine Ohren kribbelten. Ich ließ mich auf den Boden fallen.

Was der rote Fuchsrüde da sagte, konnte nicht wahr sein.

»Und *weil* du deinem Bruder so nahe stehst …« Siffrins Schwanz schwang wieder hin und her, als ich den Satz zu Ende führte.

»… habe ich das geflügelte Pelzlosenweibchen durch seine Augen gesehen.«

# 9. Kapitel

In einem der umstehenden Gebäude flammte Licht auf. Siffrins rotes Fell leuchtete wie schwelende Glut. Ich duckte mich auf den Boden und überlegte, ob er wohl recht hatte, was meinen Bruder anging. Hatte Pirie tatsächlich das Große Knurren durchquert und die riesenhafte geflügelte Pelzlose erblickt – die ich im Traum gesehen hatte?

Hoffnung ließ mein Fell kribbeln. »Du glaubst wirklich, dass mein Bruder dort war?«

Sein Schwanz fegte über das Gras und blieb dann neben ihm liegen. »Anders kann ich mir nicht erklären, was du gesehen hast.«

Es schien verrückt, ja unvorstellbar, dass mir ein

Traum den Aufenthaltsort meines Bruders offenbaren konnte – dass ich meine Familie wiederfinden würde, wenn ich mich zu der geflügelten Gestalt hinbegab. Doch dann fiel mir wieder ein, was mir Pa erzählt hatte: dass er die Wildlande verlassen hatte, weil ihm Ma im Traum erschienen war.

*Am Anfang steht immer ein Traum.*

Mein Herz machte vor Aufregung einen Satz, und mein Schwanz klopfte *poch-poch-poch* auf den Boden. »Dann muss ich dorthin!«, rief ich aus. »Vielleicht ist Pirie ja noch da. Der Traum ist erst eine Nacht her.«

»Der Hof liegt ganz am Rand der Graulande. Wenn wir Pirie dort nicht finden, ziehen wir in die Wildlande weiter, und ich bringe dich zu Jana.«

Mein Maul zuckte. Ich würde Pirie ganz bestimmt finden! »Könntest du mir vielleicht näher beschreiben, wo dieser Hof liegt? Dann brauche ich dich nicht länger aufzuhalten. Du hast sicher noch anderes zu tun, dich mit … mit Fuchskunde beschäftigen und so weiter.« Dass er mir vorschreiben wollte, was ich zu tun hatte, passte mir nicht. Es war *meine* Familie, die verschwunden war, und *meine* Aufgabe, sie wiederzufinden.

Siffrins rechtes Ohr knickte um, er wirkte verstimmt. »Ich bin kein Ältester. *Sie* sind die Hüter der Fuchstradition. Ich bin nur ein einfacher Bote.« Er peitschte gereizt mit dem Schwanz, so dass die langen Grashalme sich bogen. »Lass dir den Weg lieber von mir zeigen. Die Nacht ist voller Gefahren. Du kannst ja nicht mal Mäuse fangen. Und wie willst du dich verteidigen, wenn dich jemand angreift?«

»Ich kann bestens auf mich allein aufpassen«, gab ich kühl zurück.

Ich überlegte, wie ich den Standort des geflügelten Pelzlosenweibchens ohne seine Hilfe herausfinden könnte. Ich versuchte, mir das Traumbild wieder vor Augen zu rufen, doch die Erinnerung war verschattet.

*Furcht drückte gegen meine Läufe, ich spürte einen stechenden Schmerz in der Flanke.*

*Um mich herum waren Füchse. Ihr Fell roch nach Glut und Asche. Ich konnte nicht fliehen.*

»Was hast du denn?« Siffrin sah mich mit schief gelegtem Kopf forschend an.

Offenbar hatte ich aufgeschrien.

Er beobachtete mich, als ich mich leicht schüttelte und meine Flanke beschnupperte. Dann hob ich versuchsweise einen Hinterlauf an und streckte ihn lang aus. »Danke, mir geht's gut … Aber wenn ich an die steinerne Pelzlose denke, habe ich ein ganz ungutes

Gefühl. Als wäre dort in dem Hof etwas Schlimmes passiert.« Wenn Pirie nun verletzt war? Dieser Aschegeruch … Genauso hatten die fremden Füchse gerochen.

Siffrin ließ mich nicht aus den Augen. »Du siehst sie aber noch vor dir, die Geflügelte? Du kannst dir den Hof vorstellen, als wärst du gerade eben dort?«

Ich kläffte zustimmend.

»Dann steckt dein Bruder vielleicht in Schwierigkeiten … aber er ist auf jeden Fall noch am Leben.«

Ich drehte die Ohren nach vorn. »Glaubst du wirklich? Dass ich die Geflügelte nicht sehen könnte, wenn …« Ich brachte es nicht über mich, den Satz zu beenden. Beim Gedanken an Pirie nagte Furcht an meinem Magen. War er womöglich ganz allein dort, ohne unsere Eltern und Großma? Hatten ihn die fremden Füchse schon aufgespürt?

»Komm, Kleine.« Siffrin lief jetzt vor mir her und übernahm die Führung. Er schlug den Weg neben dem Pelzlosenbau ein. »Wenn dein Bruder in Gefahr ist, dürfen wir keine Zeit verlieren.«

Ausnahmsweise war ich ganz seiner Meinung.

Als wir den Todesweg erreicht hatten, wandte Siffrin ein paarmal den Kopf hin und her und schlich dann dicht an der Mauer entlang weiter. Sein rotes

Fell verschmolz mit dem Schatten. Erleichterung durchströmte mich, der Druck auf meinen Flanken ließ nach. Das lag nicht nur daran, dass Siffrin mich an mein Ziel bringen würde. Ich hätte es ihm gegenüber nie zugegeben, aber ich fühlte mich in seiner Nähe einfach sicherer.

Doch als ich nun seiner weißen Schwanzspitze folgte, ermahnte ich mich selbst zur Wachsamkeit.

Ich wurde weiterhin das Gefühl nicht los, dass er mehr war, als er vorgab zu sein, dass er nicht ehrlich zu mir war. Geheimnisse ballten sich wie unsichtbare Wolken um mich herum, vernebelten mir die Sicht, so wie die Augen beim Verflimmern getäuscht wurden.

*Was sichtbar ist, verblasse. Was spürbar ist, vergehe …*

Und was war von diesen Ältesten mit ihren geheimnisvollen Kräften und Zauberkünsten zu halten? Siffrins Warnung fiel mir wieder ein, Jana nicht mit irgendwelchen »kleinen Kümmernissen« zu behelligen. Ich sah ihm nach, als er nun einer engen Biegung folgte und sich dicht an einer struppigen, vertrockneten Hecke hielt. Wieder wallte Groll in mir auf, und meine Kehle wurde eng. *Seiner* Familie ging es in den Wildlanden bestimmt gut. Was kümmerte es ihn, was aus meiner wurde?

Ich schluckte meine Feindseligkeit hinunter. Im Grunde hatte ich keine andere Wahl, als bei ihm zu bleiben. Er war der Einzige, der den Weg zu dem steinernen Pelzlosenweibchen kannte. Doch heimlich reifte ein Plan in mir heran. Wenn wir erst dort waren und ich Pirie und die anderen wiedergefunden hatte, dann würde ich nicht zulassen, dass Siffrin meinen Bruder in die Wildlande mitnahm. Prüfend fuhr ich mit der Zunge über meine Reißzähne, spürte, wie spitz sie waren. Allein konnte ich mit Siffrin vielleicht nicht fertig werden – doch wenn meine Familie mir beistand, war ich unbesiegbar.

Ich stellte mir vor, wie Pa mir die Ohren abschleckte.

Ich spürte Mas Nase an meiner Schnauze.

Meiner Familie hatte ich alles zu verdanken – den Ältesten gar nichts.

Wir huschten durch das von Leuchtkugeln erhellte Große Knurren. Immer wieder blieb Siffrin stehen und witterte. Er führte mich weg von den überfüllten Straßen, auf denen sich die Pelzlosen zum Keckern und Fressen trafen, und hielt sich lieber an die nur spärlich beleuchteten Abzweigungen des Todesweges, wo sich weniger Pelzlose herumtrieben.

»Hund!«, knurrte er leise, und wir schlüpften rasch durch einen Zaun auf den nächsten Wildpfad hinaus und dort in ein Gebüsch. Siffrin verharrte reglos. Ich machte es genauso. Meine Pfoten hafteten wie angewurzelt am Boden, mein Blick suchte den Todesweg ab. Ein paar Schwanzlängen von uns entfernt standen zwei Pelzlose und kläfften einander an. Hinter dem dichten Laub konnten sie uns nicht sehen, und ihr Geruchssinn war ohnehin armselig. Nach einer Weile gingen sie weiter.

Ich drehte mich fragend zu Siffrin um, doch er hielt den Blick starr auf eine Biegung gerichtet. Hinter uns raschelte etwas im Gras, vielleicht eine Ratte. Ich hörte, wie ihre kleinen Pfoten auf uns zutrippelten, aber Siffrin drehte sich nicht einmal um. Ich folgte seinem Blick, sah aber nur leeren Graustein. Doch dann tauchte hinter der Biegung auf einmal ein wuscheliger weißer Hund auf. Ein Pelzlosenweibchen ging neben ihm her. Der Hund hatte einen Strick um den Hals, und die Pelzlose bestimmte, wie schnell er lief. Doch statt sich loszureißen, wirkte der Hund ganz zufrieden. Die beiden gingen auf dem gegenüberliegenden Randstreifen an uns vorbei, ohne uns eines Blickes zu würdigen.

Siffrins Haltung entspannte sich. Er zwängte sich

aus dem Gebüsch und lief schnüffelnd am Zaun entlang.

»Woher hast du gewusst, dass der Hund kommen würde?«, fragte ich neugierig. »Er war doch noch gar nicht zu sehen.«

Er leckte sich die Schnauze. »Ich habe ihn gewittert. Die Nacht ist voller Hinweise, man muss sie nur zu deuten wissen.«

Ich war beeindruckt. Von nun an würde ich noch besser hinschauen, noch konzentrierter wittern, auch wenn der beißende Gestank des Todesweges meinen Geruchssinn störte.

Hintereinander trabten wir durch die Nacht. Siffrin schien von neuer Entschlossenheit erfüllt. Er weigerte sich, zwischendurch anzuhalten oder mir etwas zu erklären. Er führte mich über eine große Grausteinfläche, an Reihen um Reihen schlafender Zerquetscher vorbei. Wir machten keine Pause. Wir blieben immer in der Nähe des Todesweges, hielten aber Abstand, huschten ungesehen über Stufen, durch Zäune, unter Hecken hindurch und über den Graustein, der sich nach allen Richtungen erstreckte. Nur ab und zu blieb Siffrin stehen und hielt mit erhobenem Kopf und zuckender Nase kurz inne. Seine Ohren drehten sich hin und her, er öffnete leicht das Maul, befeuchtete mit der Zunge seine Nase und sog witternd die Luft ein. Was roch er noch alles außer dem Atem des Großen Knurrens? Was spürte er alles, das mir entging?

Als der Mond am Himmel immer weiter abwärtsglitt, wurden meine Pfoten schwer wie Steine. Siffrin trabte unermüdlich weiter, drehte sich nur ab und zu ungeduldig nach mir um. Am Rand einer stillen Abzweigung des Todesweges blieb er wieder stehen und spähte zum trüben Himmel hoch.

»Ich kann nicht mehr«, sagte ich, als ich ihn einholte, und brach so das Schweigen, das sich zwischen uns ausgebreitet hatte.

Er senkte den Blick wieder. »Nur noch ein kleines Stück. Hier möchte ich nicht anhalten.« Sein Schwanz klopfte geistesabwesend auf den Graustein.

Ich drehte meine Vorderpfote um und betrachtete die Ballen auf der Unterseite. Sie waren rau und wund. »Stimmt etwas nicht?«

»Nein, nein«, sagte er rasch. »Es ist nur ...« Er witterte abermals und stellte den Schwanz auf. »Hier entlang.«

Ich wollte schon protestieren, doch dann sah ich, dass er mich unter einen schlafenden Zerquetscher führte. Eine Katze hatte sich dort niedergelassen. Als sie uns erblickte, war sie gar nicht erfreut. Mit drohend aufgerissenen Augen plusterte sie sich auf, fauchte uns an und schlich dann rückwärts unter dem Zerquetscher hervor. Ehe sie davonlief, überschüttete sie uns noch mit einem Schwall miauter Beschimpfungen.

Als sie weg war, forderte Siffrin mich auf, ein bisschen zu schlafen »Ich halte Wache«, versprach er.

Ich hielt das zwar für ein bisschen übertrieben, mochte aber nicht mit ihm diskutieren. Ich legte mich auf die Stelle, auf der die Katze geschlafen hatte. Der Boden war noch warm von ihrem Körper. Ich schlang den Schwanz um mich und schlummerte ein.

*Ich träumte von feindlichen Füchsen, die sich um mich scharten. Ihr Atem streifte meine Schnauze, ihr schauriges Gekecker erfüllte die Luft. Sie drängten mich in einen Steinhof, und ich stolperte verwirrt und ängstlich vor ihnen her. Über mir ragte ein riesiges Pelzlosenweibchen mit ausgebreiteten Flügeln auf.*

Ein schrilles Winseln bohrte sich in mein Ohr. Als ich erschrocken aufsprang, stieß ich mir am Bauch des Zerquetschers den Kopf.

»Schnell, Isla!« Das war Siffrin. Ich schlüpfte unter dem Zerquetscher hervor. Sofort war er neben mir. Seine Augen waren angstvoll aufgerissen. »Ich habe sie gewittert«, zischelte er. »Sie kommen!«

Mir stockte das Herz. Ich fuhr herum und spähte panisch ins Halbdunkel. Ein kräftiger Wind fegte heran, zerzauste mir das Fell und zerrte an meinen Schnurrhaaren.

»Der Wind ist zornig, weil er nirgendwo hinkann«, sagte Siffrin mit gedämpfter Stimme. »Er springt um die Biegungen des Todesweges und jagt seinen eigenen Schwanz.«

Als ich begriff, was er damit sagen wollte, traf es mich wie der Pfotenhieb einer Katze. Der Wind wirbelte im Kreis herum! Die fremden Füchse würden uns bald wittern, wenn sie es nicht schon längst getan hatten.

»Die Graulande sind ein riesengroßer Käfig«, raunte Siffrin. »Die Geräusche und Gerüche können nicht heraus. Unsere Witterung wird uns verraten.«

Ich schluckte mühsam die Angst hinunter, die in mir aufstieg. »Kannst du uns nicht wieder verflimmern?«

Seine Schnauze war angespannt. »Karka kann man nicht täuschen. Sie durchschaut jeden Fuchszauber. Sie mordet im Auftrag des Magiers und hat viel mehr Erfahrung als ich.« Seine Stimme bebte furchtsam.

»Wer ist denn nun wieder der Magier?«, fragte ich. Meine Pfotenballen waren feucht von Schweiß.

»Der eigentliche Anführer der Bande.« Er befeuchtete nervös seine Schnauze. »Ich kann mich nicht mal entscheiden, in welche Richtung wir fliehen sollen. Der Wind in den Graulanden führt die Sinne in die Irre …«

Das überraschte mich. War das derselbe Fuchs, der vorhin den Hund schon gespürt hatte, bevor dieser zu sehen gewesen war? Mein Atem ging schneller. »Wir müssen es versuchen. Wir können doch nicht hier sitzen bleiben und auf sie warten!«

Meine Worte schienen ihn aufzurütteln. »Komm!«, zischelte er und flitzte quer über den Todesweg. Ich rannte hinterher und witterte im Laufen. Der Wind trug mir keine verdächtigen Hinweise zu.

Ein Zerquetscher kam brummend angeglitten, und wir wichen zurück. Als sein übelriechender Gestank vorbeigezogen war, glaubte ich, noch einen anderen Geruch wahrzunehmen.

»Da vorn!«, kläffte ich gedämpft. »Sie kommen uns entgegen.«

Siffrins Kopf fuhr herum, er atmete tief ein. »Du täuschst dich. Sie sind hinter uns.« Er zog die Stirn kraus und witterte noch einmal. »Die Luft wirbelt zwischen den hohen Gebäuden immer rundherum. Man könnte glauben, Karkas Füchse kämen von überall.« Er lief ein Stück und blieb verunsichert wieder stehen.

Die strenge Ausdünstung unbekannter Füchse stach mir in die Nase und nahm mir den Atem. Der Geruch kam um eine Biegung weiter vorn geweht. Die Angreifer liefen bergab auf uns zu. Meine Brust wurde eng.

»Das ist die verkehrte Richtung. Komm mit, Siffrin, sonst erwischen sie dich!« Ich schlug die entgegengesetzte Richtung ein.

Doch er rührte sich nicht von der Stelle, nur seine Ohren zuckten hektisch. Mit erstickter Stimme rief er mir zu: »Ich weiß nicht, Isla … ich glaube, du irrst dich.« Zweifel ließ seine Stimme schwanken. »Komm lieber wieder her, sonst kann dich mein Fuchszauber nicht schützen.«

»Du hast doch vorhin gesagt, dass man Karka sowieso nicht täuschen kann!« Jetzt witterte ich es ganz deutlich: den Geruch von schwelender Asche, der durch unseren verlassenen Bau gezogen war und jetzt im Fell der fremden Füchse haftete. »Beeil dich!«, kläffte ich. »Sie sind gleich da!«

Er schaute zu mir herüber, mit bebender Schnauze, den Schwanz steif abgestreckt. Eine schattenhafte Gestalt kam um die Biegung getrabt. Ich erspähte den

Umriss spitzer Ohren. Dem einen Schatten folgten weitere. Die Bande verschmolz zu einem einzigen vielbeinigen Ungeheuer, das über den Graustein glitt. Es schwappte auf Siffrin zu wie eine schwarze Pfütze.

»Pass auf!«, bellte ich, als ich sie jetzt erkennen konnte: fünf große Füchse mit gesträubtem Nackenfell. Als sie Siffrin erblickten, rannten sie los. Meine Nase hatte mich nicht getrogen – sie liefen bergab. Nur ein paar Schwanzlängen trennten sie noch von Siffrin. Ihr schrilles Gekecker zerriss die Luft.

Ich erkannte den Grauen mit der langen Schnauze wieder, der mich durch den Busch angestarrt hatte. Die rosenförmige Narbe über seinem Vorderlauf sah im Schein einer Leuchtkugel wie eine Verbrennung aus. Er spähte mit blutunterlaufenen Augen in unsere Richtung. Offenbar war er der Anführer der Bande. »Fangt den Welpen!«, heulte er, als er mich entdeckte.

»Lauf!«, übertönte Siffrin das daraufhin einsetzende vielstimmige Gekecker. Er stellte sich breitbeinig hin, peitschte mit dem Schwanz und verstellte den Angreifern den Weg. Ich sah das Weiße in seinen Augen. »Lauf weg, Isla, so weit weg, wie du kannst!«

Der Graue duckte sich sprungbereit. Er hatte die Krallen ausgefahren und die Zähne gefletscht.

Siffrin sah ihn nicht einmal an! Sein starrer Blick war immer noch auf mich gerichtet, hatte aber einen abwesenden Ausdruck angenommen. Seine Schnauze zuckte, die Schnurrhaare bebten. Er flüsterte Worte, die ich nicht verstand. Als der Graue zusprang, duckte sich Siffrin unter ihm weg, rollte über den Boden und stand als einäugige Karka wieder auf.

Wa'akkir, begriff ich, die Kunst des Gestaltwandelns. Die fremden Füchse wichen erschrocken zurück. Siffrin stürmte auf sie los, rempelte den einen mit Karkas breiter Schulter an und trommelte mit ihren kräftigen Hinterpfoten auf einen anderen ein.

Der Graue schüttelte den schmalen Kopf und kniff die Augen zu Schlitzen zusammen. Er musterte Siffrins Vorderläufe. »Ich weiß, was du gemacht hast«, knurrte er. »Ich weiß, wer du bist. Tu nicht so, als wärst du anders als wir.« Er stürmte auf die falsche Karka los. Ein brauner Rüde schloss sich ihm an. Ich reckte den Hals, um zu sehen, was passieren würde. Die beiden stürzten sich auf Siffrin, doch er riss sich los und erschien plötzlich wieder als kleiner, schmutziger Hund. Er machte einen hohen Luftsprung und landete auf dem Braunen, der nach seinen Pfoten schnappte. Der Braune verlor das Gleichgewicht und rollte über den Graustein.

Doch schon stürzten sich zwei andere Füchse auf Siffrin.

Ich schaute wie gelähmt zu, brachte es nicht fertig wegzulaufen. Im Gegenteil, es zog mich zu den Kämpfenden hin, auch wenn mein Herz in Todesangst hämmerte. Ich konnte Siffrin nicht einfach seinem Schicksal überlassen.

Die Füchse hatten ihn umzingelt, schnappten nach seinen Läufen. Ich hörte ihn aufjaulen, als er sich in seine wahre Gestalt zurückverwandelte. Sein langer roter Schwanz wurde abgeknickt, als sich eine sandfarbene Füchsin in seinen Nacken verbiss.

»Aufhören!«, heulte ich, stürmte los und warf mich mit meinem ganzen Gewicht gegen die Flanke der Sandfarbenen. Als ihr Fell dabei platt gedrückt wurde, sah ich, dass auch sie das Zeichen der geknickten Rose trug, so wie die Gelbbraune und der Graue.

*Was hatte dieses Zeichen zu bedeuten?*

Ich grub die Zähne in ihre Flanke. Ihr Fell stank nach Asche, darunter schmeckte es faulig. Sie jaulte auf und ließ von Siffrin ab. Doch jetzt ging der Braune wieder mit Zähnen und Krallen auf ihn los und schnappte mit hochgezogenen Lefzen nach seinen Beinen. Ich duckte mich unter den Angreifer und schlang ihm die Vorderläufe um den Leib. Dann grub ich die Zähne in seinen weichen Bauch, tief in das faulige, abgestorbene Fleisch. Der Braune winselte schrill und versuchte sich zu befreien. Als er mich abschüttelte, hatte ich das Maul voller Fell.

Der Graue stand hochaufgerichtet da, den Blick auf mich geheftet. »Fangt den Welpen!«, knurrte er grimmig und spannte sich zum Sprung.

Blutverschmierte Zähne blitzten auf. Die Sandfarbene stürmte auf mich los, aber Siffrin machte einen Satz und stellte sich schützend vor mich. Der Braune wirbelte herum, seine blutunterlaufenen Augen blickten ausdruckslos. Und da war sie: die dunkelrote Narbe über seinem Vorderlauf.

*Sie trugen alle das Zeichen der Rose.*

Der Braune drängte sich an Siffrin vorbei und kam auf mich zu.

Ich blieb tapfer stehen. *Dir werd ich's zeigen!*

Er schnappte nach meiner Kehle, und ich duckte mich weg. Mit verzerrtem Gesicht sprang er noch einmal zu. Er stieß mir die Vorderpfoten gegen die Brust und schubste mich gegen die Mauer. Mein Kopf knallte unsanft gegen den Stein. Ein stechender Schmerz schoss durch meine Augen, und alles wurde verschwommen rot mit dunklen, wirbelnden Umrissen.

»Halt durch, Isla!«, hörte ich Siffrin heulen. »Ich komme!« Benommen sah ich zu, wie er sich von seinen Angreifern losriss und sich auf meinen Gegner stürzte.

Braun prallte gegen Rot.

Der Graue zeterte schrill: »Du gehörst *ihm*, Finsterlandfuchs, elender Verräter! Wie kommst du dazu, dich uns in den Weg zu stellen? Wir haben das Zeichen an dir gesehen!«

Siffrins schlanke Gestalt richtete sich hoch auf – die geschwungene Schnauze, der prächtige rote Schwanz. »Was geschehen ist, kann man ungeschehen machen«, knurrte er. »Ich gehöre niemandem!«

Die fremden Füchse umzingelten ihn abermals, setzten ihm immer härter zu. Doch Siffrin sprang höher als sie, stürzte sich von oben flinker herab. Er segelte so mühelos durch die Luft wie ein Vogel und trat dabei mit den Hinterläufen aus. Er stieß sogar Vogelrufe aus, ahmte das Krächzen von Krähen am Abend nach. Die zornigen Laute schienen aus den Wolken herabzuhageln und die Angreifer durchzuschütteln wie ein Gewittersturm.

Dann verschwand er auf einmal, war nur noch ein Hauch.

In einem einzigen Augenblick: ein Hund, ein Fuchs, ein Nichts.

Es war ein erbitterter Kampf. Mein Herz hämmerte im Einklang mit Siffrins Bewegungen. Die Angreifer stoben erschrocken auseinander, als seine Gestalt plötzlich anzuschwellen schien, rot vor schwarzem Hintergrund. Doch da schob sich eine andere Gestalt in mein immer noch getrübtes Blickfeld.

Lange, sehnige Läufe, eine schmale Schnauze …

Der Graue sprang Siffrin von hinten an und schlang ihm die Vorderläufe um den Hals. Siffrin fiel aufjaulend zu Boden. Der Angreifer grub ihm die Zähne in das weiche Bauchfell. Ich konnte mich nicht rühren – konnte Siffrin nicht beistehen. Der Schmerz grub tiefe Furchen in meinen Hinterkopf.

Er versengte mir die Kehle.

Er verdunkelte meinen Blick.

Er klebte süßlich auf meiner Zunge.

# 10. Kapitel

Es war früh am Morgen. Die Wiese war in mattes Silberlicht getaucht, ein dunstiger Schimmer umgab den hohen Pelzlosenbau. Diese Tageszeit, bevor die anderen aufwachten, mochte ich besonders gern. Ich sog den Duft von Baumrinde und Erde tief ein. Die kalte Luft kitzelte meine Schnurrhaare.

Es war unsere Zeit.

Pirie kam über den Ast gesprungen, der vom Wildpfad zu unserer Wiese führte. Sein Fell war aufgeplustert, er hatte den Schwanz steil aufgestellt. Er hüpfte auf und ab, drehte sich um sich selbst und kläffte aufgeregt: »Komm schnell, Isla! Ich habe im Gras etwas gefunden. Es kann sprechen!«

Ich drehte die Ohren nach hinten. »Im Gras findet man so einiges.« Pa hatte mir eine Pfotenhülle mitgebracht, die einer der Pelzlosen im Hof vergessen hatte. Ich kaute auf der zähen Unterseite herum. Sie schmeckte interessant und quietschte lustig, wenn ich sie mit den Zähnen zusammendrückte.

»Was ich gefunden habe, ist viel besser«, versicherte mir Pirie. »Komm mit, dann zeig ich's dir.«

Er stupste mich mit der Nase an und schleckte mir über die Ohren. Ich ließ die Pfotenhülle fallen. Nachher würde ich sie mir wieder holen. »Ist es etwa der Sänger mit der schönen Stimme?« Erwartungsvoll wedelte ich mit dem Schwanz. Seit einem Mond hoffte ich vergeblich darauf, das bezaubernde Lied noch einmal zu hören.

Großma stand am Eingang zu unserem Bau und beaufsichtigte uns. »Wo wollt ihr denn hin, Kinder?«

Pirie sprang zu ihr hinüber. »Ich will Isla etwas zeigen, das ich auf dem Wildpfad entdeckt habe!« Er drehte sich zu mir um. »Nein, es ist nicht der Sänger mit der schönen Stimme. Es singt nicht … jedenfalls nicht *so*. Es … Hör es dir am besten selber an!«

Großmas Miene war streng. »Ich möchte nicht, dass ihr euch allein vom Bau entfernt. Womöglich begegnet ihr Katzen.«

»Aber Ma ist auch drüben auf dem Wildpfad«, hielt ich dagegen. »Pirie hat sie eben noch gesehen, stimmt's?«

»Stimmt!«, bestätigte er eifrig.

Wir schauten Großma mit unseren flehendsten Blicken an. Ihre Schnauze kräuselte sich, und ich wusste, dass sie uns gehen lassen würde.

»Aber bleibt in der Nähe eurer Ma!«, rief sie uns nach, als wir über den Ast balancierten.

Auf dem Wildpfad schlich Pirie durch das dichte Gras und blieb immer wieder mit gerecktem Hals und gespitzten Ohren stehen. Ich ahmte ihn nach, stellte die Ohren auf und senkte den Schwanz. Das Gras war hier viel höher als auf unserer Wiese. Die Tautropfen darauf funkelten und fingen das erste Tageslicht ein. Mein Fell wurde ganz feucht.

»Da!«, zischelte Pirie.

Ich lauschte angestrengt und vernahm eine Art heiseres Krächzen. Es war der seltsamste Laut, den ich je gehört hatte. »Was ist das?«, fragte ich flüsternd.

Wir schlichen näher heran. Als das Krächzen abermals ertönte, blieben wir sofort stehen, doch was für ein Geschöpf die eigenartigen Laute auch verursachen mochte, es lief nicht weg. Mit zitternden Schnurrhaaren schlichen wir um ein paar Büsche herum. In der morgendlichen Stille war das Krächzen erstaunlich laut. Trotzdem musste das betreffende Geschöpf ziemlich klein sein, denn es kauerte zwischen ein paar hohen Kletterpflanzen im Gras.

Pirie duckte sich neben mich. Ich streckte zaghaft die Pfote aus und schob die Pflanzenstängel auseinander. Jetzt sah man eine feucht glänzende, grüne Kugel, kaum größer als eine Fuchspfote. Ich hielt weiter die Stängel auseinander, und Pirie schob sich mit gesenkter Schnauze schnuppernd näher. Da machte die grüne Kugel urplötzlich einen hohen Luftsprung. Ich sah jetzt, dass ihre Beine viel länger waren als ihr Rumpf. Als das sonderbare Geschöpf in hohem Bogen über unsere Köpfe hinwegsauste, legten wir instinktiv die Ohren an.

So hoch! So flink!

Und so eine laute Stimme … aber dafür nicht mal den kleinsten Stummelschwanz!

»Da seid ihr ja, Kinder.« Ma kam auf uns zugetrabt und ließ eine schlaffe Maus vor uns ins Gras fallen. Sofort war das grüne Kugelgeschöpf vergessen. Wir balgten uns knurrend und winselnd um die noch warme Beute und teilten sie uns. Als wir fertig waren, bestand Ma darauf, unsere Gesichter zu säubern, und fuhr uns mit der weichen Zunge über die Nasen.

Meine Schnauze war feucht. Ich spürte, wie eine Zunge über meine Nase und meine Schnurrhaare schleckte. In Gedanken noch bei Ma und Pirie, stieß ich leise Winsellaute aus.

»Alles in Ordnung, Isla?«

Das war nicht Mas Stimme, und auch nicht die von Pirie.

Ein Nasenstupser, ein zartes Knabbern an meinen Schnurrhaaren. »Mach die Augen auf. Sieh mich an, dann kann ich dir helfen.«

Das feuchte Gras auf dem Wildpfad verblasste, ich spürte auf einmal, dass heftige Schmerzen in meinem Hinterkopf mahlten und an meiner Zunge nagten. Eigentlich mochte ich die Augen nicht aufmachen – ich wünschte mich zu Ma und Pirie zurück –, doch sie öffneten sich gegen meinen Willen. Blinzelnd erblickte ich Siffrins rötlich verschwommenen Umriss. Er beugte sich über mich. Seine Schnauze war angespannt, die langen Schnurrhaare bebten, und sein feingeschnittenes Gesicht war zu einer Angstgrimasse verzerrt.

»Was ist los mit dir, Isla? Sag es mir! Je besser ich es verstehe, desto besser kann ich dir helfen.«

Als ich noch einmal blinzelte, kratzten Katzenkrallen über meine Augen. Ich wollte schlucken, aber meine Zunge war dick angeschwollen. »Mein Kopf«, brachte ich heraus. »Er ist gegen die Mauer geknallt.« Ich erkannte meine eigene Stimme nicht wieder. Sie klang so heiser und krächzend wie die des grünen Kugelgeschöpfs, nur dass ich viel zu schwach war, um solche prächtigen Luftsprünge zu vollführen.

»Offenbar hast du dir dabei auf die Zunge gebissen«, sagte Siffrin. »Dein Maul ist ganz blutig.« Er leckte vorsichtig über meine Schnauze, und ich zuckte zusammen. Meine Zunge fühlte sich an, als sei sie völlig zerfetzt. »Du musst mich ansehen!«, wiederholte Siffrin. »Sonst kann ich nichts für dich tun.«

Ich riss mich zusammen, hob den Kopf und machte die Augen weit auf. Ich sah immer noch alles rötlich verschwommen mit schwarzer Umrandung.

Siffrin schaute mich eindringlich an. »Versuch mal, nicht zu blinzeln. Was ich jetzt mache, tut nicht weh, versprochen.« Die langen dunklen Wimpern ließen seine Augen noch größer wirken, und in ihrer schwarzen Mitte entdeckte ich ein Leuchten, das mir noch nie aufgefallen war. Sein Blick ließ meinen nicht los und leuchtete immer heller. Seine Augen glichen jetzt tiefen Teichen, deren Braun sich in Gold verwandelte. Ich war so gebannt von ihrem Anblick, dass ich kaum mitbekam, was Siffrin leise vor sich hin sprach.

*»Mit meiner Berührung spüre ich dich, mit meinem Blick heile ich dich. Beim Schein der Lichter Canidas teile ich mit dir, was ich habe. Wir zwei werden eins, und du wirst wieder gesund.«*

Ich spürte, wie sich meine verspannten Muskeln lösten.

Seine Augen glühten jetzt rötlich und gelb. Die feinen Linien darin entfalteten sich wie Knospen, drehten sich wie Blätter im Wind. Köstliche Wärme durchströmte mich, und ich seufzte wohlig. Der Schmerz in meinem Kopf zog sich zurück, huschte wie eine aufgescheuchte Ratte in einen dunklen Winkel. Ich wagte nicht zu blinzeln, wollte keinen Augenblick dieses herrlichen Leuchtens versäumen, das wie Sonnenschein durch Siffrins Augen in mich hineinströmte. Meine Zunge kribbelte und schwoll ab. Mir war, als schwebte ich, beschützt und geborgen, leichter als Luft.

*Mit meiner Berührung spüre ich dich, mit meinem Blick heile ich dich.*

In dem strahlenden Licht erblickte ich einen verirrten Welpen, der im Schatten unzähliger Bäume dahintrabte. Ranken reckten sich nach seinen Schnurrhaaren, wollten sich um seinen Schwanz schlingen, und überall um ihn herum kreischte, fauchte und keckerte es. Ich spürte seine Angst, als er nach seiner Ma rief, spürte die scharfen Krallen seiner Furcht in meiner eigenen Brust. Er war verzweifelt und ausgehungert. Sein Fell war noch bräunlich, woraus ich schloss, dass er jünger war als ich. Außerdem war seine Gestalt kleiner und zierlicher, als meine es inzwischen war. Allein würde er nicht überleben. Als er sich umdrehte, sah ich, dass sein Vorderlauf blutete. Jämmerlich winselnd sank er zu Boden und schlang den Schwanz um sich. Ich spürte, wie er gegen die Dunkelheit ankämpfte, die sich über ihn zu legen drohte, und roch einen sauren Gestank wie von verdorbener Milch.

Ich hörte Pfoten über trockenes Laub tappen.

Eine alte graue Fähe mit kurzem, buschigem Schwanz. Sie senkte den Kopf und flüsterte dem Welpen etwas ins Ohr. Sie blickte ihm in die Augen und leckte das Blut von seinem Vorderlauf. Dann begann sie, am Fuß eines mächtigen Baumes mit roter Rinde die Erde aufzuscharren. Und die ganze Zeit sang sie leise vor sich hin.

*Beim Schein der Lichter Canidas teile ich mit dir, was ich habe. Wir zwei werden eins, und du wirst wieder gesund.*

Sie brachte den Welpen in ihren Bau.

Ein lichtdurchflutetes Tal, in dem Blumen blühten.

Ich schwebte hoch am Himmel, Vögel flogen um mich her.

Die Sonne ging leuchtend rot und violett unter. Der schwarze Himmel glich einem gewölbten samtigen Fell. In der Dunkelheit funkelten die Lichter Canidas, betrachteten das Tal wie nachdenkliche Augen. Ich war nicht mehr einsam und allein unter Bäumen. Ich hatte ein Land ohne Angst und Hunger entdeckt.

Siffrin trat einen Schritt zurück und gestattete sich endlich zu blinzeln. Ich spürte, wie sein Blick mich aus seinem Bann entließ und ich wieder in unsere Welt zurückkehrte. Ich war immer noch geblendet, konnte aber schon wieder Farben unterscheiden. Als Siffrin sich über mich beugte, erkannte ich den Umriss seiner großen Ohren. Hinter ihm erspähte ich den Todesweg mit seinen flackernden Leuchtkugeln und schlafenden Zerquetschern.

»Wie geht es dir jetzt?«, fragte Siffrin gespannt.

Ich schluckte ein paarmal und drehte vorsichtig den Kopf hin und her. Mein Hinterkopf pochte immer noch, aber es war auszuhalten. »Schon viel besser.« Die Morgendämmerung kroch bereits über die Gebäude. Mein Atem ringelte sich in weißen Dunstfäden um meine Nase.

»Langsam!«, mahnte Siffrin, als ich mich auf die Vorderläufe hochstemmte und die Hinterläufe lang machte.

Jetzt, da die Kopfschmerzen nachließen, erinnerte ich mich wieder bruchstückhaft an den Kampf mit den fremden Füchsen. Ich spähte den Todesweg entlang und sträubte unwillkürlich das Nackenfell.

»Sie sind weg«, sagte Siffrin mit belegter Stimme. Er hatte offenbar erraten, was ich dachte.

Ich sah wieder vor mir, wie sich die Angreifer wie ein wütendes Hunderudel auf ihn gestürzt hatten. Er hatte sich gewehrt, indem er eine andere Gestalt angenommen und Vogelrufe ausgestoßen hatte. »Du hast sie verjagt«, sagte ich bewundernd.

Irgendwo in den Graulanden jaulte eine Sirene. Eine Horde Pelzloser heulte misstönend.

Siffrin senkte bescheiden den Kopf. So kannte ich ihn gar nicht. »Zum Glück ist alles einigermaßen gutgegangen.«

»Der Graue, der ja wohl der Anführer der Bande ist, hat dich von hinten angesprungen. Hat er dich verletzt?«, fragte ich, denn seine Läufe waren blutbefleckt. Auch ein Ohr war zerfetzt.

Er schlug nach einem glänzenden Einwickelpapier, das ihm vor die Pfoten geweht war und sich jetzt hin und her drehte wie ein welkes Blatt. Der Wind legte sich endlich. »Nein, nein. Mir ist nichts passiert.«

Als ich nun auf und ab tappte, spürte ich, wie das Blut in meine Läufe zurückkehrte. Ich staunte immer noch, dass mein Kopfschmerz so gut wie verflogen war. Aus dem Augenwinkel schielte ich zu Siffrin hinüber und versuchte, mich zu erinnern, was er mit mir angestellt hatte. Ich wusste nur noch, dass ich Bilder gesehen hatte – Sonnenlicht, einen verirrten Welpen, ein dichtes Fell aus Dunkelheit. »Was hast du vorhin gemacht, als du mich angesehen hast?«, fragte ich.

Er hob den Kopf. Seine Augen waren jetzt wieder hellbraun, aber ich erkannte darin goldene Sprenkel und grünliche Strudel. »Ich habe einen alten Heilzauber angewandt. Ich habe mein Maa mit dir geteilt.«

»Dein Maa?«, fragte ich zurück. Ich hatte ganz vergessen, dass ich mir meine Unwissenheit nicht mehr anmerken lassen wollte.

Als er antwortete, war sein Ton ausnahmsweise nicht spöttisch oder herablassend. »Das Maa ist das innerste Wesen eines jeden Fuchses. Es ist seine innere Stärke, die Quelle seiner Lebenskraft. Es verkörpert ihn mit allem, was er je gesehen hat, und allem, was er weiß.« Beim Sprechen fegte er mit dem Schwanz über den Graustein. »Als du dir den Kopf angeschlagen und dir auf die Zunge gebissen hast, wurde auch dein Maa verletzt.«

Ich drehte die Ohren nach hinten. Jetzt erinnerte ich mich wieder an das Leuchten, das aus seinen Augen zu mir hinübergeströmt war, und an das Gefühl, in der Luft zu schweben. »Jetzt verstehe ich, wieso es mir bessergeht! Weil du mir von deiner Lebenskraft abgegeben hast, stimmt's?« Die Erkenntnis erschütterte mich so, dass mir schwindlig wurde. Ich musste mich setzen.

Siffrins Schwanz schwang hin und her. »Ich habe dir nur so viel abgegeben, wie ich entbehren konnte, und auch das kehrt nach einer Weile zu mir zurück. Deine Augen hatten mir verraten, dass dein eigenes Maa geschwächt war.« Seine weiße Schwanzspitze zuckte. »Jana wäre sehr böse auf mich gewesen, wenn ich dir nicht geholfen hätte.«

Unsere Blicke trafen sich, und es durchzuckte mich, als würde ich abermals von seiner Wärme und Kraft durchströmt.

»Aber ist das denn nicht gefährlich, einen Teil seiner Lebenskraft herzugeben?«

»Nur, wenn man es übertreibt …« Seine Stimme schwankte leicht, und er befeuchtete sich mit der Zunge die Schnauze. »Als ich mein Maa mit dir geteilt habe, habe ich deines gespürt.« Er wandte den Kopf, witterte und ließ den Blick über den Todesweg gleiten. »Tut mir leid, dass ich mich geirrt hatte. Der Wind hat mich ganz durcheinandergebracht. Das ist mir noch nie passiert.«

Er hatte sich auch noch nie für irgendetwas bei mir entschuldigt. Doch statt mich darüber zu freuen, fand ich es beunruhigend. Bis zu jenem Kampf hatte er immer so selbstsicher gewirkt.

Seine Ohren drehten sich hin und her. »Die Angreifer sind zwar geflohen, aber sie sind bestimmt auf dem Weg zu Karka. Sie werden wiederkommen.«

Mir fiel ein, was er von der Einäugigen erzählt hatte. »Du hast gesagt, dass die Bande in Wirklichkeit nicht Karka unterstellt ist, sondern einem anderen Fuchs. Dass Karka im Auftrag eines Magiers tötet oder so ähnlich.«

Siffrin seufzte tief. »So viel Hass …«, sagte er halblaut.

»Und sie haben es auf *mich* abgesehen!«, winselte ich kläglich und dachte wieder an den Grauen mit den blutunterlaufenen Augen.

*Fangt den Welpen!*

»Wer ist dieser Magier? Warum will er mich töten lassen? Ich kenne diese Füchse doch gar nicht!«

»Der Graue, den du ihren Anführer nennst, hat erbitterter gekämpft, als ich es von seinesgleichen erwartet hätte«, gab Siffrin zurück. »Er schien fest entschlossen, dich zu erwischen.« Siffrin schüttelte aufseufzend den Kopf. Dabei sickerte Blut aus seinem zerfetzten Ohr, und ein roter Tropfen fiel auf den Graustein. Ich spürte plötzlich den übermächtigen Drang, das Blut abzulecken. Der Schwindel hatte nachgelassen, und ich stand auf. Doch als ich auf Siffrin zulief, drehte er sofort den Kopf weg. Ich verlor die Geduld.

»Was meinst du mit ›seinesgleichen‹? Und wenn man Karka nicht durch Fuchszauber täuschen kann, wie du behauptest, warum hat es dann bei den anderen geklappt?« Ich sah wieder die rosenförmige Narbe vor mir, die jeder einzelne der fremden Füchse über dem Vorderlauf trug, und roch den Aschegestank, der aus ihrem Fell aufstieg. Was stimmte mit ihnen nicht?

*Unter dem Fell riecht es faulig.*

»Karka ist eine Ausnahme. Der Magier hat sie zur Anführerin ernannt. Die anderen sind nur …« Er schüttelte den Kopf. »Ich weiß auch nicht, was sie eigentlich sind.« Er kratzte sich das blutende Ohr. »Tarr, den Grauen mit der langen Schnauze, hat mein Zauber allerdings auch nicht getäuscht … jedenfalls nicht lange. Ich hatte den Eindruck, dass er genau wusste, wo er hinschauen muss.«

Mir fiel wieder ein, wie der Graue mit zusammengekniffenen Augen woandershin geschaut hatte, als Siffrin verwandelt war. Hatte er dem Zauber auf diese Weise widerstanden und Siffrin erkannt? War er deshalb nicht wie seine Begleiter erschrocken, als Siffrin in Karkas Gestalt erschienen war? Ich nagte nachdenklich an einer gesplitterten Kralle. Wenn Pirie sich verflimmert hatte, konnte ich ihn trotzdem noch erkennen, wenn ich ein paarmal kräftig blinzelte. Konnte jeder, der in die Geheimnisse der Fuchskünste eingeweiht war, den Zauber durchschauen?

Doch noch eine andere Frage regte sich in meinem Hinterkopf. Sie hatte mit einer Bemerkung zu tun, die durch den Nebel meiner Kopfschmerzen gedrungen war. »Ich hatte das Gefühl, dass der Graue dich kennt. Wie hat er dich doch gleich genannt?« Ich überlegte. »Ach ja: ›Finsterlandfuchs‹.«

Ein Schatten huschte über Siffrins Gesicht, er legte die Ohren an und erschauerte. »Ich bin dem Burschen noch nie begegnet. Ich bin im Moor am Rand des Tiefen Waldes aufgewachsen. Heute wird diese Gegend ›Finsterlande‹ genannt, aber früher gehörte sie zu den

Wildlanden. Vielleicht ist der Graue ja auch ein Moorfuchs und kannte meine Familie.«

Hatte etwa mein Gedächtnis gelitten, als ich mir den Kopf angeschlagen hatte? »Aber wenn du dem Grauen noch nie begegnet bist, woher weißt du dann, dass er Tarr heißt?«

Siffrin antwortete nicht sofort. »Weil ihn die anderen Füchse so angeredet haben«, erwiderte er schließlich, drehte sich um und lief ohne ein weiteres Wort den Todesweg entlang. Als ich ihm folgte, fiel mir auf, dass er humpelte. Die Bisswunden in seinen Hinterläufen waren ziemlich tief. Außerdem entdeckte ich unter seinem Fell dunkle Stellen, die wie versengt aussahen.

»Was hast du da?«, fragte ich. »Haben dir das auch Karkas Füchse angetan?«

Er schlang sofort den Schwanz um sich und verdeckte die dunklen Stellen. »Das ist nur eine alte Verwundung.« Er beschleunigte seinen Trab. »Karkas Füchse werden uns bestimmt weiter verfolgen, aber ich glaube nicht, dass sie sich tagsüber blicken lassen. Es war eine lange Nacht. Lass uns einen Unterschlupf suchen, wo wir uns bis zum Abend ausruhen können.«

Ich hatte immer noch nicht herausbekommen, was

mit den fremden Füchsen los war, weshalb sie nach Asche rochen und blutunterlaufene Augen hatten. Doch Siffrin sah so müde aus, dass ich ihn nicht weiter bedrängen mochte. Als ich neben ihm herlief, merkte ich, dass ihm das Traben über den harten Boden starke Schmerzen bereitete. Er zuckte bei jedem humpelnden Schritt zusammen.

Die Sonne ging auf, das Große Knurren erwachte zum Leben. Der Lärm übertönte die Geräusche, die unsere Pfoten verursachten, und das leise Schnaufen, wenn wir die kalte, schmutzige Luft einsogen. Ich konnte mich kaum noch erinnern, was ich bei Siffrins Maa-Zauber gesehen hatte. Einen einsamen Welpen inmitten von Bäumen … aber die Bilder verblassten immer mehr.

Trotzdem fühlte ich mich anders als vorher.

Siffrins Maa hatte bei mir an eine verborgene Erinnerung gerührt, die nichts mit meinem Verstand und meinen Erfahrungen zu tun hatte. Es war das Wissen um ein helles Licht, das in meinem Inneren strahlte. Sogar hier im Land der Pelzlosen, wo alles grau in grau war.

Nichts konnte dieses Licht jemals trüben.

# 11. Kapitel

Zerquetscher rumpelten über den Todesweg und knurrten einander gereizt an. Inzwischen achtete ich kaum noch auf sie. Sie konnten nicht auf den Randstreifen klettern und uns somit nichts tun. Siffrin war skeptischer als ich. Wenn sie zornig bellten, sträubte er jedes Mal das Fell. Vielleicht gab es dort, wo er herkam, nicht so viele von ihnen.

Ich versuchte, mir vorzustellen, wie es in den Wildlanden aussehen mochte. Die Tage waren dort länger, die Nächte dunkler, so viel wusste ich schon von Pa. Er hatte außerdem von Wasserfällen, Seen und Flüssen erzählt, von weiten grünen Wiesen und schattigen Wäldern. Doch es fiel mir schwer, mir das alles auszumalen, wenn mein Blick auf die riesigen Bilder von Pelzlosen fiel, die von gewaltigen Tafeln auf den Todesweg hinunterglotzten. Im Großen Knurren blinkten und flackerten überall Lichter, ob es nun heller Tag oder mitten in der Nacht war. Die Gebäude wuchsen bis zu den Wolken empor, auf der verzweifelten Suche nach Platz und frischer Luft.

Wie würde die Welt wohl aussehen, wenn es nicht so viele Pelzlose gäbe?

Als der nächste Zerquetscher um die Biegung kam, duckte Siffrin sich, dabei war er so weit weg, dass gar keine Gefahr bestand. Ich folgte seinem Blick. Der Zerquetscher war groß und weiß und hatte eine stumpfe Schnauze. Als er an uns vorbeikam, sah ich, dass vor dem Guckloch auf der Rückseite Maschendraht gespannt war. Hinter dem Draht erkannte ich das angstverzerrte Gesicht eines Fuchses. Er riss das Maul weit auf, aber das Getöse des Großen Knurrens verschluckte seinen Schrei.

*Was hatte ein Fuchs in einem Zerquetscher zu suchen?*

Mir stockte das Herz. »Die Fänger!«, zischelte ich entsetzt und schlüpfte rasch in eine Nebenstraße. Siffrin kam mir nach, und wir drückten uns an eine Mauer, bis der weiße Zerquetscher außer Sicht war.

Siffrin schüttelte sich. »Das war knapp …« Er sah erschöpft aus, als er um das Gebäude herumspähte. »Lass es uns dort unten versuchen.«

Wir leckten erst den Tau von den Grashalmen, die am Rand des Grausteins wuchsen, und tranken dann aus den dunklen Pfützen auf dem Randstreifen des Todesweges. Das Wasser schmeckte bitter nach Zerquetschern, stillte aber immerhin den Durst. Anschließend liefen wir auf die Rückseite des Gebäudes. Von drinnen kam kein Laut, kein Lebenszeichen. Eins der Gucklöcher war offen. Siffrin richtete sich auf den Hinterbeinen auf und spähte hindurch.

»Alles ruhig«, meldete er. »Ich glaube, da drin ist keiner.« Er ließ sich wieder auf alle viere fallen.

Ein dickes Rohr führte unten an dem Gebäude entlang. Ich kletterte hinauf, sprang dann, so hoch ich konnte, und klammerte mich mit den Vorderpfoten am Rand des Gucklochs fest. Nun konnte auch ich nach drinnen schauen. Gleich unter mir stand eine braune Kiste. Sonst sah man nur leeren Boden und hohe weiße Wände. Doch meine Hinterläufe baumelten immer noch im Freien. Mir ging durch den Kopf, dass Siffrin mich bestimmt furchtbar ungeschickt fand, und ich drehte die Ohren nach hinten

»Brauchst du Hilfe?«, kläffte er von unten.

»Nein!«, bellte ich energisch und zog mit einem Ruck die Hinterläufe nach. Ich landete mit allen vier Pfoten und einem dumpfen Aufprall auf der braunen Kiste und sprang von dort auf den Boden, der blau und weich war und mich an Moos erinnerte. Ich tappte auf und ab und prüfte die unbekannte, leblose Witterung des Gebäudes. Staub kitzelte mich in der Nase, und ich musste niesen. Dann hörte ich draußen leise Geräusche. Als ich mich umdrehte, flog Siffrin gerade in hohem Bogen über die Kiste hinweg und landete lautlos auf dem Boden. Ich konnte nicht umhin, seine Kraft und Anmut zu bewundern. Unter seinem roten Fell verbargen sich starke Muskeln, wie mir seine Tritte und Sprünge beim Kampf mit Karkas Bande gezeigt hatten.

Als mir bewusst wurde, dass ich ihn anstarrte, wandte ich den Blick ab und tat so, als beschnüffelte ich den Boden. »Ich glaube nicht, dass sich hier drinnen Pelzlose aufhalten«, sagte ich.

Siffrin drehte die Ohren nach vorn und schlich dann witternd an der Wand entlang. Am hinteren Ende des Raumes war eine Tür, die jedoch geschlossen war. Siffrin drehte sich wieder zu mir um, sah mich aber nicht an. »Die Luft ist feucht. Ich bin ziemlich sicher, dass schon lange kein Pelzloser mehr hier war. Wir können ungestört schlafen.« Sein hin und her schwingender Schwanz fegte über den blauen Boden. »Karka und ihre Bande werden uns hier nicht vermuten, und falls doch ein Pelzloser kommt, muss er durch die Tür dort hinten, denn das ist der einzige Zugang. Falls wir fliehen müssen, springen wir wieder durch das Guckloch.«

Von draußen drang das unaufhörliche Knurren der Zerquetscher herein, sonst war nichts zu hören.

Siffrin ließ sich eine Schwanzlänge von der Tür entfernt nieder, als wollte er Wache halten. Dann fing er an, mit der Zunge die Wunden an seinen Läufen zu säubern, mit abgeknickten Ohren und so vertieft in sein Tun, als wäre ich gar nicht da. Ich machte es mir am anderen Ende der Wand bequem. Dann tat ich so, als untersuchte auch ich meine Pfoten, aber in Wirklichkeit beobachtete ich Siffrin aus dem Augenwinkel. Sein Ohr blutete nicht mehr, auf der Wunde hatte sich dunkler Schorf gebildet. Sein Rückenfell wirkte struppig, weil die fremden Füchse dicke Büschel herausgerupft hatten. Nur der prächtige rote Schwanz mit der weißen Spitze war unversehrt.

Ich leckte mir prüfend über die Schnauze. Meine Zunge tat kaum noch weh, die Kopfschmerzen waren nur noch ein schwaches Dröhnen. Ich war eindeutig in besserer Verfassung als mein Gefährte.

Siffrin hielt inne und sah zu mir hinüber. Er hatte gespürt, dass ich ihn beobachtete. Verlegen schaute ich weg.

»Schlaf lieber ein bisschen«, sagte er.

»Mach ich …« Ich legte die Vorderpfoten übereinander und streckte die Läufe lang aus. Der graue Tarr fiel mir wieder ein und mein Eindruck, dass Siffrin und er sich kannten. »Warum wird deine Heimat eigentlich ›Finsterlande‹ genannt?«

Siffrin ließ den Hinterlauf sinken und nahm sich einen Vorderlauf vor. Als er die Pfote hin- und herdrehte, zuckte er vor Schmerzen zusammen. »Die Wildlande sind noch viel, viel größer als die Graulande. Allerdings schrumpfen sie mit jedem Tag, weil die Pelzlosen ihr Revier ständig ausweiten. Die Wildlande fangen dort an, wo die Sonne untergeht, und erstrecken sich unterhalb der Schneelande. Ich selbst stamme, wie schon gesagt, aus dem Moor im Süden, am Rand des Tiefen Waldes. Einst war diese Gegend saftig grün, und es gab viele flache Tümpel voller schmackhafter Aale … aber in letzter Zeit hat sich einiges verändert.«

»Was denn?«

Er schnaubte. »Du bist ziemlich neugierig.«

Ich knabberte an einem Erdklumpen, der zwischen meinen Pfotenballen klebte, dann sah ich Siffrin wieder an. »Finsterlande ist ein merkwürdiger Name. Er macht mir irgendwie Angst ...«

Seine braunen Augen blitzten auf, sein Blick streifte den meinen. »Die Füchse in meiner Heimat meiden den Tiefen Wald. Sie behaupten, unter den Bäumen ist es nicht geheuer. Dort wohnen Geschöpfe, die niemals ein Licht Canidas erblicken. Früher lebten viele Füchse im Moor. Sie streiften in kleinen Gruppen umher und jagten Hasen und Kaninchen, die es reichlich gab. Aber inzwischen sind alle Füchse verschwunden, auf die eine oder andere Weise. Der Wald breitet sich immer mehr aus, und das Moor versumpft. Die Tümpel stinken, es gibt keine Aale mehr. Sogar die Kaninchen sind fortgezogen.«

Was konnte an einem Wald so schlimm sein, dass die Kaninchen ihre Baue verließen? Ich hatte zwar noch nie ein Kaninchen gesehen, aber Pas Stimme bekam jedes Mal einen sehnsüchtigen Klang, wenn er von ihnen sprach. »Hast du denn noch Verwandte dort?«

Siffrin legte die Ohren an. »Ich habe meine Heimat

schon vor langer Zeit verlassen.« Sein Tonfall gab mir zu verstehen, dass ich besser keine Fragen mehr über sein Leben stellte.

»Und wo wohnen die Ältesten?«, wechselte ich rasch das Thema.

Siffrin zupfte sich ein loses Fellbüschel aus der Flanke und ließ es neben sich auf den Boden fallen. »Alle Ältesten stammen aus den Wildlanden, allerdings aus verschiedenen Gegenden. Von Zeit zu Zeit treffen sie sich am Ältestenfelsen, einem hohen Stein mitten in einem Kreis aus Bäumen. Der Ältestenfelsen liegt zwischen den Finsterlanden und den Oberen Wildlanden, aber nur wenige, die danach suchen, finden ihn auch. Ich habe ihn nur einmal erblickt ...« Er sprach nicht weiter.

Ich konnte mir immer noch keine rechte Vorstellung von diesem fernen, sonderbaren Land machen. »War unter den Ältesten denn auch schon mal ein Fuchs aus dem Großen Knurren ... äh, ich meine, aus den Graulanden? Du hast ja gesagt, dass die Ältesten die sieben klügsten Füchse der Wildlande sind. Aber hier in den Graulanden gibt es doch bestimmt auch sehr kluge Füchse, so schwierig, wie das Überleben hier ist.« Ich musste an Großma denken. Sie war die klügste Füchsin, die ich kannte. Sie wusste immer, wo die fetteste Beute zu finden war, und hatte einen sechsten Sinn für Gefahren.

Siffrin streckte die Vorderläufe aus und legte den Kopf darauf. »Wohl kaum«, erwiderte er knapp.

Ich ließ nicht locker. »Warum denn nicht?«

Er gähnte, dass seine weißen Zähne nur so blitzten. »Du platzt ja heute Morgen geradezu vor Kraft.«

*Das kommt von deinem Maa*, dachte ich, sprach es aber nicht aus.

Er schloss die Augen. Zwischen uns erstreckte sich der weite, leere Boden. Ich drehte mich erst auf die Seite und dann wieder auf den Bauch. Ich legte die Pfote über die Augen, aber jede Haltung, die ich ausprobierte, war unbequem. Es dauerte lange, bis ich eingeschlafen war.

»Eigentlich fängt man ja mit dem Karakken an, aber weil du das schon einigermaßen hinkriegst, brauchen wir uns damit nicht lange aufzuhalten.«

*Einigermaßen hinkriegst?* Ich runzelte ärgerlich die Schnauze. Siffrin stand vor mir auf dem flauschigen blauen Boden. Von draußen fiel Licht durch die Gucklöcher und auf die hintere Wand. Die Sonne hatte ihren höchsten Stand bereits erreicht. Siffrins Augen hatten ihr altes Funkeln zurückgewonnen, auch die Wunden an seinen Läufen sahen schon viel besser aus. Das zerfetzte Ohr verlieh ihm etwas Verwegenes, seine feinen Gesichtszüge wirkten nicht mehr so vollkommen.

Ich ließ die Schnurrhaare spielen. »Bedeutet ›Karakken‹, dass man einen Vogel nachahmt?«

»Einen Vogel oder ein anderes Lebewesen«, berichtigte er mich. Auch seine Überheblichkeit war nach der Ruhepause offenbar zurückgekehrt.

»Das kann ich richtig gut!« Ich dachte wieder an meine spielerische Verfolgungsjagd mit Pirie. Ich hatte eine Krähe nachgeahmt, und Pirie hatte mich gelobt … *Ich habe deine Stimme überhaupt nicht erkannt. Das Krächzen kam von überall und nirgends. Es war, als hätten der Wind gerufen und die Erde und das Gras. Ich wusste plötzlich nicht mehr, wo ich bin! Erst als der Vogel verstummt ist, habe ich begriffen, dass du die Rufe ausgestoßen hast.*

Ich schaute Siffrin herausfordernd an. »Das sagt sogar mein Bruder.« *Wehe, du bezweifelst das. Wehe, du erzählst mir wieder, dass wir Graulandwelpen nichts wissen und können.*

Er legte den Kopf schief. »Na schön, karakken kannst du also schon mal. Können wir dann weitermachen?«

Ich hob zustimmend die Schnauze.

»Beim Karakken verbraucht man nur wenig Maa«, fuhr er fort. »Es ist ein ziemlich ungefährlicher Zauber für den, der ihn ausübt.« Er schaute mich vielsagend an. »Beim Verflimmern sieht die Sache schon anders aus.«

»Mein Bruder kann sich auch verflimmern«, entgegnete ich trotzig und wartete wieder auf seinen Einspruch.

Doch er antwortete nur nachdenklich: »Das kann ich mir gut vorstellen ... Wenn er das Verflimmern beherrscht, ohne es richtig gelernt zu haben, hat er anscheinend ein instinktives Talent für Fuchszauber.«

Ich atmete insgeheim auf. Wenn Siffrin endlich etwas mehr Respekt vor meiner Familie zeigte, würden wir vielleicht auch besser miteinander klarkommen.

»Ja, Pirie beherrscht das Verflimmern hervorragend«, sagte ich eifrig und setzte ein bisschen kleinlaut hinzu: »Ich selber muss allerdings noch üben ...« Ich verschwieg, dass es mir noch nie gelungen war, mich zu verflimmern. Dann hätte ich auch zugeben müssen, dass die einzige Beute, die ich bis jetzt selbst gefangen hatte, ein Nachtfalter gewesen war. Allerdings wusste Siffrin das sowieso schon. Schließlich hatte er mich die ganze Zeit beobachtet, seit ich auf mich gestellt war.

Er lief jetzt vor mir auf und ab. »Du wirst es schon noch lernen, so wie jeder Fuchs. Übung macht den Meister. Du bist noch jung, und es fehlt dir einfach an Erfahrung.«

»Als ich die Maus fangen wollte … da habe ich mir richtig Mühe gegeben, aber …« Mein Schwanz zuckte verlegen.

Siffrin blieb stehen. »Vielleicht hast du dir ja *zu viel* Mühe gegeben. Man darf sich nicht zu sehr darauf konzentrieren. Am besten denkt man gar nicht darüber nach.«

Ich verstand überhaupt nichts mehr. Wie sollte es denn mit dem Verflimmern klappen, wenn man nicht mal daran *denken* durfte?

Offenbar sah Siffrin mir meine Zweifel an. »Wenn man es erzwingen will, erreicht man gar nichts. Konzentrier dich lieber auf deinen Herzschlag, das beruhigt. Wenn du deinen Herzschlag nicht gleich hörst, dann lausche in dich hinein. Warte ab, bis er ganz gleichmäßig wird. Erst dann darfst du dich der Beute zuwenden.«

Er setzte sich wieder in Bewegung. »Beim Verflimmern erschafft man eine Sinnestäuschung. Als würde man unter ein Fell schlüpfen, das einen unsichtbar macht. Die Beute sieht dich nicht mehr, zumindest ein paar Herzschläge lang, und diese Zeitspanne nutzt du dazu, dich anzuschleichen. Ungefähr so.« Er duckte sich so tief wie eine Katze und verharrte mit erhobenem Vorderlauf. Dann schlich er geduckt weiter, setzte eine Pfote vor die andere.

Er öffnete das Maul. Ich hörte seinen Atem leise zischen.

»Zu diesem Zauber gibt es auch einen Spruch. Man kann ihn weglassen, aber manchmal ist er ganz nützlich.«

Er schlich jetzt im Kreis. »Aber hört einen die Beute denn dann nicht?«, wandte ich ein.

»Still«, sagte er mit gedämpfter Stimme. *»Was sichtbar ist, verblasse. Was spürbar ist, vergehe. Was Knochen ist, werde biegsam. Was Fell ist, werde Luft.«*

Ein Schauer lief mir über den Rücken. Ich wich zurück und legte schützend den Schwanz um mich. Das Sonnenlicht fing sich in den Spitzen seiner Haare, und sein Fell schimmerte auf einmal silbern, wie Reif auf Grashalmen. Seine Brust hob und senkte sich gleichmäßig, sein Atem ging langsamer. Sein Fell schien sich im Licht aufzulösen, wurde durchscheinend.

Im Flüsterton wiederholte er den Singsang. Die

Worte strudelten wie feine Nebelschwaden um ihn herum.

*Was sichtbar ist, verblasse. Was spürbar ist, vergehe …*

Ich drehte die Ohren nach hinten und verfolgte staunend, wie seine Gestalt immer durchscheinender wurde. Aus dem Augenwinkel konnte ich seinen Umriss noch schwach erkennen, aber jedes Mal, wenn ich richtig hinsah, verschwand er. Ich hörte seine leise Stimme noch, konnte sie aber keiner Richtung mehr zuordnen. Sie schien an den Wänden herabzukriechen und durch den Raum zu kreisen, war über mir, unter mir … überall. War das noch Verflimmern? Ich hatte nicht erwartet, dass ich so verwirrt sein würde. War es den beiden Wühlmäusen genauso ergangen, als er sie gefangen hatte?

Ich drehte mich witternd um mich selbst. Siffrin war so nah, dass ich seinen Atem im Nacken spürte.

*Was Knochen ist, werde biegsam. Was Fell ist, werde Luft.*

Die Worte hallten in meinen Ohren wider, rumorten in meinem Inneren.

»Hör auf!«, winselte ich hechelnd. »Wo bist du?« Abermals drehte ich mich um mich selbst, suchte den leeren Raum mit den Augen ab.

Seine Stimme schien von oben auf mich herabzuregnen. »Es ist alles nur eine Täuschung.«

Um meine Furcht zu bezwingen, holte ich tief Luft. Pirie konnte sich ausgezeichnet verflimmern, obwohl er noch nicht mal die Bezeichnung für diesen Trick kannte. Wenn ich meinen Bruder durchschaute, konnte mir das bei Siffrin genauso gelingen.

Ich blickte erst in die eine Richtung und blinzelte kräftig, dann in die andere. Als Siffrin lautlos davonschlich, gelang es mir, den Umriss seines langen Schwanzes zu erkennen. Ich blinzelte noch einmal und erkannte verschwommen seinen Rumpf. Seine vollständige Gestalt konnte ich zwar nicht sehen, dafür aber das Licht, das auf seinem Fell spielte, und das eigenartige Leuchten seiner Augen. Mit triumphierendem Kläffen stürzte ich mich auf ihn. Meine Vorderpfoten prallten gegen etwas Festes – seine Rippen. Als wir übereinanderpurzelten, wurde auch sein Fell nach und nach wieder sichtbar.

Er ließ es zu, dass ich ihn mit den Vorderpfoten auf den Boden drückte. »Du hast mich erschreckt!«, beschwerte ich mich und zwickte ihn unsanft ins Kinn. »Was sollte das? Du hast dich nicht nur verflimmert, du hast auch karakkt! Das hatte ich nicht erwartet.«

Seine Augen funkelten belustigt. »Aber du hast dich

davon nicht beirren lassen. Du lernst schnell, Isla.« Abermals wurde mir seltsam warm, als er mich anblickte. Ich ließ von ihm ab. Er blieb keuchend auf der Seite liegen, dann setzte er sich auf. »Zwei Zauber zur gleichen Zeit anzuwenden ist sehr anstrengend. Es zehrt am Maa. Man darf es nicht zu lange durchhalten.« Er leckte sich die Pfoten und kam seufzend auf die Beine. »Verflimmern ist hilfreich, wenn man etwas Fressbares fangen oder einem Hund entkommen möchte, aber vergiss nie, dass andere Füchse den Zauber womöglich durchschauen, indem sie blinzeln – genau wie du eben. Es gibt übrigens auch einen Gegenzauber. Also glaub nicht, dass dir nichts mehr passieren kann, bloß weil du dich verflimmert hast.«

Ich hätte gern mehr über diesen Gegenzauber erfahren, brachte aber keine entsprechende Frage zustande, weil ich noch zu durcheinander war.

Siffrin stand dicht vor mir und sah mich abwartend an.

Ich fuhr mir verunsichert mit der Zunge über die Schnauze. Was er gerade gesagt hatte, hallte noch in meinen Ohren wider.

*Du lernst schnell, Isla.*

Dieses Kompliment war vielleicht das Verwirrendste der ganzen Sache.

Ich räusperte mich. »Jetzt bin ich aber mit dem Verflimmern an der Reihe.«

Er neigte zustimmend den Kopf. »Wenn du jetzt so weit bist, üben wir am besten gleich den Ernstfall. Gut möglich, dass dir das Verflimmern eines Tages das Leben rettet. Bis dahin ...«

Ich schaute ihn argwöhnisch und mit gesenktem Schwanz an. »Was ist bis dahin?«

»Ich möchte, dass du mir eine Maus fängst.«

# 12. Kapitel

Das Flackern der Lichter.

Das Brummen der Zerquetscher.

Der Todesweg wimmelte von unzähligen Pelzlosen. Ihr Land aus Mauern und Graustein bebte vor Bewegung. Der Wind fegte ruhelos um die Gebäude, die Sonne blitzte auf den glänzenden Gucklöchern der Baue, und das alles war begleitet von pausenlosem Knirschen, Rumpeln und Klirren. Das Lied des Großen Knurrens.

Wir hatten das Gebäude verlassen und standen am Anfang einer Nebenstraße, die so schmal war, dass sich der Todesweg nicht bis dorthin erstreckte, auch wenn wir ihn weiterhin spürten und hörten.

Der Gestank nach Schmutz und Fäulnis betäubte meine Sinne. »Wollen wir nicht lieber warten, bis es dunkel wird? Und ruhiger? Ist es jetzt nicht zu gefährlich?«

Siffrin legte den Kopf schief. »Ich habe im Gegenteil darüber nachgedacht, ob es nicht besser wäre, tagsüber unterwegs zu sein und nachts zu schlafen. Bis zu dem Hof mit der geflügelten Pelzlosen ist es nicht mehr weit, aber wir müssen uns trotzdem beeilen. Karkas Füchse werden weiter nach dir suchen … allerdings vermutlich vor allem nachts.«

Mein Fell kribbelte, als ein Zerquetscher über den nahen Todesweg kreischte. »Aber tagsüber sind die Pelzlosen überall, und ihre Fänger streifen umher«, gab ich zu bedenken.

Siffrins Blick war auf den Todesweg gerichtet, er sträubte das Nackenfell. »Tja … wovor fürchtest du dich mehr?«

Machte er sich mal wieder über mich lustig? Nein, seine Miene war ganz ernst. Ich sah wieder das verzerrte Gesicht des unbekannten Fuchses vor mir, der in dem Zerquetscher eingesperrt gewesen war. Doch als ich an die Einäugige dachte, entfuhr mir ein ängstliches Winseln. Wie sollte ich mich bloß entscheiden?

»Je eher du das Verflimmern beherrschst, desto besser bist du geschützt.«

»Aber Karka kann ich doch auf diese Weise nicht täuschen ... das hast du selbst gesagt!«

»Ihre Bande aber schon, jedenfalls die meisten von ihnen.«

»Tarr aber auch nicht.«

»Trotzdem ist Verflimmern eine wichtige Fähigkeit«, sagte er gereizt. »Schließlich musst du dich selbständig ernähren können. Hier ist ein guter Ort zum Üben, denn hier gibt es reichlich Mäuse.«

Ich spitzte die Ohren. Wie sollte man bei diesem Lärm eine Maus hören? Ein Zerquetscher sauste vorbei. Als sein Gebrumm verklungen war, vernahm ich das Getrippel winziger Pfoten. Sofort spannte sich mein ganzer Körper an. Geduckt schlich ich an der Mauer entlang.

Ein hohes Quieken.

Die Mäuse lebten offenbar in dem Rohr, das unten an dem Gebäude entlangführte.

Ich stupste das Rohr prüfend mit der Vorderpfote an. Es schien undurchdringlich hart und dick zu sein.

Siffrin beobachtete mich aufmerksam. »Jetzt brauchen wir nur noch zu warten, bis eine herauskommt.«

Ich drehte die Ohren lauschend nach unten. Das

Rohr führte dicht über dem Boden um das Gebäude herum, bis auf die Seite, an der der Todesweg verlief. Dort knickte es über dem Graustein ab und endete. Ich schob mich ein Stückchen näher heran. Das Ende des Rohrs war anscheinend offen, dort waren die Mäuse hineingelangt. Leider war die Öffnung für einen Fuchs zu klein.

Ich kehrte zu Siffrin zurück, der ein paar Schwanzlängen von mir entfernt stand. Er hatte die Öffnung bereits entdeckt. Gelassen fing er an, seine Vorderpfote zu putzen.

»Es kann lange dauern, bis eine Maus herauskommt«, sagte ich.

»Stimmt.«

»Und wir müssen zu dem Hof mit der Geflügelten.«

»Stimmt auch.«

Mein Schwanz peitschte hin und her. Wollte er mich ärgern? »Wollen wir das Mäusefangen da nicht lieber auf später verschieben und weiterziehen?«

Siffrin knabberte an einem unsichtbaren Erdklumpen zwischen seinen Pfotenballen. »Wie du meinst. Fressen ist schließlich nicht so wichtig.«

Ich legte die Ohren an. Er wollte mich eindeutig ärgern. »Aber bis wir hier etwas fangen, kann es noch *ewig* dauern! Vielleicht kommen die Mäuse heute auch gar nicht mehr heraus.«

»Du bist zu ungeduldig, Isla«, entgegnete er seufzend.

Ich sträubte das Fell. Das Gleiche hatte Pirie auch immer gesagt.

Er stellte die Pfote wieder hin. »Die Beute springt einem nicht von selbst ins Maul. Manchmal braucht man einen langen Atem.«

Eine Erinnerung: Ma kommt mit gekrauster Schnauze auf mich zu. *Wie lautet die oberste Regel, die einem Fuchs das Leben retten kann?*

*Schaue! Lausche! Warte!*

Ich schüttelte mich gereizt und entfernte mich ein Stück von Siffrin. Dann ließ ich mich auf den Bauch fallen und beobachtete wieder das Rohr. Ich spürte seinen Blick auf mir. Ich musste mich wohl oder übel damit abfinden zu warten, sonst würde er mich überhaupt nicht mehr ernst nehmen.

Das Brummen des Todesweges im Ohr, versuchte ich, mir das Bild des Pelzlosenweibchens mit den riesigen Flügeln wieder vor Augen zu rufen. Ob Pirie noch dort war? Ich behielt das Rohr weiterhin im Blick, aber meine Gedanken schweiften ab. Ich stellte mir Pa als jungen Wildlandfuchs vor. Stammte er etwa auch aus dem Moor am Rand des Tiefen Waldes? Aber er hatte nie davon gesprochen … Warum hatte ich ihn nicht viel öfter über seine Jugend ausgefragt, als ich noch Gelegenheit dazu gehabt hatte?

Winzige Pfoten trippelten durch das Rohr.

Eine Maus hüpfte auf den Graustein.

Mein Herz hämmerte wild, ich spürte den überwältigenden Drang, mich auf sie zu stürzen. *Nein, Isla!* Die Maus war noch viel zu weit weg. Sie würde nur wegrennen oder sich wieder in das Rohr flüchten. Ein paar Herzschläge lang bezwang ich meine Aufregung und verharrte reglos. Dann wandte ich ganz langsam den Kopf und sah mich nach Siffrin um. Er kauerte auf dem Boden, den Schwanz um sich gelegt, und zwinkerte mir zu. Ich wusste sofort, was er mir sagen wollte: Ich sollte mich verflimmern.

Die Maus hatte sich hingehockt, fuhr sich mit den Pfoten durch die Schnurrhaare und säuberte ihre gelben Zähne. Ich traute mich nicht zu sprechen, auch nicht im Flüsterton, aber ich sagte in Gedanken den Spruch auf.

*Was sichtbar ist, verblasse. Was spürbar ist, vergehe. Was Knochen ist, werde biegsam. Was Fell ist, werde Luft.*

Ich hielt den Atem an und richtete mich geduckt

auf. Dann verharrte ich abermals reglos. Der Graustein kühlte meinen Bauch. Ich konzentrierte mich ganz und gar auf den Spruch, ließ die Worte durch mich hindurchströmen. Mein Atem wollte flatternd entweichen, doch ich schluckte ihn hinunter. Immer noch tief geduckt und so langsam, dass es mir vorkam, als bewegte ich mich fast gar nicht, schlich ich mich an die Beute an. Die Maus hob das Schnäuzchen und blickte mit ihren kleinen schwarzen Augen in meine Richtung. Ich konnte schon die Wärme ihrer Haut und das rasche Pochen ihres Herzens spüren. Mit angehaltenem Atem hielt ich inne und wiederholte in Gedanken den Spruch.

*Was sichtbar ist, verblasse. Was spürbar ist, vergehe. Was Knochen ist, werde biegsam. Was Fell ist, werde Luft.*

Die Maus wandte den Blick ab und machte sich daran, ihr glattes Fell zu putzen.

Ich wagte mich wieder ein Stück näher heran. Jetzt spürte ich meinen Herzschlag in der Zunge. Meine Nase hielt dem Geruch der Maus stand, mein Schwanz war eine federleichte Wolke, die hinter mir herwehte. Meine Läufe kribbelten. Ein Dunstschleier legte sich vor meine Augen, so dass ich die Maus nicht mehr erkennen konnte. Sie war nur noch ein Schwall

Wärme, ein Lichtschimmer vor einem dunklen Horizont. Ich nahm ihre Körperwärme und ihr graugestromtes Fell mit allen Sinnen in mich auf. Mein immer noch angehaltener Atem flatterte in meinem Gaumen.

Die Maus bewegte sich, das sah ich mit meinem geistigen Auge. Sie machte einen Hüpfer auf mich zu und hielt dann inne. Sie spürte, dass etwas nicht stimmte, sah mich aber nicht. Daher wusste sie nicht, in welche Richtung sie fliehen sollte.

*Schau her, Pirie, jetzt kommt dein Lieblingstrick!*

Wie schade, dass er nicht dabei sein konnte. Er hätte seinen Augen nicht getraut! Ich war schon ganz dicht dran …

*Was sichtbar ist, verblasse …*

Dicht, aber nicht dicht genug. Noch ein Schritt auf den Lichtschimmer zu.

*Was spürbar ist, vergehe …*

Ich sprang. Ein Pfotenhieb, und die Maus war gefangen. Ein Biss, ein energisches Kopfschütteln, und sie war tot.

»Wenn wir uns ranhalten, sind wir bei der Geflügelten, noch bevor der Mond seinen höchsten Stand erreicht hat.« Siffrin lief in raschem Trab und drehte im

Laufen nervös die Ohren hin und her. Seine Schwanzspitze ringelte sich, als ein Zerquetscher an uns vorbeibrauste.

Es fiel mir schwer, seine Unruhe nachzuvollziehen. Ich hatte mich verflimmert – ich hatte meine erste Maus gefangen! Danach waren noch drei weitere aus dem Rohr gehüpft, und mit Siffrins Unterstützung hatte ich auch sie erbeutet. Mein Bauch war voll mit saftigem Fleisch, mein Kopf platzte fast von dem, was ich meiner Familie alles zu erzählen hatte. Nicht nur, dass ich mich jetzt verflimmern konnte, ich wollte ihnen auch unbedingt berichten, was ich seit unserer Trennung alles erlebt hatte. Zum Beispiel, dass ich herausgefunden hatte, wie man sich vor den Zerquetschern schützen konnte, indem man immer auf dem Randstreifen blieb. Überhaupt würden sie staunen, dass es mir gelungen war, mich eine ganze Nacht lang allein im Großen Knurren durchzuschlagen. Und natürlich würde ich ihnen haarklein schildern, wie ich mit Siffrins Hilfe einem angriffslustigen Hund entkommen war und mit feindlichen Fuchsen gekämpft hatte.

Mein Jagderfolg hatte mich großzügig gemacht. Ich hatte die vier Mäuse bereitwillig mit Siffrin geteilt. Jetzt schaute er erst in die eine Richtung, dann in die andere und überquerte schließlich den Todesweg. Als ich ihn eingeholt hatte, rief ich mir wieder ins Gedächtnis, wie er uns beide verflimmert hatte, um mich zu beschützen, und wie tapfer er sich gegen Tarr und seine Bande gewehrt hatte. Nicht zu vergessen den Maa-Zauber, als er mir von seinem kostbarsten Besitz abgegeben hatte – seiner Lebenskraft. Ohne ihn hätte ich das alles wahrscheinlich nicht geschafft … Wäre er nicht aufgetaucht, wäre ich jetzt vielleicht nicht mehr am Leben. Trotzdem wurde ich immer noch nicht schlau aus ihm. Weshalb setzte er sich so für mich ein?

»Hier entlang.« Er bog in eine Abzweigung des Todesweges ab. Eine Gruppe Pelzlose trabte über den Graustein. Ihre Hinterläufe knallten bei jedem Schritt. »Hat man denn hier nirgendwo seine Ruhe?«, schnaubte Siffrin gereizt.

Die Sonne war noch nicht untergegangen – was erwartete er? Doch ich verkniff mir die Bemerkung.

»Wir müssen uns beeilen«, sagte er. Ohne meine Erwiderung abzuwarten, huschte er zwischen den Beinen der Pelzlosen hindurch. Ein Weibchen kreischte erschrocken und wich uns stolpernd aus, die anderen zeigten auf uns und kläfften.

*Was Knochen ist, werde biegsam. Was Fell ist, werde Luft.*

Mit angehaltenem Atem huschte ich hinter Siffrin her, gab aber acht, dass kein Pelzloser in mich hineinlief. Sie schienen mich überhaupt nicht zu sehen.

»Isla!« Siffrin war stehen geblieben und runzelte missbilligend die Schnauze. »Du sollst dich nicht die ganze Zeit verflimmern!«

Hechelnd fragte ich: »Wieso denn nicht? Die Pelzlosen lassen sich auch davon täuschen!« Vor lauter Aufregung über meine Entdeckung vollführte ich Luftsprünge.

»Die Pelzlosen sehen sowieso kaum, was vor ihrer Nase ist. Heb dir das Verflimmern für Hunde und für andere Füchse auf oder für die Jagd. Sonst vergeudest du unnötig Maa und bist bis zum Abend völlig erschöpft.« Sein Blick glitt über die Menge der Pelzlosen und die Gucklöcher der vorbeibrummenden Zerquetscher. »Was für ein grässlicher Ort. Dieser Gestank …«

Seine Ohren mit dem flauschigen weißen Innenfell drehten sich zuckend hin und her.

»Wollen wir nicht doch lieber die Dunkelheit abwarten?«, fragte ich.

Er drückte sich an eine Mauer, als ein Pelzloser mit wuchtigen Hinterpfoten kaum eine Schwanzlänge von ihm entfernt vorbeistapfte. »Je weiter wir tagsüber kommen, desto besser. Auf den Wildpfaden zeigen sich schon die ersten Knospen. Vor dem nächsten Malinta muss ich aus den Graulanden verschwunden sein. Ich habe keine Zeit zu verlieren.«

Wir hielten uns jetzt wieder dicht an den Mauern und wichen den Pelzlosen aus, so gut es ging. Das war nicht ganz leicht, weil immer wieder kleine Gruppen an den Gebäuden lehnten. Ein paar hatten sich auch auf dem Randstreifen des Todesweges hingesetzt. Sie auf dem Boden zu sehen, war ein seltsamer Anblick. Diese hier schienen noch jung zu sein, auch wenn sie dem Welpenalter bereits entwachsen waren. Sie hatten hohe Wangenknochen und tiefliegende Augen.

»Was ist denn nun dieses Malinta?«, überwand ich meine Scheu vor Siffrins überheblichen Antworten. Jetzt war ich kein verschüchterter Welpe mehr. Ich war eine junge Füchsin, die das Verflimmern beherrschte. Ich hatte eine ernsthafte Antwort verdient.

Siffrin lief an den sitzenden Pelzlosen vorbei, blieb dann stehen und beobachtete eine Biegung des Todesweges. »Malinta tritt im Kreislauf der Jahreszeiten zweimal auf. Dann sind Tag und Nacht gleich lang. Es ist ein wichtiges Ereignis. Die meisten Welpen werden um das zweite Malinta herum geboren, wenn der

Frost nachlässt und die Bäume die ersten Knospen austreiben.«

Unwillkürlich spähte ich nach oben, aber auf diesem Randstreifen standen keine Bäume. Der Todesweg war hier breit und hässlich und führte zwischen schmutzig grauen Gebäuden hindurch. Sogar die Gucklöcher waren mit einer schmierigen Schmutzschicht überzogen. Manche waren auch zerbrochen oder mit Brettern bedeckt.

»Hast du deswegen gemeint, dass ich zu früh geboren bin?«

Siffrin sah mich an – seine braunen, schwarzgeränderten Augen blitzten auf. Dann lief er weiter. »Dein Fell färbt sich bereits rötlich. Daraus schließe ich, dass du schon während der großen Kälte zur Welt gekommen bist.« Er runzelte die Stirn und drehte die Schnurrhaare nach vorn. »Das würde auch erklären, weshalb du so anders bist.«

»Anders? Wie meinst du das?« Kaum hatte ich die Frage ausgesprochen, hätte ich sie am liebsten zurückgenommen. Bestimmt fing ich mir bloß wieder eine abfällige Bemerkung ein. Siffrin lief langsamer. Als der Todesweg sich teilte, blieb er unschlüssig stehen. Hinter uns lief ein großer Pelzloser mit einem Stock in der Pfote den Randstreifen entlang auf uns zu. Ich raunte ängstlich: »Pass auf! Der Pelzlose da hinten sieht dich ganz zornig an.«

Siffrin fuhr herum. »Woher weißt du, dass er zornig ist?«

Ich überlegte kurz. »Wahrscheinlich, weil ich hier im Großen Knurren aufgewachsen bin. Wenn die Pelzlosen zornig sind, verändert sich ihr Gesicht.«

Kaum hatte ich es ausgesprochen, brach der Pelzlose in wütendes Gebell aus. Er hob seinen Stock und fuchtelte damit in Siffrins Richtung. Siffrin senkte den Schwanz, legte die Ohren an und machte einen Buckel. Der Pelzlose stieß den Stock auf den Graustein. Er war noch zu weit weg, als dass er Siffrin hätte fangen können, trotzdem bekam Siffrin einen Schreck. Er machte einen Satz rückwärts und prallte gegen mich. Wir verloren beide das Gleichgewicht, sprangen aber sofort wieder auf.

Siffrin peitschte mit dem Schwanz. »Los, weg hier!«

Wir flitzten davon. Der Pelzlose kläffte hinter uns her. Ich warf einen Blick über die Schulter. Andere Pelzlose hatten sich um ihn versammelt, und er schwenkte seinen Stock durch die Luft.

Auf dem nächsten Stück Randstreifen trieben sich noch mehr Pelzlose herum. »Das wird ja immer schlimmer!«, rief Siffrin verzweifelt aus. Er machte ein paar zögerliche Schritte, aber ich blieb stehen und reckte schnuppernd die Schnauze. Siffrin drehte sich nach mir um. »Was ist los?«

*Glut und Asche ...*

War das wirklich nur der Gestank des Todesweges, den ich witterte?

Auch Siffrin hob und senkte nun die Schnauze und sog die Luft ein. Er drehte die Ohren nach vorn und sah mich fragend an.

»Ich bin nicht sicher ...« Ich nahm noch einen tiefen Atemzug von der übelriechenden Luft. »Ich glaube, ich wittere Karkas Bande.«

Er zog die Lefzen hoch. »Hier? Aber es ist noch nicht mal dunkel ...« Er schaute sich nach allen Seiten um. Wir waren umringt von Pelzlosen. Sein Rückenfell sträubte sich. Auf einmal sah er wie ein Welpe aus, der sich verirrt hat.

So viele Pelzlose ... Vielleicht musste man ihre Welt aus einem anderen Blickwinkel betrachten, um ihnen zu entfliehen. Mein Blick wanderte an den bröckelnden Rotsteinmauern empor. Zwischen zwei niedrigen Bauen, die nebeneinanderkauerten, entdeckte ich metallene Stufen. Als ich den Kopf in den Nacken legte, stellte ich fest, dass sie bis aufs Dach hochführten.

»Wie wär's, wenn wir auf den Bau dort drüben klettern?«

Siffrin folgte meinem Blick. »Gute Idee!«, kläffte er. Mir wurde ganz heiß in der Brust, und ich wedelte mit dem Schwanz. Er ließ mich vorauslaufen. Ich sprang die kühlen Stufen hoch, die an der Mauer hingen, meine Krallen klackerten über das Metall. Je höher ich kletterte, desto weiter blieb die Welt aus Gedränge und Gestank unter mir zurück. Ich schaute aber nicht nach unten, sondern hielt den Blick auf die Stufen gerichtet. Zwischen der obersten Stufe und dem Dach war eine Lücke. Ich holte tief Luft, machte einen Satz und landete auf den roten Ziegeln.

Als ich mich nach Siffrin umdrehte, bekam ich das Maul nicht mehr zu, so tief lag der Todesweg unter uns. Mein Magen hob sich. Von hier oben sah alles so anders aus: Die Zerquetscher waren klein wie Füchse, wogegen die Taube auf der Dachkante riesig wirkte. Die Gebäude schienen sich übereinander zu schieben wie Pilze, die sich im Unterholz nach dem spärlichen Licht recken. Ich blickte auf ein Gewirr aus Dächern, auf denen noch mehr Tauben gurrten und nisteten, weit weg von den Gefahren des Großen Knurrens.

Dann blickte ich in die Ferne. Wo mochte der Hof mit der geflügelten Pelzlosen liegen? Es war nicht mehr weit, hatte Siffrin gesagt. Hoffnung ließ mein Fell kribbeln, als mir Pas Worte wieder in den Sinn kamen.

*Am Anfang steht immer ein Traum.*

Siffrin hatte mich eingeholt. Seine Augen wurden groß, und sein Schwanz schwang hin und her, als er den Anblick der Dächer und des fernen, zusammengeschrumpften Todesweges in sich aufnahm.

Wir schlichen an den Rand des Daches. Hier wurde der Wind nicht durch irgendwelche Gebäude behindert. Er hatte freie Bahn, zerzauste mein Fell und spielte mit meinem Schwanz. Ich ließ mich auf den Bauch sinken, den Blick auf den Todesweg gerichtet. Auf den Randstreifen wogten die Pelzlosen auf und ab und bellten einander an, doch ihre Stimmen drangen nicht bis zu uns empor. Der Lärm des Großen Knurrens verklang zu einem dumpfen Raunen.

Siffrin ließ sich neben mir nieder. »Es ist unglaublich …« Er schüttelte den Kopf. »Das war wirklich eine ausgezeichnete Idee. Hier oben sucht uns keiner.« Seine süß-würzige Witterung umspielte meine Nase. »Anscheinend hat mein Geruchssinn schon so gelitten, dass ich keine Gefahren mehr wahrnehme«, sagte er. »Meine Sinne welken dahin wie eine verdurstende Pflanze. Höchste Zeit, dass ich in die Wildlande zurückkehre.«

Bei dem Gedanken, mich von ihm verabschieden zu müssen, spürte ich ein seltsames Ziehen in der Brust. Doch statt ihn anzusehen, beobachtete ich zwei Pelzlose, die unten auf dem Randstreifen die Vorderläufe umeinander legten. Ihre Artgenossen trabten ohne hinzuschauen an ihnen vorbei, als hätten sich die beiden verflimmert und wären unsichtbar.

»Hier färbt sich der Himmel nur eine Spur violett«, sagte Siffrin. »Bei uns in den Wildlanden leuchtet er bei Anbruch der Abenddämmerung kräftig rot und rosa.« Er seufzte sehnsüchtig. »Nein, ich gehöre nicht hierher.«

Als ich ebenfalls zum Himmel emporblickte, wo die Sonne hinter den zartvioletten Wolken unterging, ärgerte ich mich wieder einmal. Wieso war ihm unser Himmel nicht gut genug? Was war so toll an Rosa und Rot? Aber ich beherrschte mich. »Jana wartet bestimmt schon auf dich, oder?«

»Sie wundert sich sicher, wo ich so lange bleibe. Vielleicht hat sie auch schon den nächsten Auftrag für mich.«

Ich horchte auf. »Was für einen denn?«

Aus dem Augenwinkel sah ich, wie er den Kopf auf die Vorderpfoten legte. *»Unter dem Fell und der Haut* *des größten aller Geschöpfe Canidas ist der verschwundene Fuchs den Ältesten entzogen.*«

»Was bedeutet das?«

Er blickte nicht auf. »Das weiß ich selbst nicht so genau. Jana hat es irgendwann mal gesagt. Ich hätte es dir gar nicht erzählen sollen.«

»Spricht sie immer in Rätseln?«

Jetzt wandte er den Kopf in meine Richtung und sah mich mit funkelnden Augen an. »Hin und wieder.«

Abermals schlugen mich die hellbraunen Augen mit den grünen und goldenen Sprenkeln in ihren Bann. Ich befeuchtete meine Schnauze. »Meine Familie ist auch verschwunden. Glaubst du, Janas Bemerkung bezieht sich auf sie?«

»Sie hat nur von einem Fuchs gesprochen.«

»Vielleicht meinte sie ja einen der Ältesten. Den, der nicht zu … zu diesem Stein gekommen ist.«

»Zum Ältestenfelsen.« Siffrin spähte jetzt wieder auf den Todesweg hinunter, und ich folgte seinem Beispiel. Zerquetscher polterten und brummten, die Pelzlosen zwängten sich sorglos in kleinen Gruppen zwischen ihnen hindurch. »Mag sein«, setzte Siffrin noch hinzu und wechselte dann das Thema. »Der Randstreifen da unten … eben waren wir noch dort. Jetzt scheint er so weit weg zu sein …«

Ich hörte gar nicht richtig hin, weil ich plötzlich eine Eingebung hatte: Wenn nun mit dem verschwundenen Fuchs mein Bruder Pirie gemeint war? Warum wollte ihn diese Jana unbedingt sprechen? Was war so besonders an ihm? Was bedeutete *Unter dem Fell und der Haut des größten aller Geschöpfe Canidas*?

Mein Blick fiel auf ein Pelzlosenweibchen, das in ein glänzendes rotes Gewand gehüllt war. Als es den Randstreifen entlangtrabte, hob sich das Rot leuchtend von dem Graustein ab. Jetzt blieb die Pelzlose stehen und sah sich um. Mir fiel eine kleine Straße auf, die von dem Todesweg wegführte. Grau in Grau, mit wabernden Schatten. Augen glitzerten im Dunkeln. Ich reckte den Hals und spitzte die Ohren. War das dort unten eine Schar Katzen?

Das Weibchen in dem roten Gewand ging an der Einmündung der Nebenstraße vorbei, aber ein anderer Pelzloser blieb davor stehen und versperrte mir die Sicht. Als er weiterlief, erspähte ich mehrere Umrisse mit kantigen Schnauzen und spitzen Ohren. Eine einzelne Gestalt löste sich aus der Gruppe. Sie war gedrungen und hatte eher kleine, runde Ohren.

*Eben waren wir noch dort.*

»Karka!«, jaulte ich auf. Mir standen sämtliche

Haare zu Berge, meine Schnurrhaare bebten krampfhaft.

Ich hörte Siffrin nach Luft schnappen. Er schob den Kopf dicht an meinen heran und suchte erst den Todesweg und dann die dunkle Nebenstraße mit dem Blick ab. Das Weiße seiner Augen leuchtete wie zwei Halbmonde. Dann wich er hastig von der Dachkante zurück. »Komm sofort da weg!«, winselte er. »Du weißt ja nicht, wozu Karka fähig ist! Wenn sie dich entdeckt, sind wir beide so gut wie tot!«

# 13. Kapitel

Die anbrechende Dunkelheit sog alle Farbe aus den Wolken, das zarte Violett wich einem trostlosen Dunkelgrau. Überall flammten Leuchtkugeln auf. Die Augen der Zerquetscher strahlten gleißend und ließen den Todesweg schillern. Bei so viel flackerndem Licht fiel es schwer, Einzelheiten zu erkennen: die Scharen von Pelzlosen, die über den Randstreifen wogten … die glänzenden Zerquetscher mit ihren langen Schnauzen …

… die Umrisse von Füchsen, die in dunklen Winkeln kauerten.

Siffrin lief quer über das Dach, und ich folgte ihm, wobei ich mich so tief duckte, dass ich mit gespreizten

Pfotenballen auf den Ziegeln Halt suchen musste. Er drehte die Ohren herum. »Bleib vom Rand weg!«

Über der Mitte des Gebäudes stiegen die Ziegel zu einem spitzen Hügel an, den wir halb schlitternd, halb kletternd erklommen. Ich verscheuchte den Gedanken daran, wie hoch oben wir waren, wie tief unter uns der Todesweg lag. Wir ließen die Blicke über das Große Knurren schweifen. Die umstehenden Gebäude ragten in hässlichem Durcheinander auf, Dächer bohrten sich in den Horizont, soweit das Auge reichte. Wo waren die glitzernden Gebäude geblieben, die ich von der Anhöhe mit den Käfigen gesehen hatte?

Wolken jagten über den Himmel. Wahrscheinlich hatten sie die glitzernden Gebäude verschluckt. Sie waren noch da, aber vorübergehend unsichtbar, wie ein Fuchs, der sich verflimmerte.

Siffrin richtete sich hoch auf und spähte auf den Todesweg hinunter. Ich machte es ihm nach, konnte aber den Grausteinboden nicht erkennen.

»Siehst du Karka irgendwo?« Vielleicht hatte ich mich ja geirrt.

Seine Stimme klang gepresst. »Ja. Sie hat sechs Füchse bei sich. Tarr ist nicht dabei … vermutlich hält er sich mit dem Rest der Bande woanders versteckt.«

Ich legte unwillkürlich die Ohren an. So viele. »Bist du sicher, dass sie dich nicht sehen können?«

»Sie kommen bestimmt nicht auf die Idee, nach oben zu schauen.« Trotzdem duckte er sich hinter die Dachspitze.

»Woher weißt du eigentlich, dass Karkas Bande aus noch mehr Füchsen besteht?«

Er ließ den Todesweg nicht aus den Augen und antwortete geistesabwesend: »Weil es insgesamt zwölf sind, oder?«

Mir fiel wieder ein, dass er das Gleiche schon vor ein paar Tagen gesagt hatte: *Ihre Bande umfasst zwölf Füchse …*

Ich machte den Hals lang und stemmte mich auf den Vorderläufen hoch. So konnte ich mit Mühe den gegenüberliegenden Randstreifen des Todesweges erspähen, doch der Schein der Leuchtkugeln blendete mich. War Karka tatsächlich dort unten?

Furcht grub ihre Zähne in meine Kehle.

Im dunklen Eingang zu einem Pelzlosenbau hatte sich eine Gruppe Füchse versammelt – ein Gewirr aus sehnigen Läufen und peitschenden Schwänzen. Ganz vorn erkannte ich Karkas gedrungene Gestalt. Ihre Schultern wirkten irgendwie aufgeplustert, als schlüge das Fell dort Falten.

Mir war plötzlich, als kauerte ich wieder hinter den Efeuranken in der Nähe unseres Baus. Wegen der abgefallenen Äste vor dem Eingang konnte ich nicht richtig erkennen, was drinnen vor sich ging. Ich sah nur, dass fremde Füchse in unseren Bau eingedrungen waren, fünf oder sechs an der Zahl. Dann war die Einäugige dazugekommen.

Ich schüttelte mich energisch und kehrte in die Gegenwart zurück. Ein Schauder lief mir über den Rücken, als ich wieder nach unten schaute. »Nein, so viele waren es nicht.«

»Hä?« Siffrin hatte gar nicht richtig zugehört. Er legte die Ohren an, und seine aufgerissenen Augen blickten ängstlich. »Solange wir hier oben bleiben, kann uns nichts passieren. Am besten legen wir uns hinter diesen Hügel. Der Wind bläst hoch über den Dächern, ich glaube nicht, dass er ihnen unsere Witterung zuträgt.« Er schlang eine Pfote um die Spitze des Dachhügels. »Los, komm.«

Ich rührte mich nicht vom Fleck. »So viele waren es nicht«, wiederholte ich.

Er glitt geräuschlos auf die andere Seite des Hügels, mit geschmeidigen Bewegungen wie eine Katze. »Das kannst du von hier oben gar nicht beurteilen, dafür bist du zu klein.« Er schlitterte den Hügel auf der anderen Seite wieder hinunter. Der Wind bauschte sein Schwanzfell auf. Mit aufgestellten Ohren drehte er sich zu mir um. »Wo bleibst du denn? Wir müssen …« Er unterbrach sich. »Was ist denn los?«

Eine beißende Flüssigkeit brannte mir in der Kehle.

Woher wusste er so genau, dass Karkas Bande aus zwölf Füchsen bestand? Wenn er mir tatsächlich vom Wildpfad zu unserem Bau gefolgt war, dann konnte auch er nur fünf oder sechs Füchse gesehen haben.

*Finsterlandfuchs, elender Verräter!*

Ich nahm allen Mut zusammen. »Bist du Karka und ihrer Bande schon einmal begegnet? Kennst du sie vielleicht von früher?«

Er runzelte die Schnauze. »Wie meinst du das?«

»So, wie ich es gesagt habe. So wie Tarr anscheinend dich kennt.«

Er drehte die Ohren nach vorn. »Unsinn. Tarr muss mich verwechselt haben, das habe ich dir doch schon erklärt … Was ist denn eigentlich los, Isla?« Er schaute erst nach unten und dann wieder in meine Richtung, wich meinem Blick aber aus. »Auf jeden Fall ist es unklug, hier herumzustehen und zu diskutieren. Falls sie doch nach oben schauen …«

»Aber du hast gewusst, dass sie alle rote Augen haben.« Das hatte er gleich nach unserem ersten Zusammenstoß mit der Bande gesagt. *Der Graue … hast du ihm in die Augen geschaut? Waren sie rot?*

»Weil Jana mich vor Karka und ihrer Bande gewarnt hat«, entgegnete er.

Ich sah wieder vor mir, wie er nach Luft geschnappt und panisch die Augen verdreht hatte, als er Karka unten erblickt hatte. Noch nicht einmal, als Tarr auf ihn losgegangen war, hatte ich ihn so verängstigt erlebt.

*Du weißt ja nicht, wozu Karka fähig ist!*

Wusste *er* es denn?

Mein Körper war steif, mein Tonfall eisig. »Du lügst.«

Er machte ein betroffenes Gesicht. Die Windböen, die über das Dach fegten, peitschten durch sein Fell.

Ich bleckte die Zähne. »Was hast du mit Karka und ihrer Bande zu schaffen?«

»Nichts, ich schwör's! Das ist ein Missverständnis.« Seine braunen, golden gesprenkelten Augen, in denen kleine Flammen züngelten, blickten mich flehend an. Er streckte die Pfote nach mir aus.

»Lass mich in Ruhe!« Ich schnappte nach ihm, und er wich zurück.

Die Farbe seiner Augen brannte sich mir ein, rote Flecken tanzten durch mein Blickfeld, bis mir ganz schwindlig wurde.

Er ließ die Pfote wieder sinken, duckte sich unterwürfig mit schief gelegtem Kopf und hechelte wie ein Welpe. »Jetzt hab dich doch nicht so!«, winselte er. »Ich geb's ja zu, ich habe dir nicht alles erzählt – Jana hat es mir verboten –, aber es ist nicht so, wie du denkst. Ich bin auf deiner Seite.«

Er schien es ernst zu meinen. Tat ich ihm womöglich unrecht? Abermals dachte ich daran, wie er mich verteidigt und mir von seinem Maa abgegeben hatte. Trotzdem blieb ich unschlüssig auf der Dachspitze stehen. Siffrins Pelz hob sich leuchtend rot vom dunkelgrauen Himmel ab. Er spielte den Zerknirschten, scharrte mit den Pfoten, knickte die Ohren ab und blickte mich bittend an.

Dann krachte es laut, als die Ziegel unter ihm einbrachen.

Vor meinen Augen verlor er den Halt.

»Siffrin!«, schrie ich, als er taumelte und den abschüssigen Dachhügel hinunterrutschte. Mit einem einzigen Satz war ich über die Spitze hinweggesprungen. Abermals leuchtete sein rotes Fell auf, als er vergeblich um sein Gleichgewicht kämpfte und rückwärts in Richtung Dachkante schlitterte. Ein ersticktes Winseln entfuhr ihm. Der gähnende Abgrund ... gebrochene Knochen ... Mir stockte das Herz.

»Halt dich fest!« Ich rutschte auf dem Bauch auf ihn zu. Er klammerte sich jetzt nur noch mit den Vorderpfoten an der Dachkante fest, seine Hinterläufe zappelten hoch über dem Graustein. Dicht vor ihm hielt ich an.

Er zitterte vor Anstrengung. »Ich komm nicht wieder hoch …« Der Ziegel unter seiner Pfote löste sich, und Siffrin rutschte noch eine Schnurrhaarlänge auf den Abgrund zu. Als der Ziegel in die Tiefe sauste, biss er die Zähne zusammen.

Der Ziegel zerbarst auf dem Graustein in tausend Stücke.

Ich duckte mich neben ihn und packte ihn mit den Zähnen am Nackenfell. Ich zog und zerrte mit aller Kraft, aber er war einfach zu schwer. Mit zusammengekniffenen Augen versuchte ich es noch einmal, spürte aber, wie er mir entglitt.

Ich ließ ihn wieder los und suchte seinen Blick. Seine aufgerissenen Augen flackerten in Todesangst. Doch als unsere Blicke sich trafen, wurde mir auf einmal ganz warm. Der graue Himmel färbte sich hell und golden, Siffrins Augen glühten rötlich und grün. Ein Kraftstrom floss zwischen uns hin und her, ein strahlend weißes Licht.

Siffrin spannte noch einmal alle Muskeln an … und

lag bäuchlings auf dem abschüssigen Dach, die Hinterläufe unter sich gezogen, winselnd und nach Atem ringend. Ich zitterte am ganzen Leib und ließ erleichtert den Kopf an seine Schulter sinken. Er war nicht abgestürzt – er war bei mir, an meiner Seite.

Als ich den Kopf benommen wieder hob, landete ein Regentropfen auf meiner Nase. Die Wolken über uns waren inzwischen fast schwarz. Wann würde der erste Tropfen auf den Todesweg fallen? Ich spähte blinzelnd in den dunstigen Schein der Leuchtkugeln hinab.

Dunkle Umrisse, die sich in Bewegung setzten …

Köpfe, die nach oben spähten …

Mich packte Todesangst. »Sie haben uns gesehen!«

Sein Kopf fuhr in die Höhe. »Wo sind sie jetzt?«

Ich spähte noch einmal nach unten, aber Karka und ihre Bande waren schon im Gewimmel der Pelzlosen verschwunden. Wieder und wieder ließ ich den Blick über den Todesweg gleiten, konnte sie aber hinter den vorbeirumpelnden Zerquetschern nirgends entdecken.

»Vielleicht haben mir meine Augen einen Streich gespielt«, sagte ich schließlich. »Ich sehe sie nicht mehr.«

Gellendes Gekecker brach über uns los. Drei

schmale Schnauzen schoben sich durch die Öffnung im Dachhügel, wo die Ziegel eingebrochen waren.

Im nächsten Augenblick stand Siffrin auf seinen zitternden Pfoten. »Nichts wie weg hier!«

»Bitte sei vorsichtig!«, flehte ich. Er stand immer noch viel zu dicht an der Dachkante. In Gedanken hörte ich wieder den herabfallenden Ziegel splittern.

Die drei Füchse balancierten jetzt über den Hügel und kamen mit gefletschten Zähnen immer näher. Drei? Nein, inzwischen waren es schon vier ... fünf. Sie alle trugen das Zeichen der geknickten Rose, auch wenn es im Dunkeln kaum zu erkennen war. Karka ließ sich nicht blicken. War sie unten auf dem Todesweg geblieben, oder hielt sie sich noch verborgen?

Siffrin schluckte. »Wir müssen springen.«

Ich folgte seinem Blick, der auf das angrenzende Gebäude gerichtet war. Das braungeziegelte Dach lag ein paar Schwanzlängen tiefer als unseres, aber zwischen den beiden Gebäuden klaffte eine breite Lücke, mindestens so lang wie ein ausgewachsener Fuchs. Durch diese Lücke war auch der Ziegel in die Tiefe gestürzt.

»Ich kann nicht!«, jaulte ich kläglich. »Der Abstand ist zu groß.«

Er schleckte mir aufmunternd über die Nase. »Du

schaffst das … ich habe dein Maa gespürt. Was glaubst du denn, wo ich die Kraft hergenommen habe, mich wieder hochzuziehen?«

*Ein Kraftstrom floss zwischen uns hin und her, ein strahlend weißes Licht.*

»War das der Maa-Zauber?«, fragte ich staunend.

Siffrin versetzte mir einen Nasenstupser. »Du hast ihn ganz instinktiv angewandt.« Er schätzte mit dem Blick den Abstand zwischen den beiden Dächern ab. »Du hast ein sehr starkes Maa. Versuch es … alles ist besser, als hier sitzen zu bleiben und auf sie zu warten.«

Krallen klackerten über die Ziegel.

»Wir springen zusammen. Bist du so weit?«

Mein Herz schlug zum Zerbersten. Karkas Füchse waren bis auf wenige Pfotenbreiten heran. Siffrin spannte schon die Hinterläufe an. »Warte!«, kläffte ich, als er tief Luft holte.

»Los!«, bellte er, und auch meine Läufe spannten sich. »Jetzt!«

Ich spürte, wie ich in die Höhe schnellte. Im nächsten Augenblick sauste ich über die Dachkante. Der Wind zerrte an meinem Bauchfell, als ich über die Lücke zwischen den Gebäuden hinwegflog. Dann ein kurzer freier Fall, das Aufblitzen von Graustein, und *Zack!* landeten erst meine Vorderpfoten auf dem tiefer gelegenen Dach und dann meine Hinterpfoten. In meinen Ohren rauschte es, ich konnte meinen Erfolg kaum fassen.

Siffrin drehte sich um und sah mich mit glühenden Augen an. »Bravo!«, kläffte er und schob ein anerkennendes *Wuff-wuff-wuff!* hinterher.

Ich tappte zu ihm hinüber, und er schleckte mir wieder über die Nase. »Sind wir jetzt in Sicherheit?«, japste ich.

»Noch nicht ganz.« Als ich mich erschrocken umdrehte, sah ich fünf Füchse aufgereiht an der gegenüberliegenden Dachkante stehen und mit blutunterlaufenen Augen zu uns hinunterstarren.

Siffrin richtete sich hoch auf und stimmte einen Singsang an: *»Ich bin dein Nackenfell, das sich sträubt, ich bin das Peitschen deines Schwanzes …«*

Seine schlanken Läufe schwollen an, seine langen Ohren schrumpften: Er verwandelte sich in eine große schwarze Hündin. Ich erkannte sie sofort wieder – es war die Hündin, vor der er mich gerettet hatte. Mit gesenktem Kopf knurrte er so laut, dass ich zusammenzuckte, auch wenn ich ja wusste, dass es in Wirklichkeit nur Siffrin war.

Als die fünf Füchse die Hündin erblickten, schlichen sie geduckt rückwärts.

Doch da polterte es hinter ihnen. Sie blieben stehen. Eine gedrungene Füchsin erklomm den Dachhügel. Anders als die Mitglieder ihrer Bande trug sie über dem Vorderlauf keine rosenförmige Narbe.

Karka.

Ihr graues Auge funkelte Siffrin drohend an. »Schnappt sie euch, ihr elenden Feiglinge!«, schrie sie. »Kapiert ihr denn nicht, dass er nur seine Gestalt geändert hat?«

Sofort spannten sich die fünf Füchse zum Sprung.

Siffrin wich zurück und nahm wieder seine wahre Gestalt an. »Es hat keinen Zweck. Wir müssen fliehen.« Eilig machten wir uns daran, den Hügel des braunen Daches zu erklimmen.

»Kannst du dich nicht in eine Katze verwandeln?« Ich dachte daran, wie unglaublich leichtfüßig Katzen waren.

»Leider nicht. Der Wa'akkir-Zauber unterliegt strengen Regeln. Er gilt nur für Geschöpfe Canidas.«

Das hatte er mir schon einmal erklärt, aber ich hatte es wieder vergessen. Als ich den Kopf wandte, landeten unsere Verfolger soeben auf den Ziegeln hinter uns.

Das nächste Dach war zum Glück flach, der Abstand betrug kaum eine Schwanzlänge. Mit einem

Satz waren wir drüben. Der Wind trieb die schwarzen Wolken vor sich her. Die Umrisse der Gebäude verschwammen, als der bis dahin nur tröpfelnde Regen in einen Wolkenbruch überging.

»Da lang!« Siffrin rannte über das Flachdach. Das nächste Dach war wieder spitz. Er sprang als Erster, dann kam ich. Mein Fell wehte um mich herum, meine Pfoten rutschten auf den grauen Ziegeln aus.

Karka und ihre Bande folgten uns. Ihre Gestalten schienen sich im Regen aufzulösen, tauchten kurz auf und verschwanden wieder.

Siffrin flitzte den Dachhügel hoch … und blieb mit einem Aufschrei stehen. Ich spähte über seine Schulter und erschrak. Der Abstand zum nächsten Dach, das aus glänzenden schwarzen Ziegeln bestand, war so breit, dass zwischen den beiden Gebäuden eine Abzweigung des Todesweges hindurchführte. Tief unter uns brummte ein Zerquetscher vorbei. Trotz seiner weit offenen Augen war er blind für unsere Anwesenheit.

Siffrins Schnurrhaare zitterten. »Wir brechen uns das Genick.«

»Was für ein glücklicher Zufall!«, höhnte Karka schrill. »Die Ratten werden eure Kadaver fressen!« Sie balancierte über die nassen grauen Ziegel. Ihre Begleiter scharten sich um sie, eine Mauer aus Füchsen, die immer näher rückte.

»Und wenn wir Anlauf nehmen?«, flüsterte ich zu meiner eigenen Verblüffung.

Nur noch wenige Schwanzlängen trennten uns von den Verfolgern. Ich konnte schon Einzelheiten an ihren triefnassen Köpfen erkennen, zum Beispiel, dass an der Stelle von Karkas fehlendem Auge ein zuckender, blauroter Narbenwulst saß. Karka schnappte nach meinem Schwanz, und ich spürte, wie ihr Atem die weißen Haare an der Spitze wehen ließ. Die Angst machte mir Beine, und ich rannte los, den Dachhügel hinunter.

Dann flog ich.

Der Wind zerrte an meinem Fell, Regen prasselte mir in die Augen. Ich sah alles nur noch verschwommen und geriet ins Trudeln. Als ich die Vorderpfoten ausstreckte, fanden sie keinen Halt. Panik grub ihre Klauen in meinen Körper. Doch dann … *Rumms!* Ich traf auf etwas Hartes und öffnete die Augen. Ich hatte es geschafft!

*Rumms!*

Siffrin stand neben mir. Obwohl wir beide klatschnass waren, vollführten wir Freudensprünge und jubelten laut.

»Wir leben noch!«, kläffte ich ganz außer Atem.

»Schnappt sie euch!«, kreischte Karka wieder, aber ihre Begleiter zögerten. »Na los, oder ich beiß euch die dreckigen Kehlen durch!«

Siffrin und ich flüchteten uns auf die Spitze des Dachhügels. Von dort aus beobachteten wir, wie unsere Verfolger an den Rand des grauen Daches tappten. Von hier oben wirkte der Abstand zwischen den beiden Gebäuden noch größer. Ich zitterte vor Aufregung und Furcht am ganzen Leib und staunte nachträglich, dass uns der Sprung gelungen war.

»Ich springe als Erste«, bellte eine gelbbraune Fähe ihrer Anführerin zu. Ich erkannte sie wieder – es war die Magere, die Karka seinerzeit an unserem Bau Bericht erstattet hatte. Jetzt zog sie die Lefzen hoch und nahm schlitternd Anlauf. Mit einem leisen Aufschrei sauste sie über die Dachkante und flog mit ausgestreckten, strampelnden Vorderläufen durch den Regen. Doch dann geriet sie in Schieflage. Sie versuchte noch, mit dem Schwanz gegenzusteuern, aber vergebens. Sie stürzte in die Tiefe.

Siffrin vergrub sofort den Kopf an meiner Schulter, aber ich wandte mich nicht ab, sondern folgte der Mageren mit dem Blick. Ich beobachtete, wie ihre Krallen noch unsere Dachkante streiften, als sie mit dem Kopf voran nach unten sauste. Wie sie auf dem Todesweg aufschlug, konnte ich nicht mehr erkennen. Der Regen trübte meine Sicht und ersparte mir den Anblick ihrer gebrochenen Glieder.

Ihr Tod erreichte mich nur indirekt: Ich sah ihn in den aufgerissenen Augen ihrer Gefährten, die wie erstarrt an der gegenüberliegenden Dachkante standen. Einer nach dem anderen senkte entsetzt den Kopf.

Siffrins Schnauze war immer noch in meinem Fell vergraben, der Regen übertönte sein leises Gewinsel.

Nur Karka schaute unverwandt zu uns hinüber und reckte herausfordernd die Schnauze. Ihr Blick war unnachgiebig. Zum Äußersten entschlossen.

# 14. Kapitel

Der Wind heulte um das Dach und blies immer kräftiger. Er schien Siffrin aus seiner Verzweiflung aufzurütteln. Der junge Fuchs hob den Kopf und spähte über die Dächer.

Er musste bellen, um sich bei dem Unwetter verständlich zu machen. »Ich glaube nicht, dass sie uns weiter verfolgen. Die Dächer sind viel zu glatt. Eine falsche Bewegung …« Er brauchte nicht weiterzusprechen. Uns beiden war klar, was eine falsche Bewegung bedeuten konnte.

So tief geduckt, dass mein Bauch über die Ziegel schleifte, tappte ich hinter ihm her. Das nasse Fell hing mir schwer am Leib. Kleine Sturzbäche strömten den Dachhügel hinunter, wollten mich daran hindern, die Spitze zu erklimmen. Ich biss die Zähne zusammen und ließ mich nicht abhalten. Als ich oben neben Siffrin stand, drehte ich mich um. Nebelschwaden strudelten um uns herum und hüllten die umliegenden Dächer ein. Durch den herabrauschenden Regen erkannte ich die Umrisse von Karkas Bande. Die fünf Füchse standen immer noch geduckt am Rand des benachbarten Daches, hoch über dem Todesweg. Ihre Gestalten waren verschwommen wie Geistererscheinungen. Ich kniff angestrengt die Augen zusammen, aber es nützte nichts. Sie verschwanden unter dem weißen Fell des Nebels.

»Komm hier rüber!«, bellte Siffrin mir zu. Er war über die Dachspitze geklettert.

Ich grub die Krallen in die Rillen zwischen den Ziegeln, doch meine Läufe zitterten vor Erschöpfung. Als ich mich über die Spitze hieven wollte, rutschte ich ab. Ich holte tief Luft und versuchte es noch einmal, klammerte mich an den Ziegeln fest. Der Regen peitschte mir ins Gesicht. Ich schaffte es nicht. Ich schloss die Augen und sah wieder vor mir, wie die Magere mit vor Todesangst verzerrtem Gesicht in die Tiefe gestürzt war.

Ein Maul packte mich behutsam am Nackenfell,

und ich spürte einen kräftigen Ruck, als Siffrin mich über die Dachspitze hob. Auf der gegenüberliegenden Seite setzte er mich wieder ab. So hatte mich seit meiner frühen Welpenzeit niemand mehr getragen.

Ich konnte mich noch undeutlich daran erinnern, dass Ma mich oft gepackt und wieder in den Bau zurückgeschleppt hatte. »Du sollst doch nicht allein so weit weglaufen«, hatte sie geschimpft. »Ich habe dich überall gesucht, aber du warst verschwunden.« Doch dann hatte sie mir über die Schnauze geschleckt und in sanfterem Ton weitergesprochen. »Wir Füchse müssen vorsichtig sein. Du bist zu übermütig, Isla, zu furchtlos für diese Welt.« Ich spürte wieder die herrliche Wärme ihres Fells und das angenehme Kitzeln, als ihre Schnurrhaare meine streiften.

*Und wer ist jetzt verschwunden, bitte schön?*, fragte ich in Gedanken die Wolken, den Regen und den Nebel über den Dächern. Eine Mutter durfte ihren Welpen nicht einfach alleinlassen. Der Same eines schwarzen Gedankens schlug in mir Wurzeln: *Wollte meine Familie etwa gar nicht gefunden werden?*

Ich schüttelte mir die Regentropfen aus den Augen. Siffrin stand vor mir. Weil er bis auf die Haut durchnässt war, wirkte er dünner und kleiner als sonst. Seine Schultern schienen zu hängen, das nächtliche

Zwielicht entzog seinem Fell die leuchtend rote Farbe. Auch sein sonst so buschiger Schwanz war völlig durchweicht. Er sah jetzt wie ein ganz gewöhnlicher Fuchs aus. Nur die schwarzgeränderten Augen waren unverändert – groß, ruhelos und leuchtend.

Mir schwirrten immer noch die gleichen Fragen durch den Kopf. Wer war Karka, und woher kannte Siffrin sie? Wer war der *Meister*, und was hatte es mit den *Gebrochenen* auf sich? Stimmte es, dass Siffrin der unheimlichen Bande mit den rosenförmigen Narben noch nie begegnet war und dass Tarr ihn verwechselt hatte, wie er behauptete? Er hatte sein Leben riskiert, um mir zu helfen, und doch wurde ich das Gefühl nicht los, dass er log.

Als Siffrin nun blinzelte und sich energisch schüttelte, kehrte ich in die Gegenwart zurück.

»Dieses Dach hier stößt direkt an das nächste. Von dort aus können wir vielleicht nach unten gelangen.« Er sah mich nicht an, sondern starrte in den Nebel. »Schaffst du das noch?«

Ich kläffte zustimmend. Daraufhin setzte er sich mit gespreizten Pfotenballen schlitternd in Bewegung. Mit Mühe erkannte ich dicht unter uns ein Flachdach. Diesmal war zwischen den beiden Dächern keine Lücke. Mit einem großen Schritt war Siffrin unten und wartete auf mich. Dann liefen wir Seite an Seite quer über das Gebäude, wobei wir immer wieder in tiefe Pfützen traten, die über unsere Pfoten schwappten.

Der Abstand zum nächsten Dach war gering, es lag aber ein gutes Stück tiefer.

»Da müssen wir hin«, übertönte Siffrin den Regen.

*Ich mag nicht mehr*, dachte ich, andererseits war es kein weiter Sprung. Hauptsache, wir rutschten nicht aus. »Dann mal los!«, sagte ich.

Er legte den Kopf schief. »Wir springen wieder zusammen.«

Durch den herabprasselnden Regen zu springen fühlte sich an, wie durch einen Schneesturm zu fallen. Dicht nebeneinander landeten wir auf dem Dach. Erst machte es *Platsch!* und dann *Krach!*

Das Dach fing plötzlich an zu zittern.

»Was ist das?«, kläffte ich erschrocken. Meine Pfoten fanden keinen Halt, und ich hatte Mühe, auf den Beinen zu bleiben.

»Die Erde bebt!«, bellte Siffrin gellend.

Das Gebäude schüttelte sich. Als es laut ächzte, kippte ich um und landete auf der Seite. Ein ohrenbetäubendes Splittern und Bersten ertönte, dann stürzten wir in die Tiefe.

Weiße Staubwolken hüllten mich ein. Ich sah Siffrin nicht, hörte ihn aber husten. Das Herz pochte mir so dröhnend in den Ohren, dass ich das Tosen von brechendem Holz und splitterndem Stein um mich herum kaum wahrnahm. Der Staub war überall – in meinen Augen, in meinem Hals. Ich streckte die Zunge heraus und kostete ihn. Er schmeckte pudrig und metallisch.

Ich war auf einem Berg aus Brettern gelandet. Stammten sie von dem Dach? Zögerlich streckte ich die Pfote aus. Die Bretter erzitterten, und ich erstarrte.

»Bist du verletzt, Siffrin?«

Er hustete noch einmal und räusperte sich. »Nein.«

»Wir sind durchs Dach gefallen!« Abermals ächzte es über uns dumpf, und eine so dicke Staubwolke senkte sich herab, dass ich förmlich spürte, wie sich die Körnchen auf meinem Fell niederließen. Als ich mich instinktiv schüttelte, knarrten die Bretter unter mir bedrohlich. Ich spähte blinzelnd nach oben und spürte einen Regenspritzer auf der Stirn. »Ich glaube, das ganze Dach stürzt ein. Es wird immer schlimmer.«

Ich machte mich daran, über die Bretter zu klettern, um wieder festen Boden unter die Pfoten zu bekommen. Doch stattdessen prallte ich gegen Siffrins nasse Flanke. Vor Schreck entfuhr mir ein leiser Aufschrei. Mein Herz hämmerte.

»Ist ja gut«, beschwichtigte er mich. »Ich habe schon gesehen, wo wir rauskönnen.«

Ich konnte mir zwar nicht vorstellen, dass er bei dem vielen Staub etwas sehen konnte, trotzdem beruhigten mich seine Worte. Ich atmete möglichst flach, damit ich nicht so viel Staub und Schmutz einatmete.

Siffrin rappelte sich hoch und fing an, den Bretterhaufen hinunterzuklettern. »Bleib immer dicht bei mir.« Ich drückte mich so eng an ihn, dass ich spürte, wie sich die Muskeln unter seinem nassen Fell spannten. Tastend streckte ich die Vorderpfote aus und spürte etwas Festes. Aufatmend sprang ich neben Siffrin auf den Boden. Als sich der von uns aufgewirbelte Staub gelegt hatte, erspähte ich den Umriss einer offenen Tür. Das nächste Krachen über uns, der nächste Staubregen, und Siffrin und ich flitzten in den angrenzenden Raum.

Ganz in unserer Nähe bellte ein Pelzloser. Ich hörte den Boden quietschen, als er auf uns zustapfte. Er hielt sich jammernd mit den Vorderpfoten den Kopf, und wir drängten uns an ihm vorbei in Richtung einer

Treppe. Siffrin sprang die Stufen hinunter, ohne anzuhalten, doch ich drehte mich noch einmal nach dem Pelzlosen um. Er stand reglos da, die Pfoten um den Kopf gelegt. Durch das klaffende Loch im Dach strömte der Regen auf ihn herab.

»Ich glaube, wir sind in einem Pelzlosenbau gelandet!«, bellte ich, als ich Siffrin die Treppe hinunterfolgte. Der Staub beeinträchtigte meine Sinne, doch der durchdringende Pelzlosengeruch war unverkennbar. Siffrin hinterließ staubige Pfotenabdrücke auf dem weichen gelblichen Boden. Durch eine Seitentür fiel mein Blick in eine geräumige Höhle, deren Wände über und über mit Bildern von Pelzlosen bedeckt waren. Ihre ebenmäßigen weißen Zähne leuchteten schaurig. Ich musterte die großen braunen Gebilde auf dem Boden, auf denen sich die Pelzlosen vermutlich ausruhten. Die meisten Wände im Inneren des Baus waren glatt und hellgelb, nur die Wand, auf die wir zuliefen, war uneben und weiß.

Triefnass und staubbedeckt glich Siffrin einem geisterhaften Schatten seiner selbst. Wären wir auf dem Todesweg aneinander vorbeigelaufen, hätte ich ihn nicht erkannt. Er hatte es eilig, blickte sich immer wieder um. »Wir müssen hier raus. Die Nähe der Pelzlosen ist nicht gut für uns. Jana hat mir eingeschärft, dass ich mich ihnen *unter gar keinen Umständen* nähern darf.« Sein Schwanz zuckte nervös.

»Es gibt bestimmt irgendwo einen Ausgang.« Ich rief mir den Pelzlosenbau in Erinnerung, der an unsere Wiese grenzte. Dort hatten die Pelzlosen auf jeder Seite Ausgänge gebaut. Wir mussten nur lange genug suchen …

Es klirrte metallisch. Dann glitt die weiße Wand plötzlich auf und ein triefnasses Pelzlosenweibchen erschien in der Öffnung. Da war der gesuchte Ausgang! Die Pelzlose starrte uns mit offenem Maul an. Hinter ihr erspähte ich den Todesweg, auf den immer noch der Regen niederprasselte.

»Lauf!«, knurrte ich dumpf. »Sonst fällt die Tür wieder zu!«

»Aber Jana hat doch gesagt …«

»Lauf!« Ich huschte zwischen den Beinen der Pelzlosen hindurch. Sie wich kreischend zurück. Doch Siffrin kam mir nicht nach. Er duckte sich in einen Winkel, weigerte sich, der Pelzlosen zu nahe zu kommen. »Beeil dich!«, rief ich ihm zu. »Sie tut dir nichts!«

Er bewegte sich, und die Pelzlose kläffte schrill. Siffrin wich mit peitschendem Schwanz und seitlich abgespreizten Ohren zurück.

»Komm endlich!«, winselte ich.

Er sah mich an und zögerte. Dann holte er tief Luft und sauste in Richtung Tür. Seine Flanke streifte das Bein der Pelzlosen, dann war er im Freien. Mit einem lauten Knall fiel die Tür hinter uns zu. In Panik stürmten wir über den Graustein. Der Regen durchweichte uns, staubige Bäche rannen mir in die Augen.

Niemand verfolgte uns – trotzdem liefen wir immer weiter. Wahrscheinlich hatten sich Karka und ihre Bande in irgendeine dunkle Seitenstraße verzogen. Wir drehten uns immer wieder kurz um und vergewisserten uns, dass der Randstreifen hinter uns leer war. Alle Pelzlosen waren in ihre Baue geflüchtet. Nur die Zerquetscher rumpelten auf und ab, ihre weißen Augen weinten.

Siffrin lief absichtlich langsam, damit ich hinterherkam. Wir folgten den Windungen des Todesweges, trabten an Rotsteingebäuden vorbei und unter Torbögen hindurch. Erst als wir an einen Wildpfad kamen, blieb Siffrin stehen. Ich rang hechelnd nach Luft.

»Wie geht's dir?«, rief er laut durch den prasselnden Regen. Tropfen spritzten von seinen Schnurrhaaren.

»Gut!«, bellte ich. Doch die Freude über unsere gelungene Flucht legte sich allmählich, ich spürte, wie meine Pfoten schmerzten.

Er legte den Kopf schief. »Ich hätte nie gedacht, dass ich mich noch mal so freuen würde, über harten Graustein zu laufen.« Er schaute nach oben. Inzwischen hatte der Regen den Staub aus seinem Fell gewaschen. Als ich seinem Blick folgte, wurde mir flau im Magen. Von hier unten wirkten die Dächer um uns herum unvorstellbar hoch. Sie verloren sich im Nebel, verschwanden in den Wolken.

Siffrin spähte den Todesweg entlang. »Wenigstens spült der Regen unsere Witterung weg. Bei so einem Wetter kann niemand unserer Spur folgen.«

Ich blickte von einer Leuchtkugel zur anderen. Wo waren wir hergekommen? Ich hatte völlig die Orientierung verloren.

Siffrin kam einen Schritt auf mich zu. Seine schwarzen Augen hatten einen bläulichen Schimmer. Er schien etwas sagen zu wollen, zögerte aber noch. Seine Schnurrhaare flatterten im Wind. Dann überwand er sich: »Hast du noch die Kraft, ein Stück weiterzulaufen? Oder möchtest du … möchtest du dich lieber ausruhen?«

Ich war todmüde, aber sein Tonfall machte mich neugierig. »Warum fragst du?«

Er fuhr sich mit der Zunge über das weiße Fell um die Schnauze, dann wandte er sich wortlos ab und lief weiter. Ich trabte hinterher, schlüpfte durch den Zaun auf den Wildpfad, lief über kurzes Gras und schlammige Erde. Ich blinzelte in den Regen. Wo führte er mich hin? Wir duckten uns unter dem nächsten Zaun hindurch, aber ich konnte den Todesweg nirgends entdecken. Gegenüber erhob sich eine Reihe hoher Pelzlosenbaue. Vor ihnen erstreckte sich ein großer Steinhof.

Siffrin blieb am Rand des Wildpfads stehen und warf mir einen vielsagenden Blick zu. Ich spähte über seine Schulter in den Hof und entdeckte etwas Großes, das in der Mitte stand. Das war doch eine riesige Pelzlose … ein Weibchen mit ausgebreiteten Flügeln! Meine Pfoten bewegten sich wie von allein, in meinen Ohren rauschte es. Ja, es war tatsächlich das Pelzlosenweibchen aus meinem Traum. Ihr Körper war aus kaltem Stein, ihr Gewand bauschte sich nicht im Wind, ihre Flügel waren abgespreizt, als wollte sie sich gleich in die Lüfte schwingen. Unerschütterlich und furchtlos ragte sie regenglänzend vor mir auf.

Ich war plötzlich furchtbar aufgeregt.

Ich fürchtete mich nicht vor ihr. Sie war ja nicht lebendig. Als ich ihre Hinterpfoten beschnupperte, setzte mein Herz einen Schlag lang aus. War das etwa

Piries Witterung? Allein die Vorstellung entlockte mir ein freudiges Kläffen, und mein Schwanz wedelte wild.

*Ganz ruhig, Isla*, ermahnte ich mich und schnupperte ein zweites Mal. Wenn der Himmel doch nur das Regnen eingestellt hätte! In der kalten, feuchten Luft verflüchtigten sich Gerüche viel schneller als sonst.

Ich hob die Schnauze in den jaulenden Wind und witterte. War Ma hier vorbeigetrabt? Saß Pa in einem Winkel und wartete auf mich?

Ich drehte mich langsam um mich selbst.

Niemand war zu sehen.

Keine Füchse, keine Pelzlosen, nicht mal eine Taube. Nur Siffrins einsamer Umriss zeichnete sich vor dem Regen ab. Mein Hoffnungsschimmer erstarb. Eine schwache Witterung von Pirie reichte nicht aus. Ja, er war irgendwann hier gewesen, aber er war weitergelaufen, nach Wer-weiß-wo … Und nichts deutete darauf hin, dass Ma, Pa und Großma bei ihm gewesen waren … oder dass er überhaupt noch am Leben war. Ich spürte plötzlich, dass mir ein schwerer Furchtklumpen im Magen lag. Der Klumpen war schon seit Tagen da, aber ich hatte mich bemüht, nicht auf ihn zu achten.

Ich hatte so angestrengt gesucht und war so weit gelaufen, und jetzt hatte der Regen alle Spuren fortgespült. Er prasselte auf mich herab, und meine müden Beine knickten ein. Der heulende Wind trug mein jämmerliches Gewinsel davon.

# 15. Kapitel

Entmutigt trabte ich neben Siffrin her. Wir verließen den Hof durch einen schmalen Durchgang und suchten den Rückweg zum Todesweg. Es regnete immer noch in Strömen, dicke Tropfen zerplatzten auf dem Graustein zu feinem weißen Dunst. Doch ich bekam kaum mit, wie durchgefroren ich war, und auch nicht, dass Siffrin mich mit der Schnauze vor sich herschob.

»Noch ein kleines Stück, dann machen wir eine Pause.«

Inzwischen war es mir gleichgültig, wo er mich hinführte. Ich hatte alle Hoffnung verloren, dass meine Familie noch in der Nähe war. Das geflügelte Pelzlosenweibchen hatte mir keinerlei Hinweise darauf geliefert. Die Enttäuschung machte mein nasses Fell noch schwerer, und die nagende Furcht, die ich seit Tagen zu verscheuchen versuchte, breitete sich immer mehr in mir aus.

Ich sah mich um. Der Regen lief in breiten Bächen über den Randstreifen des Todesweges und schwemmte Laub und den Abfall mit, den die Pelzlosen fallen ließen, wo immer sie gingen und standen. Ich war noch nie auf diesem Teil des Todesweges gewesen, und doch sah es hier aus wie überall sonst im Großen Knurren – farblos, eintönig und grau. Um mich zu orientieren, legte ich den Kopf in den Nacken, konnte die Anhöhe mit den Käfigen aber nicht am Horizont entdecken.

»Wir müssen endlich aus diesem Regen raus!«, sagte Siffrin über die Schulter.

Wir stießen auf eine Nebenstraße, die für Zerquetscher zu schmal war. Zu beiden Seiten ragten Rotsteinmauern auf und vereinten sich weiter vorn zu einem Torbogen. Siffrin blieb witternd davor stehen und schlüpfte dann hindurch. Vor ein paar riesigen Mülltonnen drehte er sich mit zweifelnder Miene nach mir um. »Sehr gemütlich ist es nicht, aber immerhin trocken.«

Ich legte die Ohren an und schlüpfte unter eine

Mülltonne. Es war so eng, dass ich mich kaum bewegen konnte. Der Geruch von ranzigem Fleisch stieg mir in die Nase. Seufzend legte ich den Kopf auf die Vorderpfoten. Siffrin kroch neben mich.

Er schielte besorgt zu mir hinüber. »Du zitterst.«

»Ach ja?« Tatsächlich ... kleine Schauer überliefen mich. Es war mir noch gar nicht aufgefallen.

Siffrin rückte näher an mich heran und legte seinen langen Schwanz um mich. Der würzige Geruch seines nassen Fells überdeckte den Gestank der Mülltonnen. Frierend und unglücklich schmiegte ich mich an ihn und genoss die tröstliche Wärme seines Körpers. Seit meine Familie verschwunden war, hatte ich mich nicht mehr so an jemanden gekuschelt. Mir war, als triebe ich im Wind, als würde ich auf einen finster lockenden Abgrund zugeweht ... und als sei Siffrins Wärme das Einzige, das mich davon abhielt hineinzustürzen.

Offenbar ließ der Regen allmählich nach. Ich lauschte auf das Trommeln der Tropfen auf dem Graustein vor dem Torbogen, dann überwältigte mich die Erschöpfung, und ich schlief ein. *Tapp-tapp-tapp.*

*Tapp-tapp-tapp.*

Regen pladderte auf die blattlosen Äste der Bäume, tropfte in das hohe Gras auf dem Wildpfad. Pirie kaute an einer kleinen gelben Blume und kräuselte angewidert die Lefzen.

»Warum frisst du das Zeug, wenn es so eklig schmeckt?« Ich sprang auf ihn zu und schlug spielerisch mit der Pfote nach seinen Schnurrhaaren, aber er wandte den Kopf ab und kaute weiter.

»Das ist eine Wunderblume.« Er schnitt eine Grimasse und schluckte kräftig. »Wer sie frisst, wird stark und weise.«

Ich trillerte belustigt. »Hat dir das Großma erzählt?«

Er reckte selbstbewusst die Schnauze. »Das braucht mir niemand zu erzählen. Das sieht man doch schon an der Farbe, dass diese Blume sehr gesund ist.«

Ich biss ein Blütenblatt ab und spuckte es sofort wieder aus. »Igitt, ist das bitter!« Ich schüttelte mich. Der Regen kroch durch mein Fell, kühlte meine Haut. Ich umkreiste Pirie und hieb mit den Pfoten nach seinem Schwanz.

Er entgegnete in belehrendem Ton: »Alles, was bunt ist, ist auch gesund, kleiner Fuchs.«

Ich schüttelte mich noch einmal, diesmal ärgerlich. Als ob *er* das wissen konnte! Ich dachte an alles, was lecker schmeckte und braun oder grau war: Mäuse, Ratten, Tauben … Ich wollte ihm eben widersprechen, da hörte ich Pa rufen: »Pirie? Isla? Wo steckt ihr?«

Wir antworteten trillernd, und er trabte durchs hohe Gras auf uns zu. Seine feuchte weiße Brust glänzte. Er schüttelte seine Ohren und begrüßte uns mit einem Nasenstupser. »Großma sagt, ihr sollt reinkommen, bis es aufhört zu regnen.«

Ich hatte überhaupt keine Lust auf lange, langweilige Stunden in unserem Bau. Hoffnungsvoll spähte ich zu den Wolken empor. »Aber es regnet doch gar nicht so doll!«

»Trotzdem.«

Ich drehte die Ohren nach hinten. »*Du* bleibst doch auch draußen, wenn es regnet.«

»Das ist etwas anderes«, erwiderte er sanft. »Ausgewachsene Füchse haben dichteres Fell.« Er schaute zu Pirie hinüber. »Was frisst du denn da, mein Sohn?«

»Ich will so groß und stark werden wie du!«, kläffte Pirie eifrig und riss der nächsten gelben Blume den Kopf ab. »Dann darf ich die ganze Zeit draußen bleiben, sogar bei Gewitter.«

Pa zwickte ihn liebevoll ins Ohr. »Das darfst du ja auch irgendwann, aber dafür brauchst du keine Blumen zu fressen. Drinnen habe ich ein paar schöne dicke Ratten für dich und deine Schwester.«

Pirie spuckte die Blume aus und vollführte kleine Luftsprünge. »Isla schafft gar keine ganze Ratte!«, wandte er mit listig funkelnden Augen ein. »Dafür ist sie noch zu klein. Aber ich kann ihr mit ihrer Ratte helfen.«

»Gerade *weil* ich klein bin, muss ich mehr fressen als du.« Ich zwickte ihn in den Hinterlauf. »Das stimmt doch, oder, Pa? Wenn Pirie solchen Hunger hat, soll er lieber noch ein paar Blumen fressen. Die sind ja sooo gesund. Und viel bunter als Ratten.«

Pa knabberte liebevoll an meinem Ohr, machte dann aber kehrt und lief in Richtung unserer Wiese. Wir folgten ihm, wobei wir umeinander herumhüpften und nach dem Schwanz des anderen schnappten. Ma und Großma kauerten auf dem halbabgebrochenen Ast. Der Regen lief in Bächen über ihr Fell und färbte ihre Gesichter dunkel. Als Pa ebenfalls auf den Ast sprang, verdüsterte sich der Himmel noch mehr. Der Horizont färbte sich dunkelblau mit einem Saum aus grauen Wolken. In der feuchten Luft schimmerte Mas Umriss dunstig, und Großmas Fell leuchtete silbrig-golden. Ich blieb unvermittelt stehen und riss die Augen auf.

Pirie sprang aufgeregt um mich herum. »Ich habe den Sänger wieder gehört!«, kläffte er. »Den Sänger mit der schönen Stimme. Das Lied kommt von da drüben … lass uns hinlaufen, Isla!«

Pa balancierte über den Ast und hielt mit hin und her schwingendem Schwanz das Gleichgewicht.

Als er bei Ma und Großma angekommen war, drehte er sich um. »Isla, Pirie! Ihr seid zu klein, um bei schlechtem Wetter draußen zu bleiben. Kommt nach drinnen ins Warme. Zwei saftige Ratten warten auf euch!«

Ich ließ den Schwanz sinken und schnüffelte. Die Umrisse der drei Erwachsenen verschwammen in der anbrechenden Dämmerung wie Gebäude, die vom Nebel verschluckt wurden. Nur die Spitzen ihrer Schwänze standen heraus und funkelten feucht.

Pa bewegte wieder die Schnauze, doch der herabrauschende Regen war zu laut. *Isla! Pirie!*

Pirie war schon weit vorausgelaufen, quer über den Wildpfad, hinein in das Große Knurren. Ich stand immer noch wie angewurzelt da. Die Regentropfen zerplatzten auf meinem Fell. Ma, Pa und Großma … ihre Gestalten lösten sich auf, verblassten vor dem weichen Fell des Himmels. Der Regen spülte alles fort … sogar das Leuchten ihrer braunen Augen.

*Tapp-tapp-tapp.*

Das Geräusch der verstreichenden Zeit, der schwindenden Erinnerungen. Das Geräusch des Mondes, der sich hinter einem Nebelschleier versteckt, und der ersten zaghaften Sonnenstrahlen.

»Das kommt für mich alles völlig überraschend.« Siffrins Stimme strich über mich hinweg, sein Schwanz war immer noch um mich geschlungen. Ich war wach, mochte die Augen aber nicht aufmachen. Sein Fell war so weich ... »Ich dachte, ich komme in die Graulande, finde Pirie und nehme ihn mit. Das ist es, was mir Jana aufgetragen hat – ihn zu ihr zu bringen. Woher sollte ich wissen, dass er noch so jung ist und dass er eine Familie hat? Ich wäre nie auf die Idee gekommen, dass er noch ein Welpe ist. Schließlich werden die meisten Welpen deutlich später geboren ...«

Mein Atem flatterte in meinem Hals, meine Schnurrhaare kribbelten. »Malinta«, flüsterte ich und kostete das Wort auf der Zunge. »Du hast gesagt, die meisten Welpen werden an Malinta geboren ...« Mit geschlossenen Augen forschte ich im nebelhaften Gewirr meiner Erinnerungen. Nur Piries Gesicht leuchtete wie immer klar und deutlich. Mein Bruder, nur wenige Augenblicke vor mir geboren, als die Bäume noch keine Knospen trugen.

»An Malinta, beziehungsweise kurz davor oder danach«, bestätigte Siffrin. »Wenn Tag und Nacht gleich lang sind und die Lichter Canidas hell am Himmel stehen. Zu einer Zeit, in der das Maa am kraftvollsten ist … um diese Zeit kommen die meisten Welpen zur Welt.«

Ich hörte nur mit halbem Ohr zu, weil ich versuchte, mir Pirie als Neugeborenen vorzustellen. Zu Anfang hatten wir uns noch blind und hilflos aneinandergeschmiegt. Ich wünschte mir diese Tage zurück, an denen ich noch nichts anderes gekannt hatte als Wärme und Geborgenheit. »Heißt das, dass mit Pirie und mir etwas nicht in Ordnung ist?«, fragte ich.

»So kann man das nicht sagen«, erwiderte Siffrin beschwichtigend. »Ihr beide seid einfach anders. Das habe ich schon gemerkt, als ich dein Maa gespürt habe. Seither muss ich die ganze Zeit daran denken … Wie dumm ich doch war, dass ich das nicht gleich gesehen habe.«

Ich spitzte die Ohren. »Was meinst du mit ›anders‹?«

Er ließ sich mit der Antwort so lange Zeit, dass ich schon dachte, er sei eingeschlafen. Als er schließlich etwas sagte, sprach er so leise, dass ich ihn bei dem Regen kaum verstand. »Dein Maa hat mich richtiggehend geblendet … Aber hinter dem strahlenden Licht bin ich auf etwas Leidenschaftliches, Machtvolles gestoßen … wie die tosenden Wassermassen des Zornigen Flusses. Deine innere Stärke ist beachtlich, Isla.«

Ich wusste nicht, was ich darauf erwidern sollte. Meine Nase zuckte. »Aber ich bin klein, und die Welt ist so groß«, wandte ich ein. »Und der Todesweg ist so lang, dass man ihn viele Tage von Sonnenaufgang bis Sonnenuntergang entlangtraben könnte und trotzdem nie ans Ende käme.« Die magere gelbbraune Fähe fiel mir wieder ein, die vom Dach gestürzt war. Ob ihr zerschmetterter Leichnam wohl noch auf dem Graustein lag? Auch mir war zumute, als würde ich gleich ins Bodenlose stürzen. Wahrheiten, die ich mir nicht eingestehen wollte, nagten in meinem Bauch. Doch ich wagte es nicht, mich ihnen zu stellen.

Siffrin schmiegte sich enger an mich, als fürchtete er, ich könnte ihm entgleiten – als wüsste er, dass ich kurz davor war zu springen. »Der Todesweg ist sogar noch länger«, raunte er. »Vielleicht ist er sogar unendlich … wer weiß?«

Ich hörte ihm nicht mehr zu.

Ich dachte an das, was er mir bei anderen Gelegenheiten erzählt hatte.

*Ich bin dir gefolgt, seit du zu eurem Bau zurückgekehrt bist und die fremden Füchse dort aufgekreuzt sind …* Wenn das nun gar nicht stimmte?

Dann seine Panik, als er vom Dach aus Karka erspäht hatte. Seine angstvoll verdrehten Augen.

*Du weißt ja nicht, wozu sie fähig ist!*

Mein ganzer Körper war jetzt angespannt, aber ich rührte mich nicht, blieb zusammengerollt unter der Mülltonne liegen. Meine Augen waren immer noch geschlossen, und mein Bauch fühlte sich so hart an, als wäre er aus Stein.

Dumpf knurrend fragte ich: »Was hast du eigentlich alles gesehen, als du an unserem Bau warst?«

Jetzt spannte auch er sich an. »Isla …«

»Was hat Karka getan, während du danebengestanden und zugeschaut hast?«

Er ließ den Schwanz sinken, und ich spürte durch das buschige Fell, dass sein Puls schneller ging. »So war es nicht. Ich konnte nichts mehr tun …«

Ich öffnete die Augen und blickte in den strömenden Regen hinaus. Ich hatte meinen Instinkt verleugnet, mich an die Hoffnung geklammert, dass alles nur ein Missverständnis war. Großmas Warnung klang mir wieder in den Ohren.

*Trau niemandem, der nicht zur Familie gehört. Ein Fuchs hat keine Freunde.*

Ich schlüpfte unter der Tonne hervor und drehte mich zu Siffrin um. Jetzt kannte ich die Wahrheit, hatte sie schon geahnt, als mir zum ersten Mal aufgefallen war, dass die Erinnerung an Mas, Pas und Großmas Gesichter verblasste. Aber ich wollte es von Siffrin selbst hören.

Er hatte die Augen flehend aufgerissen, die feuchten Ohren flach angelegt. »Sie waren alle da, die ganze Bande«, gab er zu.

»Alle zwölf, stimmt's?«, fauchte ich.

Er zuckte zusammen und schaute weg. »Karka schäumte vor Wut auf die Stadtfüchse, die sich ihr nicht unterwerfen wollten. Sie hatte es versucht ... sie wollte sie in ihre Sklaven verwandeln, so wie die anderen Mitglieder ihrer Bande. Die gehorchen ihr nämlich nicht aus freiem Willen ...« Er sprach nicht weiter.

Meine Lefzen kräuselten sich, und ich stieß ein kehliges Grollen aus. »Du sprichst von den Gebrochenen.«

Er hob den Kopf und sah mich an. »Ihr Meister, der Magier, hat ihnen ihren eigenen Willen geraubt. Auch Karka ist seine Dienerin, aber anders als Tarr und die übrigen gehorcht sie ihm freiwillig.«

»Hat sie deshalb nicht wie die anderen eine rosenförmige Narbe am Vorderlauf?«

Siffrin schluckte. »Richtig, sie ist keine Gebrochene. Sie gehört zur Finsterlandmeute des Magiers.

Sie ist selbst eine Meisterin der Fuchskünste und eine ausgebildete Mörderin obendrein. Jana hat mich vor ihr gewarnt, aber ich hatte keine Ahnung, wie sie *in Wirklichkeit* ist. Das habe ich erst begriffen, als ich es mit eigenen Augen gesehen habe.«

Meine Kehle brannte. »Du hast also gesehen, wie Karka meine Familie umgebracht hat.«

»Als ich dazukam, war es schon fast vorbei. Deine Eltern waren bereits tot …«

Innerlich krümmte ich mich vor Schmerz, aber mein Körper war wie erstarrt. Siffrin redete weiter. Seine Worte überstürzten sich, er sprach immer lauter. »Deine Großma hat tapfer gekämpft. Sie hat nicht zugelassen, dass Karka ihren Willen bricht. Sie hat sich verbissen gewehrt … und sie schien sich ein bisschen mit Fuchszauber auszukennen. Du kannst stolz auf sie sein, Isla.« Er machte Anstalten, unter der Tonne hervorzukriechen, aber mein Gesichtsausdruck ließ ihn innehalten.

Heißer Zorn durchströmte mich. »Du hast untätig zugeschaut, wie Karka meine Familie ermordet hat!«, schrie ich.

»Ich konnte nichts mehr für die drei tun. Karkas Füchse waren zu zwölft und hatten deine Großma umzingelt. Ihr war nicht mehr zu helfen.«

»Du hättest es wenigstens versuchen können! Es wäre besser gewesen, du wärst zusammen mit ihr gestorben, statt feige wegzurennen!«

Seine Schnauze zitterte. »Mein Auftrag lautete, Pirie zu finden. Jana hatte mir eingeschärft, wie wichtig das ist. Ich konnte doch nicht ahnen …«

»Wo ist er?«, zischte ich. »Wo ist mein Bruder?«

»Er war nicht mehr in der Nähe … Ich wusste nicht, was ich machen sollte. Die alte Füchsin war schon schwer verwundet. Karkas Bande hat sie und deine toten Eltern weggeschleift und dann euren Bau in Brand gesteckt. Dann bist du dazugekommen. Als du geflohen bist, bin ich dir gefolgt.«

Der Zorn loderte in mir wie eine grellweiße, knisternde Flamme. »Und mir hast du erzählt, sie seien noch am Leben!«, heulte ich.

»Ich wusste nicht, wie ich dir …«

*»Lügner!«* Ich entfernte mich rückwärts in Richtung des Torbogens, und er zwängte sich unter der Mülltonne hervor. Trübes Licht ließ den Morgennebel schimmern, trotzdem war es kaum heller als mitten in der Nacht.

»Selbst wenn ich deine Eltern und deine Großma vor dem Tod hätte bewahren können … Karka hätte die drei niemals ziehen lassen. Und so zahlreich, wie ihre Bande ist, mit all diesen Gebrochenen …« Er schüttelte energisch den Kopf. »Du kannst nicht verstehen, was es bedeutet, wenn einem der eigene Wille entrissen wird. Das ist das Grausamste, was man einem Fuchs antun kann.«

So viel Mitgefühl mit Tarr und seinesgleichen! So viel Verständnis für die Mörder meiner Familie! Meine Pfoten zitterten, und mein Schwanz streckte sich steif ab, als die Zweifel schrill in meinem Kopf winselten.

Er hatte gewusst, wie Karka hieß … Tarr hatte ihn wiedererkannt …

*Finsterlandfuchs, elender Verräter! Wir haben das Zeichen an dir gesehen.*

Mein Herz hämmerte, mein Blick glitt zum Ansatz seines Vorderlaufs, zu den dunkelroten Linien, die im spärlichen Licht wie verbrannt aussahen.

*Tu nicht so, als wärst du anders als wir.*

Furcht bahnte sich ihren Weg unter mein Fell, als mir klarwurde, wovor ich die ganze Zeit die Augen verschlossen hatte. Unter Siffrins leuchtend rotem Fell waren mir die dunkelroten Linien nicht weiter aufgefallen. Doch jetzt, wo ihm das nasse Fell am Leib klebte, erkannte ich, was die Bögen und Windungen darstellten.

*Eine geknickte Rose.*

Das gleiche Zeichen, das alle Gebrochenen aus Karkas Bande trugen.

Ich wankte rückwärts unter dem Torbogen hindurch auf den Todesweg hinaus. »Als du beobachtet hast, wie meine Familie ermordet wurde, war das nicht deine erste Begegnung mit Karkas Bande. Du hast selbst dazugehört.« Es klang sogar in meinen eigenen Ohren ungeheuerlich.

Siffrin verharrte reglos, nur seine Schnurrhaare bebten. Seine braunen Augen blickten kummervoll. *Schuldbewusst.* »Das stimmt nicht.«

»Ach nein?« Ich zitterte am ganzen Leib. »Und ich habe geglaubt, dass du mir helfen willst, dass du mich vor ihnen beschützen willst! Sag mir endlich, wer die Ältesten sind! Was wollen sie von mir? *Was wollen sie von Pirie?*«

Siffrin kam mir nach, blieb aber auf Abstand. »Es ist nicht so, wie du denkst.«

»Ach nein? Wie ist es denn dann?« Taumelte ich? Mir war, als geriete der Boden unter mir ins Wanken.

»Du bist erschöpft. Du musst dich ausruhen.«

Er wagte sich noch ein Stück weiter vor, aber da stürzte ich mich auf ihn. Die Wut ließ mich alle Furcht vergessen, und ich drückte ihm die Schnauze an die Kehle. »Wer bist *du* in Wirklichkeit?« Hasserfüllt fletschte ich die Zähne. »Wer ist der Magier?«

»Beruhige dich! Du bist ja ganz außer dir.« Siffrin machte sich los. »Über den Magier ist kaum etwas bekannt. Er hat sich im Tiefen Wald niedergelassen. Sein Bau liegt verborgen zwischen uralten Bäumen. Dort nutzt er Fuchszauber für seine eigenen Zwecke, heißt es. Die Moorbewohner berichten von sonderbaren Geräuschen, die aus dem Wald dringen, von seltsamen Gerüchen und verschwundenen Füchsen …«

»Und warum hat er Karka zu unserem Bau geschickt? Ist Pirie jetzt bei ihm?«

Siffrin sträubte das Fell. »Beruhige dich endlich!«

»Antworte!«, bellte ich.

»Ich weiß nicht, was der Magier von deinem Bruder will … ich kann nur vermuten, dass es mit Piries Maa zu tun hat. Wenn sein Maa genauso stark ist wie deines …«

Als Siffrin den Maa-Zauber angewandt hatte, hatte er in mein Innerstes geblickt. Hatten meine Gedanken sich ihm offenbart, so wie mir die seinen? Gehörte das auch zu seinem hinterlistigen Plan … war es nur ein Mittel zum Zweck gewesen, um Pirie zu finden?

»Und was ist mit Tarr? Woher kennt er dich?«

»Vielleicht aus meiner Heimat. Vielleicht waren unsere Familien entfernte Nachbarn, und er hat mich irgendwann mal gesehen.«

Ich funkelte ihn drohend an. »Das ist keine Erklärung. Er *kennt* dich.«

Siffrin schüttelte wieder den Kopf, seine weiße Brust leuchtete auf. »Was sollen diese unsinnigen Anschuldigungen? Hast du schon vergessen, wer dich vor den Gebrochenen gerettet hat?« Seine Zähne glänzten im ersten Morgenlicht. »Ich verstehe ja, dass du durcheinander bist, aber pass auf, was du sagst. Nach allem, was ich schon für dich getan habe, stehe ich nicht hier herum und lasse mich von dir beleidigen.«

Ich knirschte mit den Zähnen. Ich würde mich nicht von seiner gespielten Gekränktheit beeindrucken lassen. »Tarr *kennt* dich«, wiederholte ich stur.

Sein Schwanz zuckte. »Vielleicht hat die Bande ja mit dem Meister gesprochen … Vielleicht hat *er* mich wiedererkannt.«

»Gesprochen? Wie denn? Ich denke, er lebt fern von hier im Tiefen Wald?«

»Das ist richtig.«

Mir schwirrte der Kopf. Das ergab doch alles keinen Sinn! »Und woher kennt der Magier dich, bitte schön? Du bist ihm doch nie begegnet, oder? Du hast nie zu seiner Bande gehört … oder etwa doch?«

Er schaute weg. »Ich diene den Ältesten.«

Damit hatte er meine Frage nicht beantwortet. Ich betrachtete wieder die schaurige Rose unter seinem durchnässten Fell. Nebel stieg über dem Todesweg auf, das matte Morgenlicht erhellte die wogenden Schwaden. »Die Wunde auf deiner Flanke … woher stammt die?«

Mit gesenktem Kopf und hängenden Schultern wandte er sich halb ab, als wollte er die Stelle verbergen. »Lass endlich gut sein.«

Mir entfuhr ein schrilles Keckern. »Raus mit der Sprache!«

Er schwieg eine Weile. Der Regen prasselte auf seinen Rücken und tropfte auf seine Pfoten. Ich wartete mit angehaltenem Atem und gesträubtem Nackenfell. Schließlich hob er den Kopf. Ich kannte die Antwort schon, bevor er sie aussprach.

»Die Wunde hat mir der Magier zugefügt. Bist du jetzt zufrieden?«

Ich wich noch weiter zurück. Das war der Beweis. Alles, wovon ich überzeugt gewesen war, hatte sich in Staub und Luft aufgelöst. Ich hatte mich überwunden, Siffrin zu vertrauen, aber er hatte mich die ganze

Zeit immer nur angelogen, hatte mir lauter Lügengeschichten darüber erzählt, was er wusste und was er gesehen hatte.

*Darüber, wer er war.*

Er schüttelte sich. »Die Sache ist verzwickter, als du ahnst. Aber glaub mir, Isla ... ich bin immer noch der beste Freund, den du momentan hast. Ich bin der Einzige, der dir helfen kann, deinen Bruder zu finden.«

»Ich brauche deine Hilfe nicht! Du hast mich hintergangen! Du hast mir eingeredet, dass meine Familie noch lebt.« Wieder wurde meine Stimme schrill, und ich schluckte. Meine Schnurrhaare zitterten, und ich atmete schwer.

»Es geht hier nicht um dich, begreifst du das denn nicht? Es steht viel mehr auf dem Spiel als das Schicksal irgendeiner Stadtfuchsfamilie.«

»Es ist die einzige Familie, die ich habe ... die ich hatte ...« Meine Stimme brach, ich blickte zu Boden.

»Das weiß ich doch«, entgegnete Siffrin in freundlicherem Ton. »Ich wollte damit nicht sagen ... Wenn du mir endlich zuhören würdest, könnte ich dir alles erklären. Ich lüge dich auch nie mehr an, versprochen.«

Ich verlor die Beherrschung. *»Versprochen?«*, keifte ich. »Was nützt mir das Versprechen eines Lügners?«

Er zuckte zusammen, seine großen Augen blickten tiefverletzt.

*Umso besser*, dachte ich. *Soll er doch leiden – es ist ja nur ein Schnurrhaar des Kummers, den ich ertragen muss.* Das Brennen in meiner Kehle wurde immer stärker, schürfte mir wie spitze Krallen den Hals auf. »Ich will nichts mehr mit dir zu tun haben, und mit den Ältesten auch nicht. Ich ziehe allein los und suche meinen Bruder.« Auf unsicheren Pfoten drehte ich mich um und tappte den Todesweg entlang. Pfützen spritzten auf, als ich in Trab fiel.

»Sei nicht dumm! Die Graulande sind gefährlich!«, rief er mir nach.

Ich wirbelte mit gefletschten Zähnen herum. »Das weiß ich selber! Und ich weiß noch etwas: dass man *niemandem* trauen darf!« Ich fing zu rennen an. Blind vor Regen, Zorn und Trauer sah ich kaum, wo ich hinlief.

»Bitte bleib stehen! Es tut mir leid!«, rief Siffrin mir nach, aber ich achtete nicht auf ihn. Als ich den Todesweg überquerte, tönte seine Stimme durch den Nebel: »Pass auf!«

Ich wandte den Kopf und blickte in die Augen eines Zerquetschers. Er kreischte gellend, als ich ihm vor die Pfoten sprang.

# 16. Kapitel

Ich flitzte quer über den Todesweg und prallte – *Rumms!* – gegen den Randstreifen. Benommen schüttelte ich den Kopf. Alles verschwamm vor meinen Augen. Blinzelnd rappelte ich mich hoch, rutschte aber in einer Pfütze aus und landete im Wasser. Ich zitterte vor Kälte. Regen strömte über mein Fell, lief mir in die Ohren, durchweichte meine Gedanken. Ich starrte mit leerem Blick vor mich hin. Über dem verschwommenen Graustein sah ich wieder Pirie vor mir, wie er im hohen Gras im Kreis herumsprang und nach dem Sänger mit der schönen Stimme Ausschau hielt.

Ich kniff die Augen fest zu und bekam kaum mit, dass der Zerquetscher stehen geblieben war.

»Bist du verletzt? Was ist los? Du musst hier weg! Die Fänger kommen!«

Ich zwang mich, die Augen wieder zu öffnen, und drehte mich nach dem Todesweg um. Der Zerquetscher war groß und weiß und hatte eine kurze, angriffslustige Schnauze. Er glotzte mich immer noch an und blendete mich. Abermals versuchte ich, auf die Beine zu kommen, aber meine Hinterläufe knickten immer wieder ein. Ein Pelzloser kam auf mich zu. In der riesigen, wulstigen Pfote hielt er einen langen glänzenden Stock mit einer Schlinge am Ende.

Siffrin rannte aufgeregt hin und her. »Lauf weg!«, bellte er, zog die Lefzen zurück und machte einen Buckel. Der Pelzlose holte mit der Schlinge nach ihm aus, aber Siffrin duckte sich weg, und der Stock knallte auf den Graustein. Aus dem Augenwinkel sah ich Siffrins flinke Bewegungen, wie die einer Ratte, die an einer Mauer hochhuscht, aber in der Mitte meines Blickfeldes war nur ein großer Nebelfleck, ein feiner Nieselregen, der alles um mich herum verlangsamte. Über den grellen Augen des Zerquetschers war ein breites Guckloch. Zwei dünne Stöcke wedelten darauf von einer Seite zur anderen und wischten den Regen weg.

Jetzt kam der Pelzlose zu mir herüber.

Undeutlich hörte ich Siffrin wieder rufen: »Los, lauf weg!«

Eine Flamme des Hasses loderte in mir auf. *Elender Verräter.* Ich spannte die Hinterläufe an, kam aber nicht hoch. Wie ein Erdhaufen blieb ich in der Pfütze liegen. Trotz des Gestanks um mich herum glaubte ich, den Wildpfad zu riechen. Rinde, Blumen … die würzige Erde. Zwitscherten über mir Vögel am Himmel? Ließ die Sonne das taufeuchte Gras funkeln? Meine Augenlider wurden schwer, und ich versank noch tiefer im Wasser. Mit letzter Kraft wünschte ich mich von hier fort.

Dann spürte ich einen jähen Schmerz, als sich die Schlinge um meinen Hals zuzog. Ich wurde am Ende des glänzenden Stockes den Randstreifen entlanggeschleift. Siffrin sprang um mich herum und schnappte tollkühn nach den Beinen des Pelzlosen. Der Pelzlose bellte wütend und trat nach ihm. Er packte mich am Nackenfell und warf mich hinten in den Zerquetscher. Vor dem hellen Guckloch zeichneten sich dünne, sich überkreuzende Linien ab. Sie wellten und verdoppelten sich vor meinen geschwächten Augen.

Jetzt machte der Pelzlose auf Siffrin Jagd, hob wieder den glänzenden Stock. Siffrin duckte sich und schnappte nach ihm, und der Pelzlose bellte zornig.

Nach mehreren vergeblichen Versuchen stieß er den Stock ärgerlich auf den Boden und stapfte zu dem Zerquetscher zurück.

Ich starrte wie gelähmt nach draußen. Siffrin keckerte laut und sprang mit beiden Vorderpfoten gegen das Guckloch. Dann erwachte der Zerquetscher und setzte sich mit einem Ruck in Bewegung. Ich suchte auf dem Maschendrahtboden, der mir in die Pfotenballen schnitt, nach Halt. Siffrin kippte rückwärts um, kam wieder auf die Pfoten und rannte hinter uns her. Sein Gesicht war vor Anstrengung verzerrt, und er kläffte immer wieder meinen Namen. Doch als der Zerquetscher schneller wurde, blieb er zurück und war bald nur noch ein leuchtend roter Fleck am Horizont. Ich schloss die Augen und versetzte mich wieder auf den Wildpfad zurück. Pirie stolzierte durchs hohe Gras, ich sah seinen Schwanz hin und her peitschen. Ich sprang ihn an, aber er entzog sich mir, löste sich in hellgrünes Licht auf.

Ich rollte mich zu einer Kugel zusammen. Jeder Buckel des Todesweges rüttelte mich unsanft durch. Zwar war ich dem Regen entkommen, aber mir war immer noch, als rauschte Wasser auf mich herab.

Seit ich unseren Bau verlassen hatte, war nichts mehr wie vorher. Sogar die harten Mauern des Großen Knurrens schienen im Gewirr meiner Gedanken zu schmelzen und zu verschwimmen. Ma, Pa und Großma … Während ich nächtelang nach ihnen gesucht hatte, waren sie längst in eine unbegreifliche Stille entschwunden. Der Kummer überwältigte mich. Hohe Fieplaute drangen aus meiner Kehle, und ich rief trillernd nach ihnen wie ein Neugeborenes.

Siffrin hatte Bescheid gewusst, er war Zeuge ihres grausamen Endes geworden. Und doch hatte er mich in dem Glauben gelassen, dass sie noch am Leben waren.

Und die beschämende Wahrheit …

*Ich hatte ihm nur allzu bereitwillig geglaubt.*

Meine verwirrten Sinne hatten Mühe, das Innere des Zerquetschers aufzunehmen. Duftspuren fremder Füchse, dunkle Schatten. In dieser unfreundlichen Umgebung gab es nichts Festes, woran man sich halten konnte.

Vor dem Guckloch meiner Gedanken erschien wieder Piries Gesicht. Seine rötlichgraue Schnauze war so nah, dass ich sie beinahe hätte anstupsen können. Die schwarzen Ohrspitzen waren ein bisschen verdreht, und seine bernsteinfarbenen Augen betrachteten mich nachdenklich. Seine gelbliche Brust hob sich bei jedem Atemzug.

Undeutlich vernahm ich ein dumpfes *Ka-wumm, Ka-wumm*, das aus weiter Ferne zu kommen schien. Das Geräusch war so leise, dass es mich in den Ohren kitzelte. *Ka-wumm, Ka-wumm.* Pirie stand vor dem Pelzlosenweibchen mit den Steinflügeln. *Ka-wumm, Ka-wumm.* Er war den Todesweg bergauf gelaufen. *Ka-wumm, Ka-wumm.* Meine Schnurrhaare kribbelten. Als der Zerquetscher über den nächsten Buckel rumpelte, öffnete ich die Augen. War das sonderbare Geräusch etwa der Herzschlag meines Bruders, der sich mit meinem eigenen Herzschlag mischte?

Ich blinzelte energisch und konzentrierte meinen Blick auf die gewellten Linien vor dem Guckloch. Sie wurden schärfer, der Nebel in meinem Kopf lichtete sich. Pirie war noch am Leben! Er versuchte, mich mit der Kraft seiner Gedanken zu erreichen. Er sah wie ich die Sonne über dem Großen Knurren aufgehen.

Die Erleichterung durchtoste mich so heftig, dass ich aufjaulte. Wenn es uns gelänge, unsere Gedanken in einem Gerra-Bund zu vereinen, dann könnten wir uns trotz der Entfernung verständigen, und ich würde ihn wiederfinden. Der erloschene Hoffnungsfunke in mir flammte wieder auf, mir wurde endlich warm. Mein Schwanz klopfte auf den Maschendraht, und ich sprang auf die Pfoten. Durch das Guckloch sah ich, dass es nicht mehr regnete. Die Pfützen auf dem Randstreifen blinkten im Morgenlicht, ich erspähte Pelzlose, Tauben, Eichhörnchen und eine Amsel. Als ich mich anschließend umsah, nahm ich zum ersten Mal richtig wahr, dass ich rundherum von Maschendraht umgeben war.

Erst da begriff ich, wo ich gelandet war. In einem Zerquetscher, zusammen mit den Fängern, auf dem Weg zu jenem Ort, an den Füchse verschleppt wurden und von dem keiner jemals zurückkehrte.

Brummend und schnaufend ruckelte der Zerquetscher den Todesweg entlang. Hin und wieder bog er unvermittelt ab, und ich wurde umgeworfen. Mir wurde ein bisschen übel, und ich war froh, dass ich schon länger nichts gefressen hatte. Dann glaubte ich zu spüren, dass der Zerquetscher mit seinen sich drehenden Pfoten eine Anhöhe erklomm. Ich versuchte, wieder durch das Guckloch zu spähen, doch als der Zerquetscher plötzlich stehen blieb, prallte meine Schnauze gegen den Maschendraht. Ich wich zurück und leckte mir die schmerzende Nase, dann sah ich mich nach einer Fluchtmöglichkeit um.

Vor mir ragte der Rücken des Pelzlosen auf. Sein

Gesicht war geradeaus auf den Todesweg gerichtet, er drehte sich nicht nach mir um. Sonst war das Innere des Zerquetschers hart und glatt mit scharfen Kanten, so wie alles im Land der Pelzlosen. Nirgends war ein Spalt oder eine Öffnung zu entdecken.

Abermals rief ich mir Piries Bild vor Augen, das unauslöschlich in mein Gedächtnis eingebrannt war. Sein silbrig-golden schimmerndes Fell, sein peitschender Schwanz. Ich holte tief Luft und fing an, meine Pfoten zu säubern. Noch war nicht alles verloren. Der Zerquetscher diente den Fängern nur dazu, Füchse von einem Ort zum anderen zu bringen. Wohin … darüber dachte ich lieber nicht nach. Irgendwann würde auch dieser Zerquetscher müde werden und musste sich ausruhen. Der Pelzlose würde mich holen kommen, und dann würde mir die Flucht schon irgendwie gelingen.

Es ging weiter bergauf und um viele enge Biegungen. Der Zerquetscher lief bereits langsamer, kroch träge über den Todesweg, umringt von Artgenossen. Doch nach einer Weile löste er sich aus dem Rudel und schnellte mit einem zornigen Ausruf nach vorn. Unwillkürlich legte ich die Ohren an und klammerte mich am Maschendrahtboden fest. Der Zerquetscher rumpelte um die nächste Biegung. Dann hielt er, immer noch brummend, kurz an, um anschließend rückwärts in eine Art riesige dunkle Höhle zu schleichen. Dort blieb er endgültig stehen und verstummte.

Der Pelzlose kam um den Zerquetscher herum und rieb sich die riesigen Vorderpfoten. Ich drückte mich gegen die Drahtwand und spannte alle Muskeln an. Sobald er das Hinterteil des Zerquetschers öffnen würde, würde ich mit einem Satz an ihm vorbeispringen. Ich dachte daran, wie ich Jagd auf die Ratte gemacht hatte. Sie hatte so gelassen gewirkt, dass ich überzeugt gewesen war, sie fangen zu können. Ich holte tief Luft und drehte die Ohren nach vorn. Ich würde es genauso machen und so tun, als ahnte ich nichts Böses. Der Pelzlose würde keinen Verdacht schöpfen, dass ich fliehen wollte.

*Klick!*, machte es im Hinterteil des Zerquetschers, und ich wartete gespannt. Doch als nun zwei Türen aufflogen, glitt der Maschendraht nicht beiseite. Der Pelzlose streckte die Pfote aus, und ich schwebte plötzlich durch die Luft. Ich saß in einem Drahtbehälter, aus dem es kein Entkommen gab! Durch den löchrigen Boden blickte ich auf Graustein, frische Luft strich über mein Fell. Fremdartige Gerüche bestürmten meine Sinne, und mein Nackenfell sträubte sich. Ich vergaß, dass ich mich wie die Ratte verhalten wollte, und drückte mich knurrend an die Drahtwand.

Der Pelzlose trug mich zu einem Gebäude hinüber. Ein Weibchen begrüßte ihn – ich hörte, wie sie einander ankläfften. Das Pelzlosenweibchen streckte eine unförmige Zehe durch den Draht, und ich stürzte mich fauchend darauf, wollte die Zähne hineingraben. Doch die Haut war viel zu dick, meine Zähne fanden keinen Halt. Das Pelzlosenweibchen zog die Pfote zurück und keckerte belustigt.

Der Drahtbehälter schwang hin und her, als ich nun in das Gebäude hineingebracht und einen weißen Gang entlanggetragen wurde. Der Gang war von einem scharfen Geruch erfüllt, unter dem ich die Witterung von Füchsen wahrnahm – von sehr vielen Füchsen. Es war ein so unerträglicher Gestank, als wären die Füchse auf engstem Raum und ohne ausreichend Luft zum Atmen zusammengetrieben.

Außerdem roch es nach Schmutz, nach Fäulnis und noch nach etwas anderem.

Nach Angst.

Der Geruch versengte mir die Nase und kratzte mich brennend im Hals. Ich schluckte nachdrücklich und kämpfte gegen die Panik an, die in mir aufstieg. Ich musste unbedingt einen klaren Kopf behalten.

Doch mein Körper fing an zu zittern, und ich unterdrückte ein Winseln.

Der Pelzlose bog in einen anderen Gang ab. Ich vernahm das Jaulen und Kläffen eingesperrter Füchse, doch es war der Geruch ihrer Todesangst, der mich erstarren ließ.

*Wo war ich hier bloß gelandet?*

Ich hörte Krallen scharren und ab und zu ein Keckern, doch die meisten der Gefangenen waren seltsam still. Knurrend grub ich die Pfoten in den Maschendrahtboden, schrie die beiden Pelzlosen an, sie sollten mich sofort herauslassen, aber sie achteten gar nicht auf mich. Ein bitterer Geschmack stieg mir in die Kehle. Ich konnte nicht fassen, was mit mir geschah. Seit meiner Geburt hatte man mich vor den Fängern gewarnt. Es war die Trauer gewesen, die mich so überwältigt hatte, dass ich meine Instinkte und meine Wachsamkeit vergessen hatte.

Als wir nun in einen großen Raum traten, entfuhr mir ein angstvolles Jaulen. Die Wände waren auf beiden Seiten mit Käfigen bedeckt, die viel kleiner waren als jene auf dem Hügel über dem Großen Knurren. Einige schienen leer zu sein, in allen anderen kauerten verängstigte Füchse, die sich duckten, als die beiden Pelzlosen näher kamen. Die meisten Füchse schlugen sogar unterwürfig die Augen nieder. Ein grauer Rüde drückte sich winselnd in den hintersten Winkel. Der Fuchs im Käfig daneben war so krank, dass er kaum noch ein Büschel Fell auf dem abgemagerten Leib hatte. Er hob nicht einmal den Kopf, als ich an ihm vorbeigetragen wurde.

Die nächsten paar Käfige waren wieder leer. Weiter vorn drehte sich eine rötliche Fähe mit verstörtem Blick nach mir um. »Hast du meine Welpen gesehen?« Ohne sich um die Pelzlosen zu kümmern, kam sie nach vorn und richtete den Blick auf mich. »Die Fänger haben meine Welpen geraubt … Die jungen Füchse sind immer als Erste dran.« Aus einem benachbarten Käfig drang ein jammervolles Jaulen, und die Fähe senkte die Stimme. »Er hat seine Kinder auch verloren …« Sie drückte die Nase an den Maschendraht. »Meine sind erst gestern zur Welt gekommen. Vier kleine Rüden. Ihre Augen waren noch nicht einmal offen. Hast du sie gesehen?«

Ich befeuchtete meine Schnauze. »Nein«, erwiderte ich tonlos.

»Vier kleine Rüden«, wiederholte sie. »Ihre Augen waren noch nicht einmal offen. Ihr Fell war dunkel, nicht so hell wie deines.« Als der Pelzlose mit meinem Behälter weiterging, reckte die Fähe den Hals und kratzte mit den Vorderpfoten am Draht. »Kannst du mir helfen?«, zischelte sie flehend. Dann war sie aus meinem Blickfeld entschwunden, und ich ließ mich auf den Boden sinken. Ich ertrug den Anblick der angstverzerrten Gesichter um mich herum nicht länger. Die Fähe brach in verzweifeltes Geheul aus: »Hat jemand meine Welpen gesehen? Es waren vier kleine Rüden. Die Fänger haben sie geraubt!«

Ein zweiter Fuchs stimmte in ihre Klage ein, und auf einmal war der ganze Raum von Jaulen und Keckern erfüllt.

Die Pelzlosen bellten zornig. Die Füchse verstummten und wichen an die hinteren Käfigwände zurück. Nur ab und zu ertönte noch ein leises Winseln oder Fiepen, als ich nun in Richtung einer gelben Tür am anderen Ende des Raumes getragen wurde. Vor der Tür blieben die beiden Pelzlosen stehen und keckerten miteinander. In einem Käfig in der Nähe fiel mir eine alte Füchsin auf. Sie blinzelte aus verklebten Augen zu mir herüber und verströmte einen Geruch wie saure Milch … Erschrocken begriff ich, dass es die Alte war, die ich nach meinem Bruder gefragt und die so unfreundlich reagiert hatte.

*Du kommst. Du fragst nach Pirie. Du gehst. Du kommst. Wann lässt du mich endlich in Frieden?*

»Wie bist *du* denn hierhergekommen?«, fragte sie heiser.

Wie meinte sie das? Wie waren denn die anderen Füchse hierhergekommen? »Die Fänger haben mich erwischt und in ihren Zerquetscher geworfen«, erwiderte ich mit gedämpfter Stimme.

Ihr Gesichtsausdruck war zugleich mitfühlend und verächtlich. Erinnerte sie sich noch an mich? »Das ist mir klar«, erwiderte sie schnippisch. »Aber warum hast du dich fangen lassen? Du bist noch so jung … Warum bist du nicht weggelaufen?«

Das Pelzlosenmännchen machte sich jetzt am Deckel meines Behälters zu schaffen, und ich bekam Angst. Was sollte ich der Alten antworten? Erwartete sie überhaupt eine Antwort? Sie hatte ja recht … ich hätte weglaufen sollen. Ich gehörte nicht hierher. Mein Blick wanderte über die Käfige. *Kein Fuchs gehört hierher.*

»Was passiert denn jetzt?«, fragte ich.

Sie schob den Kopf näher ans Gitter. »Was wohl? Sie fangen uns ein, weil wir in ihren Augen Ungeziefer sind. Gestern waren noch alle Käfige in diesem Raum besetzt. Heute …«

Es überlief mich eiskalt, als ich die leeren Käfige zwischen den besetzten betrachtete.

»Die Ratten werden an Ort und Stelle getötet. Die Katzen und Hunde sind woanders untergebracht. Hundewelpen und junge Katzen nehmen sie manchmal mit zu sich in ihre Baue, aber den alten ergeht es wie uns.« Sie deutete mit der Schnauze auf die gelbe Tür. »Sie machen einen Käfig nach dem anderen leer und bringen die Insassen durch diese Tür. Die Pelzlosen kommen wieder heraus, die Füchse nicht.« Ihre Stimme brach. »Sogar die neugeborenen Welpen der Fähe da hinten haben sie dort hineingebracht, das habe ich selbst gesehen. Hoffentlich ist die Mutter auch bald dran. Sie hat vor Kummer den Verstand verloren.«

Ich bekam kaum Luft. Der saure Gestank der Alten verschlug mir den Atem, und ich konnte meine Panik nicht mehr niederkämpfen. Verzweifelt drehte ich mich in dem engen Drahtbehälter um mich selbst und suchte den Raum mit den Blicken ab.

»Sich zu wehren hat keinen Zweck«, fuhr die Alte fort. »Du kannst ebenso gut stillhalten. Sie fangen mit den Füchsen an, die zuerst eingetroffen sind, und dann geht es immer der Reihe nach.« Ihre zerfetzten Ohren zitterten, als sie über meine Schulter spähte. »Die Hälfte der Käfige ist schon leer … Jetzt dauert es nicht mehr lange …«

Als ich herumfuhr, sah ich, wie das Pelzlosenweibchen den Käfig gegenüber öffnete. Der beißende Gestank ließ meine Nase kribbeln, als das Männchen nun den Deckel meines Behälters abnahm. Ich wehrte mich verbissen, schnappte und zappelte, doch als mich die große Pfote am Nackenfell packte, hielt ich still.

# 17. Kapitel

Ich musste fliehen. Ich musste kämpfen. Doch der Griff des Pelzlosen lähmte mich. Widerstandslos ließ ich mich aus dem Drahtbehälter heben und in den Käfig werfen. Kaum hatte mich der Pelzlose losgelassen, sprang ich auf die Pfoten, aber die Käfigtür war schon zugefallen.

Der Fuchs, der in die Klage der Fähe um ihre geraubten Welpen eingestimmt hatte, jaulte noch lauter. Die anderen dagegen winselten nur dumpf und waren mit ihrem eigenen Elend beschäftigt. Ich riss mich zusammen und stemmte die Pfoten gegen die Käfigtür. Doch meine Krallen fanden keinen Halt, und der Pelzlose schnaubte ärgerlich. Dann wandte er sich ab und ging mit seiner Artgenossin zu einem Käfig auf der gegenüberliegenden Seite, zwei Käfige von der alten Füchsin entfernt. Mir war gar nicht aufgefallen, dass dieser Käfig auch besetzt war, doch jetzt entdeckte ich eine magere graue Pfote. Ich ließ von der Käfigtür ab, lief ein Stück an der Drahtwand entlang und spähte um die Rücken der Pelzlosen herum. Ich konnte eine magere, rötlich grau gefleckte Flanke erkennen. Am Ansatz des Vorderlaufs hatte der Fuchs eine vernarbte Wunde, die schon älter zu sein schien. Die vertieften rotbraunen Linien bildeten den Umriss einer geknickten Rose.

Mir stockte der Atem, und ich kniff angestrengt die Augen zusammen.

*Du gehörst* ihm ... *Wir haben das Zeichen an dir gesehen!*

Aber der Fuchs im Käfig war nicht Siffrin. Seine Läufe waren sehnig, die Gelenke knochig. Als das Pelzlosenmännchen einen Schritt beiseitetrat, erhaschte ich einen Blick auf ein dunkelgraues Gesicht mit einer langen schmalen Schnauze.

»Tarr!«, kläffte ich überrascht, und er drehte sich um. In seinem Käfig kam er nicht an mich heran – er versuchte es erst gar nicht. Er verharrte reglos und sah mich nur an. Im grellen Licht wirkten seine Augen noch röter. Trotz der Entfernung konnte ich das Adernetz auf ihrer glänzenden Oberfläche erkennen. Seine Wimpern waren schleimverkrustet, und in seinen Mundwinkeln klebte zäher Speichel. Er machte sich nicht die Mühe, sich die Schnauze sauberzulecken. Auch die winselnden und jaulenden Füchse ringsum schien er kaum wahrzunehmen, was mich erstaunte. Und was war mit seinen Schnurrhaaren los? Sie bebten nicht, dabei hätten sie doch widerspiegeln müssen, dass er fieberhaft auf Flucht sann. Doch sie waren genauso reglos wie alles andere.

*Die Gebrochenen …*

Von allem, was mir Siffrin erzählt hatte, schien die Sache mit den Gebrochenen immerhin der Wahrheit zu entsprechen, denn man sah Tarr jetzt deutlich an, dass er keinen eigenen Willen mehr hatte. Er starrte mich unverwandt an, und das Schwarze seiner Augen schien immer größer und röter zu werden. Unwillkürlich erschauerte ich und wich zurück, als könnte schon sein unheimlicher Blick mir etwas antun. Nein, so war Siffrin nicht gewesen. Er wirkte viel wacher – viel *lebendiger* –, und doch trug auch er das Zeichen über dem Vorderlauf.

Ich musste an den Magier denken, jenen seltsamen Fuchs, der in den Finsterlanden lebte und Fuchszauber trieb. Doch ich verscheuchte den Gedanken gleich wieder. Ich musste mich jetzt auf mein Überleben konzentrieren. Meine Schnurrhaare zitterten, und ich sah wieder Pirie vor mir, wie er auf dem Wildpfad mit mir spielte, ein tröstliches Bild in dem schrecklichen Bau der Fänger.

Tarrs blutunterlaufene Augen waren immer noch auf mich gerichtet. Was mochte er denken? Konnte er überhaupt noch selbständig denken? Wer war er gewesen, bevor der Magier Macht über ihn erlangt hatte?

»Was will Karka von Pirie?«, kläffte ich plötzlich.

Mein Ausruf schreckte die anderen Füchse auf. Sie brachen in Geschrei und Gekläff aus, und das Pelzlosenmännchen drohte mir mit der unförmigen Pfote. Tarrs Gesicht blieb ausdruckslos. Dann öffnete er langsam das Maul. »Pirie?«, wiederholte er.

Ich wich noch weiter zurück. Sein starrer Blick jagte mir Angst ein. Jetzt machten sich die beiden Pelzlosen an seiner Käfigtür zu schaffen. Sie öffneten sie und legten Tarr einen Metallhaken um den Hals. Er wehrte sich nicht. Mit dem Haken zogen sie ihn in einen Drahtbehälter, der aussah wie jener, in den mich der Fänger zuerst eingesperrt hatte. Als Tarr an mir vorbei in Richtung der gelben Tür getragen wurde, hielt er meinen Blick immer noch fest.

Die gelbe Tür wurde geöffnet und fiel hinter Tarr und den beiden Pelzlosen wieder zu. Die anderen Füchse brachen in schrilles Gejaul aus.

»Da geht der Nächste in den Tod«, brummelte die alte Füchsin bekümmert.

Wie sollte ich ihr erklären, dass Tarr bereits tot war?

Ich schaute mich wieder in meinem Käfig um. Solange die Tür zu war, gab es keine Fluchtmöglichkeit. Ich musste wohl oder übel abwarten, bis mich die Pelzlosen holen kamen. Das war meine einzige Chance. Sie waren anscheinend immer zu zweit und hatten ihre sonderbaren Stöcke und Haken dabei. Der Raum mit den Käfigen hatte keine Gucklöcher. War die Tür, durch die man mich hereingetragen hatte, offen geblieben? Hoffentlich. Wenn sie auch zu war, saß ich in der Falle. Aber als Erstes musste ich aus meinem Käfig entkommen.

Ich dachte plötzlich an die Maus auf dem Randstreifen des Todesweges, die ich vergeblich zu fangen versucht hatte. Die Pelzlosen waren an ihr vorbeigelaufen, ohne sie überhaupt wahrzunehmen.

Die gelbe Tür öffnete sich wieder, und der männliche Pelzlose kam heraus. Ohne einen Blick auf die anderen Füchse stapfte er an den Käfigen vorbei, schien gar nicht mitzubekommen, dass die Insassen furchtsam vor ihm zurückwichen. Er entschwand meinen Blicken, und ich drückte lauschend das Ohr ans Gitter. Ich hörte keine Tür zufallen – demnach blieb sie tatsächlich offen. In mir keimte ein Same der Hoffnung. In meinem Käfig standen ein Napf mit Wasser und eine kleine Schüssel mit getrocknetem Fleisch. Obwohl mir vor Angst und von dem Gestank um mich herum übel war, zwang ich mich, etwas zu fressen und zu trinken. Wenn ich fliehen wollte, musste ich bei Kräften bleiben.

Danach legte ich mich hin und wartete. Die Zeit verstrich. Zwei weitere Füchse wurden hereingebracht. Zwei andere, die schon länger da waren, wurden in Drahtbehälter gesteckt und durch die gelbe Tür getragen. Sie tauchten nicht mehr auf.

Seufzend legte ich den Kopf auf die Vorderpfoten. Ob es wohl schon Mittag war? Pirie hatte mich immer mit meiner Ungeduld aufgezogen, und Siffrin ebenfalls. Als ich an den roten Fuchs dachte, knirschte ich mit den Zähnen. Was hatte er mir noch alles verschwiegen?

*Schaue! Lausche! Warte!*

Als nun abermals zwei Pelzlose den Raum betraten, schlug ihnen panisches Gewinsel entgegen. Ich konnte nicht erkennen, ob es die beiden von vorhin waren. Sie gingen zu den vordersten Käfigen neben der gelben Tür, und ich bekam Herzklopfen, doch sie blieben nicht vor meinem Käfig stehen, sondern vor dem der Alten. Sie zerrten sie heraus und trugen sie durch die Tür, ohne sich damit aufzuhalten, sie vorher in einen Drahtbehälter zu stecken. Sie röchelte erstickt, und ich vergrub den Kopf in den Pfoten.

Die gelbe Tür fiel zu.

Während ich weiter wartete, wanderten meine Gedanken zu den Ältesten, jenen geheimnisvollen Weisen, den Hütern der Fuchstraditionen, die sich an einem hohen Felsen in den Wildlanden trafen. Mir fiel wieder ein, dass Siffrin behauptet hatte, auch Großma habe sich mit Fuchszauber ausgekannt. Vielleicht hatten wir Stadtfüchse uns dieser alten Kunst ja schon immer bedient, und es wurde einfach nur nicht darüber gesprochen. Ob Großma auch über die Ältesten Bescheid gewusst hatte?

Wenn ich sie doch nur fragen könnte …

Mir entschlüpfte ein jämmerliches Fiepen, und ich schlang den Schwanz um mich. Als ich die Augen schloss, sah ich die Umrisse des Großen Knurrens vor mir, den endlosen langen Todesweg, den ich auf der Suche nach meiner Familie entlanggetrabt war. Meine Gedanken kehrten zu Siffrin zurück, und der Schmerz über seinen Verrat stach mich wie spitze Dornen. Dieser hinterhältige, eingebildete Kerl! Er war mir in Wa'akkir heimlich gefolgt, war mir erst als Hund und dann als mein eigenes Abbild erschienen ... und doch beneidete ich ihn um seine Verwandlungskünste. Ich hätte nur zu gern eine andere Gestalt angenommen – die eines stärkeren Geschöpfes mit furchterregendem Gebiss, so wie die schwarze Hündin. Dann würde es niemand wagen, mich anzurühren!

Ich öffnete die Augen und drehte die Ohren nach hinten. Mir war etwas eingefallen ... aber ich bekam es nicht zu fassen. Es hatte mit einem verschwundenen Fuchs zu tun ... Ich starrte auf meine Käfigtür, ohne sie richtig wahrzunehmen. Stattdessen sah ich wieder den prächtig roten Fuchs mit den leuchtenden braunen Augen vor mir, wie er mir etwas erzählte, was Jana gesagt hatte.

*Unter dem Fell und der Haut des größten aller Geschöpfe Canidas ist der verschwundene Fuchs den Ältesten entzogen.*

Wieder hatte ich das Gefühl, dass mit dem *verschwundenen* Fuchs mein Bruder Pirie gemeint war.

Aber wer war dann *das größte aller Geschöpfe Canidas*? Bezog sich das *größte* auf überragende Stärke oder Klugheit oder schlicht auf die Körpergröße?

Plötzlich merkte ich, dass es um mich herum still geworden war. Ich spitzte die Ohren und witterte. Nur schwache Spuren von Wärme und fremdem Atem hingen noch in der stickigen Luft. Außer meinem eigenen waren nur noch zwei Käfige besetzt – mit den beiden Füchsen, die nach mir hereingebracht worden waren. Alle anderen waren nach und nach durch die gelbe Tür verschwunden. Ich sprang erschrocken auf, das Fell stand mir zu Berge. Von draußen hörte ich klackernde Pelzlosenschritte. Sie stammten von vier Hinterpfoten. Ich schluckte meine Furcht hinunter und holte tief Luft.

*Ka-wumm, Kawumm.* Mein Herz raste.

*Ruhig!*, ermahnte ich mich und versuchte, mich in die tiefe Stille hineinzuversetzen, die in allen Dingen schlummerte – in der Weite des Himmels und im Bauch der Erde, *Kaawumm … Kaawumm …*

Als ich mich einigermaßen beruhigt hatte, holte ich noch einmal Luft, schlich zur Tür meines Käfigs und sagte in Gedanken den Spruch auf.

*Was sichtbar ist, verblasse. Was spürbar ist, vergehe.*

Mit angehaltenem Atem duckte ich mich.

*Was Knochen ist, werde biegsam. Was Fell ist, werde Luft.*

Die beiden Pelzlosen kamen näher. Ihr Milchgeruch drang durch die Käfigtür. Wo sie standen, war es hell, alles darum herum versank in Dunkelheit. Sie schienen unschlüssig innezuhalten, hielten den Käfig anscheinend für leer. Durch die zähe Dunkelheit meines verflimmerten Zustandes hörte ich sie bellen und spürte ihre Verwirrung. Noch einmal spähten sie in den Käfig. Dann vernahm ich ein anderes Geräusch – das metallische Scheppern, als die Tür aufschwang.

Ich sah den Draht aufblinken und warf mich durch die Öffnung. Meine Hinterläufe streiften eine Pelzlosenpfote, über mir ertönte ein verdutztes Kläffen. Ich drehte mich nicht um.

*Was sichtbar ist, verblasse. Was spürbar ist, vergehe.*

Ich zwang mich, nicht zu rennen, und trottete gemächlich in Richtung Ausgang. Ich schaute nicht zu meinen beiden eingesperrten Leidensgenossen hoch. Ich ertrug die Vorstellung nicht, dass sie auf ihre Reise durch die gelbe Tür warten mussten.

Als ich draußen im Gang stand, schnappte ich gierig nach Luft, und die Wände um mich herum nahmen wieder Gestalt an. Jetzt erst traute ich mich, einen Blick über die Schulter zu werfen. Ich sah, wie der eine Pelzlose mit der Pfote auf mich zeigte und der andere mit stampfenden Schritten auf mich zukam.

Einen Herzschlag lang funkelte ich ihn so hasserfüllt an, dass es mich selbst wie ein Blitz durchfuhr, dann rannte ich los. Ich wusste, dass er mich nicht einholen konnte – ohne ihre Zerquetscher sind Pelzlose längst nicht so schnell wie Füchse, und dieser hier war ein besonders plumpes und schwerfälliges Exemplar. Ich stürmte den Gang entlang und sog gierig die immer frischere Luft ein. Von fern hörte ich schon den Todesweg brummen. Der Ausgang bestand aus zwei riesigen, offenen Türen. Ich flitzte hindurch und schlüpfte zwischen zwei schlafende weiße Zerquetscher. Den Pelzlosen hatte ich längst hinter mir gelassen. Er würde erst durch die Tür gestapft kommen, wenn ich längst den Randstreifen des Todesweges erreicht hatte, wenn ich mich im Schatten der Mauern verkriechen und mich auf Wildpfade flüchten konnte.

In einem Augenblick der Umnachtung hatten mich die Pelzlosen gefangen. Ich schwor mir, dass mir so etwas nie wieder passieren würde.

Als ich schließlich anhielt und verschnaufte, stand die Sonne schon tief über dem Großen Knurren. Ich sah mich um. Der Todesweg führte hier steil bergab, verschwand in engen Windungen im Dämmerlicht. Als ich mich einmal um mich selbst drehte, entdeckte ich eine grasbewachsene Anhöhe, die mir irgendwie bekannt vorkam. Wachsam kletterte ich ein paar abgebröckelte Stufen hoch.

Meine Ohren drehten sich hin und her, meine Schnurrhaare waren in wildem Aufruhr. Ich glaubte, ein leises Geräusch zu hören. Eine Katze stolzierte über eine Rotsteinmauer, miaute klagend, machte einen Satz und war verschwunden. Weiter unten auf dem Todesweg hörte ich kleine Gruppen von Pelzlosen kläffen.

Ich beruhigte mich. Ja, ich war schon einmal hier gewesen ... ich stand wieder auf dem Hügel, den ich in meiner ersten Nacht im Großen Knurren erforscht hatte. Mit gespitzten Ohren sah ich mich aufmerksam um. Irgendwo hier mussten die seltsamen Zaunkreise und die vielen Käfige mit ihren verschiedenen Gerüchen sein.

*Unter dem Fell und der Haut des größten aller Geschöpfe Canidas ist der verschwundene Fuchs den Ältesten entzogen.*

Mein Schwanz peitschte hin und her. *Entzogen ...* das hörte sich an, als würde mein Bruder gegen seinen

Willen irgendwo festgehalten. Abermals sah ich Pirie klar und deutlich vor mir. Seine weiße Schwanzspitze war zum Greifen nah.

In Karkas Gewalt konnte er nicht sein – sonst würde sie wohl kaum nach ihm suchen. Ich musste nach dem *größten aller Geschöpfe Canidas* Ausschau halten.

Das Ungeheuer mit den gelben Augen fiel mir wieder ein, dessen verfilztes Fell wie eine Mähne an ihm herabhing. War Pirie etwa hinter den Gitterstäben seines Käfigs gefangen? Oder war wieder einmal irgendein Zauber im Spiel?

*Das größte aller Geschöpfe Canidas …*

Gab es ein größeres Geschöpf Canidas als den Wolf?

# 18. Kapitel

Der Wind hatte sich gelegt. Sogar in dieser Höhe war die Luft lau. Wolken trieben vorbei, und eine kühle gelbe Sonne hing am Himmel. Unter mir verzweigte sich der Todesweg, schlängelte sich in unzähligen Windungen durch das Land der Pelzlosen. Es schien mir, als hätte ich auf der Suche nach meiner Familie jede einzelne seiner Abzweigungen überquert, nur um zu guter Letzt wieder auf diesem Hügel zu landen. Stirnrunzelnd blickte ich nach unten und versuchte, mich zurechtzufinden. In Wirklichkeit war ich nur einen Bruchteil der unzähligen Wege entlanggetrabt. Ich bezweifelte, dass es jemals einem Fuchs oder einem Pelzlosen gelungen war, sie alle zu durchstreifen.

Ich folgte dem Wildpfad, der sich über den Hügel zog. Hinter der großen Fläche mit dem kurzen Gras und den ordentlichen Blumenbeeten, den hohen Bäumen und bunten Büschen erhoben sich die Zaunkreise. Beim Gedanken an Pirie schlug mein Herz schneller, und mein Schwanz klopfte auf den Boden, aber ich musste mich gedulden. Scharen von Pelzlosen wogten vor den Käfigen hin und her.

Ich duckte mich hinter einen Baum. Nach einer Weile strömten die Pelzlosen gruppenweise in einen großen Grausteinhof, wo ordentlich aufgereihte Zerquetscher schliefen. Die Pelzlosen kletterten in die Zerquetscher hinein, die sogleich aufwachten und sich brummend in Bewegung setzten. Sie rumpelten über den Graustein und waren bald außer Sicht.

Ich ließ den Blick über die Käfige wandern. Im letzten Sonnenlicht schimmerte der äußere Zaun silbrig. Eine Hälfte des großen Tores stand offen. Immer noch kamen Pelzlose – überwiegend Welpen – heraus und liefen zu den Zerquetschern. Ein junges Männchen und ein junges Weibchen hüpften keckernd hinter zwei Erwachsenen her. Seufzend ließ ich mich auf den Bauch fallen und fing an, meine Pfoten zu säubern. Der Strom der Pelzlosen dünnte allmählich aus, die meisten Zerquetscher waren weg. Als schließlich alles ruhig schien, stand ich auf und lief quer über den Wildpfad.

Doch als ich mich dem Tor näherte, vernahm ich schwere Schritte. Ich duckte mich sofort hinter einen Busch. Ein Pelzloser erschien, spähte durch das offene Tor und zog es dann zu. Mein Fell kribbelte. *Käfige in einem Käfig.* Ich wartete kurz, dann wagte ich mich hinter dem Busch hervor und schlich weiter. Als ich die Schnauze durch den Zaun steckte, sah ich, dass der Pelzlose den geschwungenen Weg zwischen den Käfigen entlangtrabte.

Ich schlüpfte durch den äußeren Zaun und folgte ihm.

Abermals drangen mir die verschiedensten Gerüche in die Nase, und die fremdartigen Laute der vielen unbekannten, gefangenen Geschöpfe schlugen über mir zusammen: Winseln, Knurren, Schnalzen und Pfeifen … Ich blieb wie angewurzelt stehen. Meine Schnurrhaare zitterten krampfhaft, meine Ohren drehten sich hektisch hin und her. Ich hatte nicht mehr daran gedacht, wie überwältigend dieser Ansturm auf die Sinne war.

Die weichen Härchen im Innern meiner Ohren bebten wie Grashalme im Wind. Bei meinem ersten Besuch war es leiser gewesen, fast unheimlich ruhig.

Aber es war auch Nacht gewesen, und die meisten Käfigbewohner hatten geschlafen.

Nach ein paar flachen Atemzügen fühlte ich mich dem Ganzen wieder gewachsen. In sicherem Abstand zu dem Pelzlosen trabte ich immer am Zaun entlang und spähte durch die niedrigeren Zäune in die Käfige dahinter. Ich erhaschte einen Blick auf schimmerndes Gefieder. Ob der Wolf noch in seinem Käfig war? Hoffentlich hatte man ihn in der Zwischenzeit nicht woanders hingebracht! Wie lange die gefangenen Geschöpfe wohl in ihren Käfigen ausharren mussten? Ich dachte wieder an den Raum mit der gelben Tür. Dort blieben die Füchse nicht mal einen Tag lang.

Kummer kroch meinen Schwanz entlang und über meinen Rücken, drohte mich zu überwältigen. Ich schüttelte mich entschlossen. Ich konnte mir jetzt nicht erlauben, um meine Artgenossen zu trauern. Um sie nicht, und auch um sonst niemanden.

Ich fuhr mir mit der Zunge über die Schnurrhaare und spähte mit zusammengekniffenen Augen in den nächstbesten Käfig. Ich erblickte einen großen Teich und witterte fettige Haut. Was für ein Geschöpf hier lebte, konnte ich nicht erkennen, hatte aber den Eindruck, dass es schon länger hier eingesperrt war. Ich dachte an die Scharen von Pelzlosen, die aus dem Eingang geströmt waren, und malte mir aus, wie sie in die Käfige gafften und mit den Pfoten auf die Insassen zeigten. Machte es ihnen Spaß zu sehen, dass andere Lebewesen gefangen waren?

Der Pelzlose war stehen geblieben. Er griff sich ein paar klirrende Metallstöcke, stieß in dem niedrigen Zaun eine Tür auf, trat hindurch und zog die Tür wieder zu. Dann sammelte er so viel langes Gras und Blätter, wie er in den Pfoten tragen konnte, und ging damit zu einem Käfig. Ich duckte mich tiefer. Der Pelzlose stampfte mit dem Hinterlauf auf ein längliches, erhöhtes Metallstück. Daraufhin schwang ein Teil des Käfiggitters wie eine weitere Tür nach außen auf. Der Pelzlose trat hindurch, ließ das Gras und Laub auf den Boden fallen und kläffte dem Bewohner des Käfigs etwas zu. Ein langgestreckter Schatten glitt über die Erde, und ein unglaublich großes Geschöpf, dessen Hals länger war als ein ausgewachsener Fuchs von der Schnauze bis zum Schwanz, spähte über die Schulter des Pelzlosen. Das Fell des sonderbaren Wesens war gelblich mit erdbraunen Tupfen, und es blickte aus großen braunen Augen zu mir hinüber. Dann senkte es den schmalen Kopf und begann in aller Seelenruhe zu fressen.

Der Pelzlose verließ den Käfig und stampfte wieder auf das Metallstück. Die Gittertür fiel klirrend zu. Mit einem großen Eimer ging er zum nächsten Käfig, stampfte abermals auf, ging hinein und kippte irgendwelches Futter auf den Boden. Ein schwarzweiß gestreiftes Geschöpf näherte sich erst nur zögernd, trabte aber klappernd zu dem Futterhaufen hinüber, sobald der Pelzlose den Käfig wieder verlassen hatte.

Ich drehte mich um. Hinter dem äußersten Zaun ging rotglühend die Sonne unter. Der Pelzlose interessierte mich nicht mehr – Hauptsache, er war beschäftigt und hatte mich nicht gesehen. Ich musste den Wolf finden.

Ich lief in die entgegengesetzte Richtung, blieb aber weiterhin hinter dem inneren Zaun in sicherem Abstand zu den Käfigen. Auch in diesem Teil des Zaunkreises ging ein Pelzloser von Käfig zu Käfig. Er öffnete aber keine Tür, indem er auf einen Riegel stampfte, sondern warf Fleischbrocken durch eine Klappe im Gitter.

Es gab also auch Käfigbewohner, vor denen sogar die Pelzlosen Angst hatten. Eine ungewohnte Vorstellung!

Ich dachte an die eindrucksvolle Gestalt des Wolfs,

an seine Zähne, die Knochen zermalmen konnten. Die Pelzlosen taten gut daran, sich vor ihm zu fürchten.

Aber wo mochte Pirie stecken? Wenn er im Käfig des Wolfs gefangen war oder unter einem Zauberbann des Ungeheuers stand, wie sollte ich ihn dann befreien?

*Fuchs-Ka! Du hinterlistiger Schuft!*

Das hatte der Wolf bei unserer ersten Begegnung zu mir gesagt. Entschlossenheit sträubte meinen Pelz. Nein, ich würde mich nicht hinterrücks anschleichen, würde nicht versuchen, ihn zu überlisten. Ich würde ganz offen *fordern*, meinen Bruder zu sehen.

Doch als ich nun durch den niedrigen Zaun schlüpfte und mich dem Wolfskäfig näherte, schwand mein Selbstvertrauen wieder. Schon stieg mir die Witterung des gewaltigen Geschöpfs in die Nase, der strenge Geruch seines zottigen Fells. Furcht ließ meine Schnurrhaare knistern, doch in die Furcht mischte sich auch Hoffnung. Ich rief mir das Licht ins Gedächtnis, das in meinem Inneren strahlte, die eigenartige Wärme, die ich nach dem Maa-Zauber gespürt hatte.

Ich stellte mich vor den Käfig und schluckte die beißende Wolfswitterung hinunter. Nach Fleisch roch es auch wieder – mein Blick fiel auf einen noch blutigen Brocken, der dicht am Gitter auf der Erde lag. Der Käfig besaß den gleichen Riegel wie die anderen, und ich gab acht, ihn nicht versehentlich zu berühren. Mit gesenktem Kopf und angelegten Ohren versuchte ich, in der Dunkelheit etwas zu sehen. Ich erkannte das Stück grasbewachsene Erde wieder, die Büsche und den kleinen Tümpel.

»Fuchs-Ka.«

Mein Rückenfell stellte sich sofort auf, ich sah gelbe Augen funkeln. Obwohl zwischen uns ein Gitter war, wich ich unwillkürlich zurück.

Ich sah ihn nur undeutlich – als schwarzen Umriss unter einer Art Baumkrone aus Ästen. Der Sonnenuntergang warf seinen unheimlichen Widerschein auf den Käfig und verlieh dem zottigen Fell einen blutroten Schimmer.

»Was hast du hier zu suchen?«, fragte er heiser. »Bist du auf Rattenjagd?«

»Ich …« Meine Stimme brach wie morsche Baumrinde. Ich räusperte mich und setzte noch einmal an. »Ich suche meinen Bruder Pirie und möchte von dir wissen, wo er ist.«

Der Wolf machte einen Schritt auf mich zu, schob den struppigen Kopf vor und ließ die spitzen Ohren spielen. Instinktiv spannte ich alle Muskeln an und machte einen Buckel.

Er ragte hoch über mir auf. »Wie kommst du darauf, dass ich weiß, wo dein Bruder ist, kleine Diebin?«, fragte er in verächtlichem Ton. »Begreifst du denn gar nichts? Deinesgleichen ist mir so egal wie ein Floh.«

Ich sträubte das Fell und streckte den Schwanz steif ab. »Ich bin nicht hergekommen, um mir deine Beleidigungen anzuhören, *Wolf*.«

»Du bist mutiger geworden, Fuchs-Ka – jedenfalls solange ein Gitter zwischen uns ist. Warum kommst du nicht herein, und wir unterhalten uns in Ruhe?«

Ich betrachtete den Grausteinweg, der um den Käfig herumführte, die beiden Zäune hinter mir und den fernen, rötlichen Himmel.

»Danke, aber ich bleibe lieber, wo ich bin.«

Der Wolf machte noch einen schweren Schritt und war nun in voller Größe zu erkennen. Seine gelben Augen wirkten eingesunken und trüb, wie Leuchtkugeln bei grauem Gewitterlicht. Er kam mir auch magerer vor als bei unserem ersten Zusammentreffen, was seine Beine aber nur noch länger wirken ließ. Unter dem Fell stachen die knochigen Gelenke hervor.

Bei seinem Anblick wurde mir eng um die Brust, doch ich hielt seinem gelben Blick stand. »*Unter dem Fell und der Haut des größten aller Geschöpfe Canidas ist der verschwundene Fuchs den Ältesten entzogen.*«

Seine Schnauze spannte sich. »Was soll das bedeuten, Fuchs-Ka?« Sein Ton war deutlich schroffer als vorher, die Ohren zuckten ungeduldig. Ich musterte sein Gesicht forschend, konnte seine Miene aber nicht deuten.

Ich schluckte und rief mir Siffrins Geschichte über den Hund, den Wolf und den Fuchs wieder in Erinnerung. »Bist du denn nicht das größte aller Geschöpfe Canidas? Das sieht man doch sofort.«

Er schaute an mir vorbei, spähte durch die Gitterstäbe in das rote Zwielicht. Ich drehte mich kurz um und folgte seinem Blick. In den anderen Käfigen regte sich nichts. Auch die Pelzlosen ließen sich nicht mehr blicken. Nur das gedämpfte Brausen des Großen Knurrens brach die abendliche Stille. Der rote Sonnenuntergang zog einen goldenen Schweif hinter sich her, Wolken bildeten wie bei einem Fuchs die weiße Spitze. Darüber ging der Vollmond am dunkelblauen Himmel auf.

Ich wandte mich wieder zu dem Wolf um. »Wenn

du mir hilfst, befreie ich dich aus deinem Käfig. Ich weiß, wie man die Tür öffnet.«

Sein Blick streifte mich flüchtig. »Ich glaube dir nicht, Fuchs-Ka. Wenn es so einfach wäre, wären wir schon längst alle ausgebrochen. Allerdings sehnen sich nicht alle meiner Mitgefangenen nach Freiheit. Manche sind mit regelmäßigen Mahlzeiten und einem warmen Nachtlager ganz zufrieden.« Er erschauerte und blickte wieder zum Mond empor.

»Ich weiß sehr wohl, wie man die Tür öffnet. Ich habe die Pelzlosen beobachtet.«

»Schlaues Bürschchen. Aber das spielt sowieso keine Rolle. Mit Rattenfressern treffe ich keine Abmachungen.«

Eingebildeter Dummkopf! Meine Schnauze wurde ganz heiß. »*Willst* du etwa gar nicht frei sein?«

Er hob die lange Schnauze und legte den Kopf in den Nacken. Das gelbliche Fell unter seinem Kinn war schmutzverklebt, aber seine Stimme tönte laut und stolz: »Was nützt mir Freiheit ohne Ehre?«

Ich traute meinen Ohren nicht. »Freiheit bedeutet Sonne auf den Schnurrhaaren ... wer frei ist, sorgt selbst für sein Fressen, schläft, wo er will, und ist niemandem Rechenschaft schuldig!« *Freiheit bedeutet*, setzte ich in Gedanken hinzu, *nicht dem Klage-*

*geschrei anderer ausgesetzt zu sein, nicht eingesperrt zu sein, sich nicht panisch vor der gelben Tür zu fürchten.*

»Ein Geschöpf, das keine Verpflichtungen kennt, kann so etwas nicht verstehen. Deinesgleichen geht ja nicht mal auf die Jagd.«

»Vorletzte Nacht habe ich zwei Mäuse erbeutet!«, keckerte ich und funkelte ihn empört an, doch er blickte immer noch zum Mond hinauf.

»Nur wer im Bischar mitläuft, weiß, was Jagen bedeutet«, knurrte er. »Über den gefrorenen Boden zu stürmen, im Gleichtakt mit hundert anderen Pfoten, den Sturm im Gesicht, den Biss des Frostes in der Kehle und den Geist der Ahnen im Nacken.« Seine gewaltigen Pfoten ballten und entspannten sich in einem unhörbaren Rhythmus. »Wie ein einziger Leib, ein einziges Herz folgen wir der Beute, deren donnernde Hufe einen Pfad durch den Schnee stampfen. Wir setzen uns der Gefahr aus, totgetrampelt zu werden, wir opfern uns bereitwillig für das Bischar. Unsereiner stirbt nicht und wird auch nicht vergessen. Er lebt auf ewig im Geheul der Lebenden weiter.«

Das Fell am Ansatz meiner Ohren kräuselte sich, dabei regte sich kein Lüftchen.

Die Augen des Wolfes waren nicht mehr trüb, sondern funkelten rötlich golden, als die Sonne nun endgültig unterging. »Anfangs habe ich noch jede Nacht nach ihnen geheult, habe gehofft, ihre Stimmen zu hören oder einen Eishauch im Fell zu spüren. Aber damit ist es jetzt vorbei. Ich heule nicht mehr.« Er ließ den Kopf sinken, wandte sich um und tappte steifbeinig davon. Das Fleisch, das ihm der Pelzlose hingeworfen hatte, hatte er nicht angerührt.

»Warte!«, rief ich ihm nach. »Bitte erzähl mir, was du über Pirie weißt. Er ist mein Bruder! Er ist alles, was ich noch habe.«

Der Wolf blieb stehen und wandte den Kopf, so dass ich seine lange Schnauze von der Seite sah. »Als du das erste Mal hier warst, hast du eine Familie erwähnt. Was ist mit deinen Eltern?«

Meine Stimme brach. »Sie sind tot.«

Daraufhin sagte er erst einmal nichts mehr. Sein Schwanz hing herab, schwang sacht hin und her wie ein Blatt am Baum. Schließlich machte er das Maul wieder auf. »Und was hat es mit diesem verschwundenen Fuchs auf sich, von dem du gesprochen hast?«

Ich räusperte mich. *»Unter dem Fell und der Haut des größten aller Geschöpfe Canidas ist der verschwundene Fuchs den Ältesten entzogen.«*

Sein Schwanz zuckte. »Ich habe nicht die leiseste

Ahnung, was das bedeuten soll. Von wem stammen diese rätselhaften Worte? Und woher willst du wissen, dass sie sich auf deinen Bruder beziehen?«

»Das sagt mir mein Instinkt.« Ich wurde verlegen. Das hörte sich bestimmt albern an. »Eine der Ältesten hat diesen Satz gesagt. Du hast wahrscheinlich noch nie von den Ältesten gehört, aber …«

Er tappte weiter in den hinteren Teil seines Käfigs. »Du hast dich an den Falschen gewandt«, sagte er über die Schulter.

Ich sah zu, wie er mit der Dunkelheit verschmolz. Insgeheim hoffte ich, er würde noch einmal zurückkommen, doch in dem Käfig rührte sich nichts mehr. Widerstrebend wandte ich mich ab und blickte durch die Zäune auf den Wildpfad hinaus. Inzwischen war es dunkel geworden, nur noch ein schwacher Lichtschimmer hing über dem kurzen Gras. Meine Brust fühlte sich wie zerschmettert an, mein Atem ging schwer. Natürlich war Pirie nicht hier. Ich hatte mir etwas vorgemacht, hatte mich von der Hoffnung blenden lassen.

Eine Woge von Kummer und schmerzhafter Sehnsucht schlug über mir zusammen. Ma, Pa und Großma … sie waren hinter den Horizont entschwunden, wo ich sie nie mehr erreichen konnte. Und auch Pirie war nicht mehr da. Wir waren beide dazu verurteilt, uns allein durchzuschlagen. Ich dachte an Siffrin, und meine Gedanken gerieten durcheinander. Er hatte mich beschützt … jedenfalls hatte ich das geglaubt … aber er hatte mich auch betrogen. Ich wusste nicht mehr, wer er war, wofür er stand, was er von mir wollte. Und doch trauerte ich um den Freund, den ich gefunden hatte.

Ich holte tief Luft.

*Trau niemandem, der nicht zur Familie gehört. Ein Fuchs hat keine Freunde.*

Eine Familie hatte ich auch nicht mehr. Von Pirie mal abgesehen.

Ich blickte zum Mond empor, der den Wolf so in seinen Bann geschlagen hatte. Die Welt, die er beschrieben hatte, war so fern, hatte so überhaupt nichts mit dem Großen Knurren zu tun …

Ein Land aus Nebel und Eis.

*Ein einziger Leib, ein einziges Herz.*

Mein Blick glitt vom Mond zu den winzigen goldenen Punkten am sich verdunkelnden Himmel. Die funkelnden Lichter Canidas weckten die tröstliche Wärme in meinem Inneren.

*Pirie trabte flink durch hohes, dichtes Gras. Diesmal war es kein Bild aus der Vergangenheit, war nicht der Wildpfad bei unserer Wiese, an dessen Rand sich die Baue der Pelzlosen drängten. Die weitläufige Grasfläche, über die Pirie lief, war von glitzernden Seen durchbrochen. Er leckte sich durstig die Lefzen, doch er durfte jetzt nicht anhalten und trinken. Er musste weiterlaufen.*

Die Lichter Canidas ließen das Bild noch lebendiger erscheinen.

*Er drehte die Ohren hin und her und öffnete das Maul. Sein silbrig-golden schimmernder Schwanz wedelte sacht.*

*Siehst du mich, Isla? Ich warte auf dich.*

Mein Atem ging stoßweise, mein Schwanz klopfte auf den Boden. Wie war ich bloß auf die Idee gekommen, dass der Wolf mir helfen konnte? Das riesige Geschöpf hatte allen Lebensmut verloren … es konnte sich ja nicht mal selbst helfen. Ich ließ den Blick über die umliegenden Käfige schweifen. Nein, hier war Pirie nicht. Er war irgendwo, wo üppig grünes Gras wuchs und es keine hohen Gebäude gab. Wo die Pelzlosen nicht alles beherrschten – ein unfassbarer Gedanke.

Pirie war in den Wildlanden.

Hoffnung funkelte in der Luft, kitzelte mein Fell, stieg wie Blasen in mir auf. Ich rannte los, schlüpfte durch die Zäune, hielt auf den Wildpfad zu. Pirie hatte zu mir gesprochen, und ich würde ihm antworten. Ich blieb stehen, schloss die Augen und stellte mir sein Gesicht vor.

*Ich bin hier, Pirie! Ich komme zu dir, wo du auch sein magst!*

Als ich die Augen wieder öffnete, hörte ich es in einem der Käfige winseln. Dann vernahm ich Gegacker und angstvolles Gewieher. Ob diese Geschöpfe auch irgendwo Familien hatten, Eltern oder Brüder, die sie nie mehr wiedersehen würden?

Ich dachte an die Fänger und an die Füchse, die vor der gelben Tür auf den Tod warteten. Das Bild meiner beiden Artgenossen drängte sich mir auf, die ich bei meiner Flucht zurückgelassen hatte. *Ich hätte ihnen helfen müssen. Aber wie?* Mein Schwanz ringelte sich um meine Flanke, und ich spürte einen schuldbewussten Stich.

Die Lichter Canidas über mir lockten mich ... in ein fernes Land jenseits des Großen Knurrens, wo das Gras ungehindert in die Höhe wuchs und überall Seen blinkten. Trotzdem zögerte ich. Ich drehte mich wieder nach den Käfigen um. So viele einsame Geschöpfe ... Meine Pfoten setzten sich wie von allein in Bewegung. Abermals ertönte das jämmerliche Gewieher. Ich blieb vor dem Käfig stehen, aus dem die

Laute kamen. Das große schwarzweiße Geschöpf hatte sie ausgestoßen, das zurückgescheut war, als ihm die Pelzlose das Futter hingeworfen hatte. Sein mächtiger Rumpf roch nach Stroh und Erde, sein Gesicht konnte ich kaum erkennen. Nur die starr blickenden Augen glänzten. Als ich näher kam, wich es zurück. Es hatte offenbar Angst vor mir, obwohl es selbst so riesig war. Ich stellte die Vorderpfoten auf den Metallriegel vor dem Käfig. Er ließ sich nicht herunterdrücken. Ich überlegte kurz mit schief gelegtem Kopf, dann sprang ich mit meinem ganzen Gewicht auf den Riegel. Er gab quietschend nach, und die Käfigtür schwang auf.

Das gestreifte Geschöpf streckte den Kopf hindurch und spähte mit großen runden Augen in die Nacht hinaus. Dann machte es mit seinen schmalen, klappernden Hufen einen Schritt vorwärts.

Dadurch ermutigt, nahm ich mir den nächsten Käfig vor. Das sonderbare langhalsige Geschöpf mit den braunen Tupfen stand reglos vorn am Gitter. Sein dünner Schwanz hing schlaff herab, die Augen waren geschlossen. Schlief es etwa im Stehen? Als ich auf den Riegel sprang, riss es erschrocken die Augen auf. Dann streckte es schnaubend die dürren Beine und stakste durch die offene Tür.

Jetzt flitzte ich von Käfig zu Käfig und befreite einen Insassen nach dem nächsten. Dabei dachte ich die ganze Zeit an die Fänger und an die Füchse, die sich in den engen Drahtkäfigen zusammengekauert hatten. Die Geschöpfe hier hatten mehr Platz. Vielleicht hatte der Wolf ja recht, und manche sehnten sich gar nicht nach der Freiheit. Einige waren vielleicht auch einfach nur zu klein, um über das niedrige Gitter zu springen, oder zu dick, um hindurchzuschlüpfen. Trotzdem mussten alle, die ihren Käfig verließen, noch den äußeren Zaun überwinden.

Aber wenigstens hatten sie eine Chance, in Freiheit zu leben. Die Fänger ließen den Füchsen keine Chance.

Ein Käfig nach dem anderen erwachte zum Leben. Abermals erhob sich der vielstimmige Chor aus Heulen und Jaulen, Pfeifen, Kläffen und Schnalzen. Als ich einen Blick über die Schulter warf, sah ich zwei prächtige Vögel über den Graustein stolzieren. Ihre Schwänze waren länger als jeder Fuchsschwanz. Das schwarzweiß gestreifte Geschöpf sprang mühelos über den Zaun vor seinem Käfig und galoppierte davon. Grüne Vögel mit roten Gesichtern flatterten durch die Luft und verschwanden in der Nacht.

Ich war wieder beim Käfig des Wolfs angekommen.

Ich spürte, dass er mich aus der Dunkelheit heraus beobachtete.

»Was machst du da?«, knurrte er so grimmig, dass ich zusammenzuckte.

»Ich … ich befreie ein paar der Gefangenen. Die, an die ich herankomme … die, die fliehen können.«

»Und warum?«, knurrte er.

»Weil jedes Geschöpf das Recht auf ein Leben in Freiheit hat.«

»*Mich* befreist du hoffentlich nicht«, sagte er heiser. »Von einem Fuchs nehme ich keinen Gefallen an.«

Meine Schnurrhaare knisterten. »Vielleicht bleibt dir nichts anderes übrig.« Ich näherte mich dem Riegel.

Hinter mir scharrte es, und ich erblickte eine Familie flauschiger Geschöpfe. Sie sahen wie Katzen mit kleinen runden Ohren und langen, platten Schwänzen aus. Sie flitzten an mir vorbei und schlüpften durch den Zaun.

Inzwischen war der Lärm ohrenbetäubend, doch der Wolf übertönte knurrend das Gekläff und Gewinsel. »Ich rate dir ab, mich freizulassen. Wir Wölfe können euch Füchse nicht leiden. Vielleicht überkommt es mich, und ich muss dich töten.«

Angst schnellte über meinen Rücken, und ich versteifte mich. »Das glaube ich nicht.«

Seine Augen funkelten. »Wieso nicht?«

»Weil du vorhin von Ehre gesprochen hast. Mich zu töten wäre nun wirklich nicht ehrenvoll. Selbst wenn du meinesgleichen verabscheust, würden deine Überzeugungen dich daran hindern.« Ich hielt mit der Pfote über dem Riegel inne. Mein Blick war auf den Wolf gerichtet, trotzdem nahm ich wahr, dass sich hinter mir etwas bewegte. Was konnte das sein? War es womöglich ein feindliches Geschöpf, das sich gleich auf mich stürzen würde? Es überlief mich kalt.

Der Wolf sagte nichts mehr, nur seine gelben Augen glänzten. Ich hörte seine Zähne aufeinanderschlagen, als er das Maul schloss, und sah wieder vor mir, wie furchteinflößend lang sie waren.

*Ich rate dir ab, mich freizulassen.*

Das Bild der weichen rosafarbenen Wolfszunge zwischen den spitzen Zähnen blitzte vor meinem geistigen Auge auf – das Verletzliche, das allen Lebewesen innewohnte. Ich hatte behauptet, dass jedes Geschöpf das Recht auf ein Leben in Freiheit hatte, aber war ich wirklich davon überzeugt? Wie sah es mit jenen Geschöpfen aus, die *mir* nach dem Leben trachteten? Mit zottigen, gelbäugigen Ungeheuern mit furchteinflößenden Zähnen?

Ich dachte an Pirie und sein silbrig-goldenes Fell.

An hohes Gras und glitzernde Seen.

An Sonne und Blumen.

An funkelnde Lichter.

Ich sprang mit meinem ganzen Gewicht auf den Riegel, und die Tür des Wolfskäfigs flog weit auf.

# 19. Kapitel

Ich machte sofort kehrt und lief davon, wobei ich beinahe in zwei große weiße Vögel hineingerannt wäre, die auf platten Hinterpfoten watschelten. Über mir erklang ein keifendes Schnattern, und als ich aufblickte, entdeckte ich ein zottiges Geschöpf mit kahlem Gesicht, das sich mit Hilfe seines langen, gewundenen Schwanzes über den niedrigen Innenzaun schwang. Als es mich sah, stieß es ein Krächzen aus und bleckte die scharfen Zähne. Von dem rötlichen Fell abgesehen, das den Körper bedeckte, glich es einem geschrumpften Pelzlosen.

Sein boshafter Blick gefiel mir nicht, und ich lief rasch weiter. Ich wollte den offenen Wolfskäfig so schnell wie möglich hinter mir lassen. Der Lärm zerrte an meinen Nerven, das an- und abschwellende Heulen, Quieken, Kläffen und Glucksen ... Laute, die ich weder richtig beschreiben noch einordnen konnte. Ich schlüpfte zwischen den Gitterstäben des Innenzauns hindurch und stand vor einem Käfig, den ich bereits geöffnet hatte. Ich entdeckte darin das riesige graue Geschöpf mit dem Horn auf der ledrigen Schnauze, das bei meinem ersten Besuch geschlafen hatte. Mit seinen kleinen Augen beobachtete es das Getümmel und verharrte abwartend in der Nähe der offenen Tür.

Als es hinter mir laut krachte, fuhr ich herum. Das schwarzweiße Geschöpf hatte mit seinen Hufen die Doppeltür des äußersten Zaunes eingetreten und stürmte wiehernd auf den Wildpfad hinaus. Ihm folgte das langhalsige Wesen mit den braunen Tupfen und den dürren Beinen, die mich an lange Äste erinnerten. Ein schrilles Geheul zerriss die Luft. Es stammte nicht von einem lebendigen Wesen, denn der Ton schwankte nicht. Es war eine Sirene, wie sie im Großen Knurren oft ertönte. Sie verständigte die Pelzlosen. Über kurz oder lang würden sie hier sein.

Ich stand auf dem grasbewachsenen Wildpfad und sah mich ein letztes Mal um, prägte mir die verschiedenartigen Erscheinungen der befreiten Käfigbewohner ein: rundlich, mager, springend, kletternd ... Dann heftete ich den Blick wieder auf die Lichter Canidas. Ich musste den Weg in die Wildlande finden, wo Pirie zwischen Seen durchs hohe Gras trabte.

Die Sterne waren ein friedlicher Anblick und die stille Luft ein erholsamer Gegensatz zu dem Aufruhr hinter mir. Siffrin hatte erzählt, dass die Wildlande dort anfingen, wo die Sonne unterging, und sich unterhalb der Schneelande erstreckten. Aber Siffrin hatte eine Menge erzählt ... Ich rief mir ins Gedächtnis, wie das Licht mit seinem rötlichen Schweif über den äußersten Zipfel des Großen Knurrens wanderte, und spürte, dass Siffrin zumindest in diesem Punkt die Wahrheit gesagt hatte. Widerstrebend lief ich hügelab in Richtung Todesweg. Ich musste ihm noch eine Weile folgen, bis ich an die Grenze der Graulande kam. Aber ich würde die Geduld nicht verlieren – ich würde durchhalten. Hoffnung rauschte in meinen Ohren.

Seufzend tauchte ich wieder in die Welt der Pelzlosen ein, mit ihren hohen Mauern, die sich um mich schlossen. Über mir surrte und flackerte eine Leuchtkugel, und hinter der nächsten Biegung blökte ein Zerquetscher.

Ich hörte Krallen über den Graustein scharren. War das ein befreiter Käfigbewohner? Ich drehte mich um und spähte angestrengt in die Dunkelheit jenseits der Leuchtkugeln.

Mein Fell kribbelte. »Wer ist da?«, fragte ich argwöhnisch. In der Ferne sah ich die freigelassenen Geschöpfe auf den Wildpfad hinausströmen. Die Sirene heulte immer noch. Ich spitzte die Ohren und lauschte, dann wandte ich mich zögerlich ab.

Wieder das Scharren.

Diesmal blieb ich länger stehen und suchte den Rand des Wildpfads gründlich mit dem Blick ab. Das Geräusch ertönte nicht noch einmal, aber ich spürte deutlich, dass ich nicht allein war. Jemand beobachtete mich, belauerte mich. Mein Herz hämmerte gegen die Rippen, und mein Schwanz fegte über den Graustein. Weiter weg kreischte ein Zerquetscher, und ein Pelzloser rannte mit wedelnden Vorderpfoten den Hügel hinauf.

Ich wandte mich wieder ab. Ein zögerlicher Schritt. Innehalten. Furcht keimte in meinem Magen.

Ich drehte den Kopf und die Ohren nach allen Seiten. Ein Schatten glitt über den Graustein, über mir brach gellendes Krächzen los. Als ich den Kopf in den Nacken legte, erblickte ich einen Schwarm der grünroten Vögel. Ihr buntes Gefieder war eine wohltuende Abwechslung in dem ganzen Grau. Doch als ich wieder geradeaus schaute, blieb mir vor Schreck fast das Herz stehen.

Die runden Ohren, die gedrungene Gestalt … Das graue Auge starrte mich rachsüchtig an. Als es blinzelte, zog sich die wulstige blaurote Narbe in der anderen Augenhöhle zusammen. Ich wich taumelnd zurück. Jetzt kamen noch mehr Füchse wie Geister aus der Dunkelheit gehuscht.

Karka fletschte die Zähne. »Wo ist der Finsterlandfuchs? Erzähl mir nicht, dass er dich alleingelassen hat.«

Ich befeuchtete meine Schnauze mit der Zunge. Meine Kehle war staubtrocken. Ich ließ den Blick über den Todesweg vor mir gleiten und roch dabei wieder den beißenden Aschegestank, der aus dem Fell der Bande aufstieg. Die Füchse versperrten mir mit grimmigen Gesichtern den Weg. Wie war es ihnen gelungen, mich hier aufzustöbern, in einem ganz anderen Teil des Großen Knurrens? Ich hatte in einem Zerquetscher gesessen, sie konnten meine Spur nicht gewittert haben.

Ein Bild blitzte vor meinem geistigen Auge auf. Tarr, der mit leerem Blick im Käfig der Fänger kauerte. Die starren Schnurrhaare, die roten Augen … Was hatte Siffrin doch gleich gesagt, als er sich mir gegenüber gerechtfertigt hatte? *Vielleicht hat die Bande ja mit dem Meister gesprochen* … Ich hatte das für eine verzweifelte Ausrede gehalten, damit ich nicht glauben sollte, er hätte etwas mit Karkas Bande zu tun. Hatte er womöglich recht gehabt? Hatte vielleicht ein Anderer durch Tarrs leere Augen geschaut, der Gleiche, der dem Grauen seinen Willen aufzwang?

»Der Meister hat befohlen, die Kleine zu fangen«, knurrte Karka jetzt. »Schnappt sie euch lebendig … aber wenn das nicht klappt, tötet sie lieber, als dass ihr sie laufen lasst.«

Panik tobte in meiner Brust, als die Füchse mit den leeren Augen näher schlichen. Sie stimmten ein klagendes Geheul an, ihre Schwänze waren steif und gerade wie Stöcke. Ich sah mich hektisch um. Um mich herum waren hohe Mauern, es gab keinen Fluchtweg. Ich kämpfte gegen die Angst an, versuchte, die innere Kraft wiederzufinden, die mir im Bau der Fänger zu Hilfe gekommen war.

»Wo ist Pirie?«, fragte ich winselnd.

Karkas Lefzen kräuselten sich belustigt. »Weit, weit weg. Dort, wo du ihn niemals wiederfindest.«

»Das stimmt nicht!«, widersprach ich trotz meiner Angst. »Wenn es sein muss, suche ich die ganze Welt nach ihm ab.«

»Träum weiter«, knurrte sie verächtlich. »Dazu wirst du keine Gelegenheit mehr haben, denn bald bist du wie *die* hier.« Sie wies mit der Schnauze auf ihre Bande, die ein Stück weiter vorrückte.

Die grünroten Vögel fielen mir ein, die fliegend in die Freiheit entkommen waren. Ich schmetterte dem windstillen Himmel ein gellendes Krächzen entgegen. Die Füchse mit den leeren Augen wichen erschrocken zurück. Ich ahmte einen anderen Ruf nach: das boshafte Geschnatter des langschwänzigen Geschöpfs, das wie ein geschrumpfter Pelzloser aussah. Dann zwitscherte ich wie ein Vogel und heulte anschließend wie ein Wolf. Abgerissene Quiek-, Winsel- und Pfeiflaute drangen in schneller Folge aus meinem Maul wie ein Hagelsturm aus Lärm.

Zu meinem eigenen Erstaunen fingen Karkas Füchse an, sich um sich selbst zu drehen. Ihre Hinterläufe knickten ein, sie reckten angstvoll die Schnauzen. Bei jedem meiner Rufe zuckten sie zusammen und prallten unter schrillem Gekecker gegeneinander. Das spornte mich an, und ich füllte alle Himmelsrichtungen mit meiner Stimme, erzeugte einen wahren

Wirbelsturm aus Tönen. Dann holte ich tief Luft und verflimmerte mich.

»Ihr Schwachköpfe!«, schimpfte Karka und stampfte mit der Vorderpfote auf. Einer der Füchse erwachte aus seiner Benommenheit, die anderen drehten sich weiter verwirrt und winselnd im Kreis. Ich setzte noch eins drauf und fauchte wie eine zornige Katze, woraufhin zwei der Füchse die Flucht ergriffen.

Karka bekam einen Wutanfall. »Seid ihr verrückt geworden? Kommt sofort zurück, ihr Feiglinge, sonst breche ich euch das Genick!« Mit hassfunkelndem Blick drehte sie sich zu mir um. Mein Herz setzte einen Schlag lang aus, ich bekam keine Luft mehr, und mein Karakken erstarb zu einem jämmerlichen Keckern.

Völlig erschöpft ließ ich mich auf den Graustein fallen. Das Verflimmern und Karakken hatten mein gesamtes Maa aufgezehrt. Karkas Füchse senkten die Köpfe und sträubten das Nackenfell. Sie umzingelten mich wieder, und ich konnte nichts mehr tun, um sie aufzuhalten.

Karka stimmte einen Singsang an. *»Ich bin dein Nackenfell, das sich sträubt, ich bin das Peitschen deines Schwanzes. Leihe mir deine Gestalt, borge mir* *deine Stärke, auf dass mich jeder fürchte und keiner etwas merke!«*

Mein Herz klopfte wie rasend, als sie knurrend einen hohen Luftsprung machte.

Im Sprung drehte sie sich … und landete in Gestalt der größten Hündin, die ich je gesehen hatte.

Ihr Fell war hart wie Draht, und ihre Augen waren schwarz wie mitternächtliche Teiche. Unter dem Fell wölbten sich dicke Muskelstränge, und Geifer troff aus ihrem Maul, als sie sich drohend vor mir aufbaute.

Ich kniff die Augen fest zu. Ich durfte mich auf keinen Fall lebendig fangen lassen, denn dann würde man mir meinen Willen rauben, und ich würde mich in ein Wesen ohne eigene Gedanken verwandeln. Mit letzter Kraft kroch ich rückwärts und bereitete mich innerlich auf das Unvermeidliche vor. Ich hörte Karkas Pfoten stampfen, als sie auf mich zukam.

Ein markerschütterndes Aufjaulen. Ich riss erschrocken die Augen auf. Neben mir brachen zwei Füchse tot zusammen, und eine Blume aus Blut erblühte auf dem Graustein.

Die Gebrochenen bluteten wie alle anderen Füchse auch.

Karka verwandelte sich zurück und fuhr mit verblüfftem Kläffen herum. Was bewog sie auf einmal dazu, mir den Rücken zuzukehren? Wer hatte die beiden Füchse getötet? Die restliche Bande stob winselnd davon.

Ich sah mich blinzelnd um. Nur Karka und ich waren noch da. Von allen anderen war nur der stechende Geruch ihrer Todesangst zurückgeblieben.

Ein Schatten fiel auf Karka.

Ich begriff, dass wir nicht allein waren.

Ein dumpfes Grollen wie aus dem Bauch der Erde. Ein Ungeheuer mit spitzen Ohren und grauweißem zottigen Fell. Ohne das Gitter zwischen uns wirkte der Wolf noch riesiger.

Er riss den Rachen auf. Karka stand wie angewurzelt da. Er sprang zu und riss sie zu Boden. Dann schlossen sich die mächtigen Kiefer um ihr Genick. Es knackte, als er sie kräftig durchschüttelte und mit verrenktem Kopf fallen ließ.

Sie starrte ihn mit ihrem einen grauen Auge an, das nie mehr etwas sehen würde.

Seine Schnauze war nass von Blut. Er senkte den Kopf und sah mich an. Ich erwiderte seinen Blick, zwischen Grauen und Bewunderung hin und her gerissen, zwischen Todesangst und Hoffnung. Würde er mich als Nächste töten?

Seine Schnauze entspannte sich allmählich. Die langen Zähne verschwanden unter den Lefzen. Er sah mich fest an. »Wie heißt du, Fuchs?«

Ich schaute mich rasch um. Vom Brummen der Zerquetscher in der Nähe abgesehen, war auf dem Todesweg alles ruhig. Auf dem Wildpfad dagegen war einiges los. Die Pelzlosen waren dabei, die entwischten Käfigbewohner wieder einzufangen. Immerhin war manchen die Flucht gelungen, zum Beispiel den grünroten Vögeln.

Und dem Wolf. Er war trotz allem geflohen.

»Ich heiße Isla.«

»Ist das alles?«, fragte er erstaunt. »Kein Rudelname? Kein Familienname?«

Ich drehte die Ohren nach hinten. »Solange ich meinen Bruder nicht wiedergefunden habe, bin ich allein auf der Welt.«

Er musterte mich mit unbewegter Miene. Dann machte er einen Schritt auf mich zu, und ich verzog in Erwartung des Schlimmsten das Gesicht. Doch statt sich auf mich zu stürzen, machte er die Vorderläufe lang, knickte in den Hinterläufen ein und drückte die Schnauze auf die Brust.

»Nun denn, tapfere Isla«, sagte er, »du darfst mich Farraklaue nennen. Ich bin ein Wolf aus den Schneelanden. Du hast mich befreit, obwohl ich dir davon abgeraten habe, und nun stehe ich in deiner Schuld.«

Schweigend sah ich zu, wie er sich wieder aufrichtete. Das dichte Fell floss ihm über die Schultern. »Ich wünsche dir Glück bei der Suche nach deinem Bruder. Kein Geschöpf Canidas sollte allein auf der Welt sein. Auch ich mache mich jetzt auf die Suche nach jenen, denen mein Herzschlag vertraut ist. Ich werde so lange lauschen, bis ich ihre Stimmen vom Himmel herabdonnern höre. Ich werde so lange nach ihnen rufen, bis wir wieder vereint sind.« Mit einem schaurigen Geheul, das den Himmel erbeben ließ, warf er den Kopf in den Nacken. Mein Fell knisterte, und ich schloss die Augen. Ich ließ mich von der Kraft seiner Stimme durchströmen, und mir war, als stärkte sie mein angegriffenes Maa. Als ich die Augen wieder aufmachte, fühlte ich mich erfrischt. Mein Kopf war klar, meine Seele voller Hoffnung.

Der Wolf war fort.

Als ich noch ganz klein gewesen war, mit eben erst geöffneten Augen und noch umknickenden Ohren, hatte ich ein wunderschönes Lied vernommen. Die Töne hatten sich funkelnd wie Eiskristalle in berückenden Schleifen in die kühle Morgenluft emporgeschwungen. Wer eine derart kraftvolle Stimme besaß, musste mindestens so groß wie ein Fuchs sein, davon war ich überzeugt gewesen.

Zusammen mit Pirie hatte ich nach dem unbekannten Sänger gesucht – und seit Piries Verschwinden hatte ich das Lied immer wieder vernommen.

Und nun hatte ich den Sänger tatsächlich gefunden – am äußersten Rand des Großen Knurrens, auf einem Baum unter einer flackernden Leuchtkugel. Ich ließ enttäuscht den Schwanz hängen. Es war nur ein Vogel – eine unscheinbare kleine Federkugel mit einem roten Fleck auf der Brust.

In Gedanken hörte ich Pirie fragen: *Wieso bist du enttäuscht?*

Ich sah dem Vogel nach, als er davonflog. *Weil ich immer dachte, der Sänger wäre ein großes, starkes Geschöpf … etwas ganz Besonderes.*

Die Stimme meines Bruders verklang, als der Vogel meinen Blicken entschwand. *Vielleicht ist er das ja auch*, raunte es leise wie ein Windhauch.

Ich spitzte angestrengt die Ohren, hörte Pirie aber nicht mehr. Doch von fern klang der Gesang des Vogels zu mir herüber. Mein Schwanz wedelte sacht, als ich den lieblichen Klängen lauschte.

Das erste Morgenlicht kroch über das Große Knurren. Wenn die Sonne am trüben Himmel aufging, würden die Leuchtkugeln flackernd verlöschen. Ob Siffrin wohl noch durch dämmrige Seitenstraßen streifte und nach mir Ausschau hielt? Ein Anflug von schlechtem Gewissen ließ meine Schnurrhaare beben, aber ich riss mich zusammen. Sein Verrat lag mir immer noch brennend im Magen. Ohne ihn war ich besser dran.

Ich war dem Todesweg durch die Nacht gefolgt, bis die Grausteinfläche breiter wurde, sich schlängelte und schließlich unter hohem Gras verschwand. Vor mir breiteten sich grüngefleckte Felder aus, gesäumt von wogenden Hügeln und Bäumen, die höher waren als die Baue der Pelzlosen.

Irgendwo in der Ferne musste der Ältestenfelsen sein und all die Orte, die ich bis jetzt nur dem Namen nach kannte: die Wildlande, die Schneelande, die Finsterlande.

Und Pirie.

Ich wusste nicht, wo er sich aufhielt. Ich wusste nicht, wie ich zu ihm gelangen sollte. Doch eines wusste ich – dass mein Bruder noch am Leben war. Wenn ich die Augen schloss, sah ich deutlich vor mir, wie er durchs hohe Gras sprang und mit hocherhobenem Kopf über den Morgennebel hinwegspähte. Vielleicht hatte Karka ja recht gehabt, vielleicht war es nur ein Traum, dass ich ihn in dieser weiten, rätselhaften Welt wiederfinden würde.

Aber am Anfang steht immer ein Traum.

Ende des ersten Bandes

**Freut euch auf den zweiten Band dieser spannenden Tierfantasy-Saga!**

## DIE WELT VON ›FOXCRAFT‹

# Fuchsmagie

**KARAKKEN**

Der Trick, die Laute anderer Lebewesen nachzuahmen. Der Fuchs schickt seine Stimme durch die Lüfte, so dass sie von überall und nirgends herzukommen scheint. Wird eingesetzt, um Beute anzulocken oder Feinde abzulenken.

**VERFLIMMERN**

Eine Methode, bei der man das Atmen und Denken so weit einstellt, dass man für andere unsichtbar wird. Beute und Verfolger unterliegen einer Sinnestäuschung und sind vorübergehend verwirrt.

**WA'AKKIR**

Bei diesem Zauber nimmt man die Gestalt eines anderen Lebewesens an. Kann bei unsachgemäßer Anwendung zu gefährlicher Schwächung und sogar zum Tod führen. Der Wa'akkir-Zauber unterliegt strengsten Vorschriften, deren Einhaltung von den Ältesten überwacht wird.

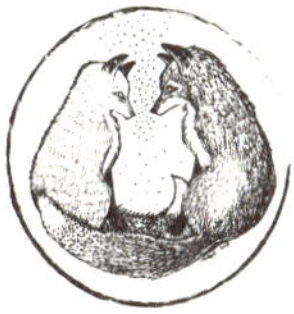

**MAA-ZAUBER**

Maa bezeichnet die innere Kraftquelle eines Lebewesens. Beim Maa-Zauber überträgt ein Fuchs seine Lebenskraft auf einen geschwächten oder verwundeten Artgenossen und kann ihn auf diese Weise heilen.

**GERRA-BUND**

Gerra bezeichnet die Gedankenkraft eines Lebewesens. Schließen zwei Füchse einen Gerra-Bund, können sie sich telepathisch miteinander verständigen. Der Gerra-Bund ist ein seltener Fuchszauber und kann nur von zwei Füchsen durchgeführt werden, die sich sehr nahe stehen.

# Glossar

**DIE ÄLTESTEN**
Geheimbund von Füchsen, die sich der Bewahrung der Fuchstradition und der Fuchskünste widmen.

**BISCHAR**
So nennen die Schneewölfe ihre Rudel. Die Füchse wissen nur wenig über die Lebensweise und die Bräuche dieser rätselhaften Geschöpfe.

**FUCHSKÜNSTE**
Bestimmte Tricks und Kniffe, die ausschließlich von Füchsen beherrscht werden. Sie kommen bei der Jagd zum Einsatz oder dienen dazu, sich der Verfolgung durch die Pelzlosen zu entziehen. Das Erlernen der anspruchsvolleren Künste, zu denen auch der Wa'akkir-Zauber gehört, ist besonders begabten Füchsen vorbehalten.

**FUCHSKUNDE**
Der jahrhundertelange Überlebenskampf der Füchse ist in zahlreichen Geschichten überliefert. Sie erzählen davon, wie sich die Füchse gegen alle Versuche der Pelzlosen behaupten, sie zu zähmen oder zu vernichten. Die Geschichten dienen den Füchsen auch dazu, sich von anderen Geschöpfen Canidas abzugrenzen. Hunde und Wölfe gelten bei den Füchsen als Verräter. Die Hunde lassen sich von den Pelzlosen versklaven, die Wölfe sind primitiv und grausam und heulen kriegerische Gottheiten an. Die Füchse stehen zwischen beiden und haben sich ihre Unabhängigkeit bewahrt.

**GERRA**
Bezeichnet die Gedankenkraft eines Lebewesens.

**HALBLICHT**
Die Zeitspanne zwischen Abenddämmerung und Morgengrauen am jeweils längsten und kürzesten Tag des Jahres. Es sind Stunden voller Magie.

**LICHTER CANIDAS**
Ein besonderes Sternbild, aus dem sich das Maa der Füchse speist.

**MAA**
Die innere Kraftquelle eines Lebewesens.

**MALINTA**
Malinta findet zweimal im Jahr statt, wenn Tag und Nacht gleich lang sind. Ebenfalls eine Zeit des Zaubers.

**SCHWARZER FUCHS**
Der Oberste Meister der Fuchskünste. Ein Ehrentitel, der jeweils dem weisesten Fuchs einer Generation verliehen wird. Traditionell gehört der Schwarze Fuchs dem Kreis der Ältesten an.

**TODESWEG**
Auch *Todesfluss* genannt. Eigentlich handelt es sich um Straßen, aber aus der Sicht der Füchse ist es die tödlichste Falle der Pelzlosen.

**ZERQUETSCHER**
Autos. Für die Füchse sind sie schnellfüßige, knurrende Verfolger mit grell leuchtenden Augen.

# Schauplätze

**GRAULANDE**
Die Stadt. Auch *Das Große Knurren* genannt. Dort lauern Zerquetscher, Hunde und zahlreiche andere Gefahren.

**WILDLANDE**
Die ländlichen, unbesiedelten Gebiete, in denen die meisten Füchse leben, auch die Ältesten. Islas Pa stammt ebenfalls von dort.

**SCHNEELANDE**
Die frostigen nördlichen Gegenden, wo die Schneewölfe leben und in Rudeln jagen, die *Bischare* genannt werden.

# DANKSAGUNG

Als Erstes möchte ich den Füchsen vom Myddelton Square danken, die meiner Neugier mit dem Selbstbewusstsein und der Anmut ihrer Spezies begegnet sind.

Ein stetig wachsendes Rudel von Fuchs-Begeisterten hat mich bei meinen Recherchen und beim Schreiben dieses Buches unterstützt: Trevor Williams und alle anderen vom *Fox Project*, die mir von ihren Erfahrungen berichtet und mir die Bekanntschaft mit Fuchswelpen ermöglicht haben; Kathryn Evans, die mich mit Suppe und Himbeeren gestärkt und mich zu den Füchsen des *Brent Lodge Bird & Wildlife Trust* mitgenommen hat; sowie Priscilla Barrett, an deren unschätzbarem Wissen über das Verhalten von Caniden ich teilhaben durfte.

Ich hätte mir kein besseres Redaktionsteam wünschen können als Zachary Clark, Abigail McAden und Samantha Smith bei Scholastic. Alle drei sind genauso fuchsverrückt wie ich.

Ebenso danke ich dem *Team Fox* der Agentur *The Blair Partnership*, vor allem (aber nicht nur) Neil Blair, Liz Bonsor, Ellen Marsh, Jessica Maslen und meiner großartigen Agentin Zoe King.

Ein Dankeschön auch an Keren David, Tali Iserles, Naomi O'Higgins und Lee Weatherly für ihre wertvollen Anmerkungen zu meinem Manuskript; an Richard Mansell für seine unerschöpflichen Ratschläge; und an die ganze *Charlotte Street Group* für ihre schriftstellerische Kameradschaft.

Mein Dank gilt Dganit Iserles, weil sie seit meiner frühesten Kindheit meine Tierliebe ertragen und meinem unwiderstehlichen Drang, Katzen zu streicheln, mit Hunden zu sprechen und nach Füchsen Ausschau zu halten, stets nachgegeben hat.

Zu guter Letzt möchte ich Peter Fraser und Arieh Iserles meinen Dank aussprechen. Sie haben sich immer wieder die Zeit genommen, sich meine Fuchs-Überlegungen anzuhören und klug und geduldig darauf einzugehen. Ihr beide wart bei dieser abenteuerlichen Unternehmung meine treuen Orakel.

# Die Abenteuer von Isla:

FOX CRAFT

Band 1: Die Magie der Füchse

Band 2: Das Geheimnis der Ältesten

Band 3: Der König der Schneewölfe